回到過去變成貓

BACK TO THE PAST TO BECOME A CAT NO.7

陳詞懶調×PieroRabu

東區四賤客

黑碳（blackC）

主角貓。本名「鄭歎」，原為人類的他不知為何變成一隻黑貓，穿越到過去年代。為求生存，他開始訓練自己的貓體，展開以貓的角度看世界的貓生歷險。

警長

白襪子黑貓。個性好鬥，打起架來不要命，總跟吉娃娃過不去。技能是學狗叫。

阿黃

黃狸貓。外形嚴肅威風，其實內在膽子小，還是個路痴。技能是耍白目，被鄭歎稱為「黃二貨」。

大胖

黑灰色狸花貓。很聰明，平時不動則已，動則戰鬥力爆表。技能是被罰蹲泡麵。

焦家四口

焦明生（焦爸）

收養黑碳的主人，楚華大學生命科學系副教授，住在東教職員社區B棟五樓。他很保護黑碳，也放心讓黑碳接送孩子上下學，他與黑碳之間似乎有種莫名的默契。

顧蓉涵（焦媽）

國中英語老師，從垃圾堆中撿回黑碳。鄭歎很喜歡吃她做的料理。

焦遠

焦家的獨生子，有點小調皮，時常被焦媽扣零用錢。其實是個很用功的好孩子、很照顧妹妹的好哥哥。

顧優紫（小柚子）

因父母離異而寄住焦家，是焦遠的表妹，就讀楚大附小。她平時不太說話，但私下裡會對黑碳說說心裡話。

小動物們

將軍

珍稀物種的藍紫金剛鸚鵡，屬於鸚鵡中的高富帥。牠超級愛唱老歌，喜歡咬貓耳朵，最厲害的技能是懂摩斯密碼！

可樂

譚放養的邊境牧羊犬，個性活潑，第一次見到黑碳時就很興奮好奇，一直想靠近黑碳。

黑金

昆明犬狼青系，因為傷病而提前退役的軍犬，退役後由何濤認養，跟著一起查案。牠很聰明，嗅覺敏銳，警覺性高，且忠誠，不是何濤餵食就不吃。

紅毛斑紋貓

黑碳在陲山市實習基地遇到的野貓，為報答黑碳救命之恩，帶著黑碳進入人類未開發的山林秘境。

人類朋友

何濤（核桃師兄）

裴亮、衛稜、二毛等人的師兄，現任警察。曾說過「寧願養狗也不養貓」，但對於黑碳的能力與事蹟也另眼相看。

秦濤（禽獸）

原本是王斌的友人，但因為與二毛臭味相投，兩人更成為麻吉損友。是個富二代，有點騷包、白目，常被黑碳鄙視。

譚放

佛爺的友人，物理學院的退休老師。剛搬進西教職員社區，常騎著三輪電動車閒逛，還一邊遛狗。想為自家牧羊犬找朋友。

六八

業界有名的私人偵探，喜歡玩各種撈錢的、有趣的大案子。黑碳很防備他，認為他是個騙子，卻又感覺不到他對小動物有惡意或威脅。

Contents

Back to
the past
to become a cat

第一章 喜歡貓的牧羊犬

阿黃和警長像平常一樣在社區的幾棵樹那裡盯著麻雀看得起勁，大胖趴在草地上曬太陽，一副懶得要死的樣子。

鄭歎走出社區，打算沿著校園主幹道走一圈。這個時段沒太多人，來往的車輛並不多。

鄭歎漫不經心在主幹道上走著，突然聽到身後傳來一陣呵斥聲，扭頭看過去，便看到一輛改裝過的三個輪子的自行車，比較像以前那種拉貨用的三輪腳踏車，但這輛車後面載貨的地方要小一些，也不用人力踩踏，可以直接當電動車用，車前面還有個籃子。

騎在車上的是個老頭，在老頭的自行車後面還有一隻邊境牧羊犬，牠便是這老頭呵斥的對象，此刻正跟著車跑動，被呵斥之前不知道嗅到什麼，跑旁邊的草叢裡去了。看那體型，這邊境牧羊犬應該還沒成年，不過精力很充沛，老頭一呵斥，牠立刻從草叢那邊竄出來，繼續跟著車跑。

老頭控制著車速，並不快，但那隻邊境牧羊犬因為分心，掉得有些遠，等老頭騎著車從鄭歎旁邊經過之後，過了一會兒那隻邊境牧羊犬才一陣風似的從鄭歎身旁奔過去。

鄭歎在人行道上走著，老頭騎著車在車道上，剛才也沒注意人行道上的鄭歎，而那隻邊境牧羊犬在從鄭歎身邊跑過去之後又突然停住，看向鄭歎，甩著尾巴朝鄭歎跑過來，似乎對於鄭歎這隻貓很好奇，倒也沒表現出惡意。

要是一般的貓，甭管你有沒有惡意，看著大狗跑向自己，第一個反應就是跑，不跑也會躬身炸毛低吼。但鄭歎沒打算理會這隻狗，反正牠很快就會被那老頭叫走。

果然，那隻邊境牧羊犬還沒靠近鄭歎，就被前面騎車的老頭叫走了，看起來還挺聽話的。這要是撒哈拉，你叫幾次牠都當作沒聽見，甚至可能還會往遠處跑。

爬過上坡之後，鄭歎見到那隻邊境牧羊犬跳上老人的車，在載貨的地方蹲著，下巴擱在邊沿上，好奇的看著周圍。

鄭歎想了想，確定以前沒見過那隻狗，也或許是這幾個月沒在校園裡面閒晃，六月份的時候為了避免認識自己的人將「神獸」這個稱號扣到自己頭上，便很少在校園裡到處跑動，直接出去溜達的次數還多一些，緊接著暑假待在外地，然後九月雖然在周圍溜達一陣，但也有很多地方沒跑到，或許來了新成員，沒見過也正常。

鄭歎搖搖頭，不再去想剛才的事情，有沒有多出新成員與自己也沒太大的關係，然後接著慢悠悠沿著主幹道走。

經過物理學院大樓那邊的時候，鄭歎往那邊看了一眼，正好看到停在門前不遠處的那輛三輪電動車，車附近那隻邊境牧羊犬在草地上到處嗅著。至於那個老頭嘛，大樓門口還站著三個人，一個是那個騎車的老頭，一個不認識，而這第三個鄭歎就熟了。

說起來，確實有段時間沒見到佛爺了，想想也是，佛爺是個大忙人。

佛爺還是和平時那樣，臉上總是帶著散不去的嚴肅感，站在那裡氣場十足。不過，另外兩人顯然也是有些身分的，看他們說話的樣子，不那麼拘束，而是很隨意，看來這三人都是熟人。

鄭歎離物理學院大門那邊還有些距離，原本他沒打算靠近，只是閒晃的時候經過而已，但在鄭歎準備離開的時候，在草地上嗅野花的那隻邊境牧羊犬見到鄭歎了，立刻甩著尾巴朝鄭歎跑過來，看起來很興奮的樣子。

鄭歎：「……」有事嗎？看到一隻貓而已，這狗興奮個屁啊！

沒理會在眼前瞎蹦踏一副精力過剩樣子的狗，鄭歎兀自按照原路線走。

騎車那老頭正跟兩個朋友說著話，但也注意著自家的狗，餘光瞥見自家狗衝出去的時候就看向那邊了。

「咦？好像是路上見過的那隻黑貓。」老頭說道。

另外兩人也看向那邊，尤其是佛爺。

「黑碳？！」

「怎麼？葉赫妳認識那隻貓？那誰家的啊？」那老頭問。

葉赫是佛爺的本名。學生們因為佛爺的名字與葉赫那拉相似，官大氣場足，便取了「佛爺」這個外號，而老師們都是叫「葉院長」、「葉教授」、「葉老師」，相熟的地位差不多的才會叫她葉赫。

「譚放，趕緊把你家那狗叫過來，別咬著貓了。」佛爺對那老頭說道。

「沒事，可樂不會真咬的，牠就是想找個朋友玩而已，剛來不久，還沒認識多少朋友呢，這麼興奮是因為看到新朋友了。以前兒子家裡也有一隻黑貓，牠在家裡沒伴，就纏著那隻貓玩，可惜那隻貓一見牠就跑，貓越跑牠越趕，總嚇得那隻貓躲在高櫃子上。現在把可樂帶過來了，牠在家寂寞，剛才在路上的時候就看得出來，估計牠覺得長那樣的貓都跟老朋友一樣，有親近感。」

老頭將剛才在路上時發生的事情說了一下，譚放對鄭歎的第一印象就是：這貓不是太傻就是太膽大，不然的話，見到比自己大好多倍的狗怎麼可能那麼淡定？

「葉赫，妳說那貓牠是智商有問題，還是怎麼的？」譚放問佛爺。

「胡扯！那貓聰明著，而且牠也不怕狗。牠家住東社區那邊，生科院那邊一個老師家的。這貓在東社區那邊很有名，那裡的人幾乎都認識牠。我也是因為一個學生才知道牠的。譚放，趕緊把你那狗叫回來！」佛爺還是擔心那隻狗會對鄭歎不利。

「行吧。」老頭出聲將狗叫回來，不過心裡卻在想，今天吃完晚飯就帶著狗過去遛一遛。

譚放是今年夏天才搬來西社區的，以前在外面住，今年因為孫女考進楚華大學，才決定搬進學校職員社區，跟孫女一起住，平時也能多照應。他對學校社區的很多事情還真的不瞭解。

鄭歎繼續在學校裡面閒晃時，並不知道那個騎電動車的老頭正在到處打聽關於他的事情。不打聽不知道，一打聽還真讓譚放吃驚了，雖然知道這些事情不全面，也有誇大的成分，但是僅知道的這些事情也能看出這貓夠精的，尤其是抓小偷的事情，都說狗拿耗子多管閒事，這貓抓小偷又怎麼說？把狗的工作都一併做了！至於這其中的可信度有多少，傳言而已，不可盡信，但空穴來風未必無因，還是抽空過去看看，好不容易自家狗在學校裡找了個玩伴，自己閒著也是閒著，去看看也好。

晚飯過後，鄭歎趴在沙發上，扯著耳朵，一副很不情願的樣子看著客廳裡的老頭和狗。在沙發旁邊，焦遠和小柚子正圍在那隻叫「可樂」的邊境牧羊犬身邊，不知道是不是狗更容易引起孩子們的熱情，焦遠和小柚子對這隻邊境牧羊犬的態度不錯。

而焦媽，正面帶熱情的笑容和那個姓譚的老頭聊著。

譚放只說自己是退休的物理學院的老師，但焦媽有些眼力，憑眼前這老頭說出佛爺名字時的那股隨意就知道，這人和佛爺的身分差不多。

和佛爺差不多身分的大人物，焦媽心裡多少都有些緊張，即便眼前這人看著很隨和，焦媽也不敢大意。多認識個大人物，甭管是不是焦爸他們學院的，對焦爸回來後總有好處，這些老頭子們的能耐大著呢！所以焦媽一直都相當客氣。

人與人之間的交流，很多時候從寵物開始能熟悉得更快、更親近。老頭主要都在聊寵物，也引著焦媽聊自家貓，不知不覺間焦媽心裡的壓力就降低了很多。不過，很快焦媽臉上的笑意就僵住了。

「我現在每週都帶著可樂騎車出去走一圈，既然你們家貓這麼懂事，也沒少出門，到時候我帶可樂出去的時候也順帶把你們家貓帶出去遛遛。」譚放說得像順帶幫了忙一樣。

焦媽：「……」怎麼都喜歡把自家貓往外帶呢？！

焦媽相當後悔剛才將自家的貓誇得太狠，現在想收回話都不行了，心裡是很想直接讓眼前這位打消念頭的，她非常清楚這類人說到做到，今天說了，指不定明天就能將自家貓帶出去。

「這個……譚老師，我家的貓其實很能惹事，脾氣大，管也管不住……」

「沒事！妳不也說了嘛，這貓又不是第一次被帶出去玩，而且妳家這貓比我家可樂強多了，我帶牠出去必須得套繩套，不然這傢伙在路上又看到什麼比較有眼緣的貓貓狗狗，說不定就會跳下車去。不過在學校就沒套牠了，學校安全一些，沒外面那麼亂。」

譚放一開口便吧啦吧啦吧啦一大堆話，說完沒等焦媽答話，這老頭一看腕上的手錶，「時間不早了，我就不打擾了，先回去啊。」

焦媽見譚放起身準備走，正想著趕緊說點什麼來拒絕這老頭把自家貓帶出去，還沒開口，譚放就一抬手，「甭送了，顧老師妳太客氣。」

焦媽：「……」

譚放說完，叫上可樂，哼著小曲下樓了，到三樓的時候正看到出門扔垃圾的蘭老頭，兩人認識，下樓的時候一直聊著，這讓想跟下樓多解釋幾句的焦媽直接收回腳。這兩個老頭她都不知道怎麼去應付。

回身關門，焦媽坐在沙發上嘆氣，然後看著鄭歎道：「黑碳吶，你怎麼總認識些這種人呢？」

鄭歎扯了扯耳朵，這個問題還真回答不出。

他確實想出去逛逛，楚華大學周邊的地方他都逛了一圈，再遠一點，去得就少了，也就焦遠他們學校那條路走得遠了點，其他方位則基本陌生。當然，如果焦媽堅決不同意的話，他也不會理那老頭。

焦媽盯著鄭歎看了一會兒後，再次長嘆，起身往臥室那邊走去，她決定發封郵件給遠在大洋那邊的丈夫，說說這事，讓焦爸拿拿主意。也不單是今天的事情，自家貓總往外跑，以前被衛稜和二毛帶出去的時候她心裡也不怎麼樂意，現在又多了個人，這樣下去，自家貓會不會性子越來越野，最後離家出走？辦公室的同事都說貓沒有狗戀家，所以焦媽心裡總免不了擔心。

如果鄭歎知道焦媽心裡的想法，一定會覺得焦媽這擔心純屬多餘，他還真沒想要離開焦家，雖然焦家不是什麼大富之家，住的地方也小，家裡人也沒權沒勢，但他在這裡覺得很安心，這就夠了。

如果萬一焦家出點什麼事，需要錢的話，若銀行帳戶裡的錢不夠，鄭歎也能學齊大大那樣出去掙錢，就齊大大那傢伙都能掙錢養家，憑啥自己比牠差？

不知道焦爸怎麼回覆焦媽的，兩天後焦媽對鄭歎說：「想跟著出去玩就去吧，但是得多注意著點，把貓牌戴上，注意安全。」

◆◇◆◇◆◇◆◇◆

譚放確實是說到做到，出去的前一天就跟焦媽說了聲，第二天便騎著他那輛電動小三輪進入東教職員社區。

鄭歎早趴在社區的一棵樹上等著了，那隻叫可樂的邊境牧羊犬正待在小三輪上，估計是見到社區的另外三隻貓，有些激動，想要下來的樣子，被譚放呵斥了一聲，就不動了。牠狗脖子上還套著牽繩，想跳也跳不下來。

鄭歎看到車前簍放著東西，只能跟那隻狗擠擠了。他從樹上下來，跳上小三輪後面載貨的地方，雖然這空間不大，但容納一隻狗和一隻貓足夠了，裡面放著的兩箱酒也沒占多少空間，鄭歎並不覺得擠，只是旁邊這隻邊境牧羊犬尾巴總甩來甩去，鄭歎嫌煩踹了牠一腳，沒用多大力。

「汪！」可樂挨了腳後叫了一聲，也沒真的生氣。

「安分點可樂！騎車呢！」譚放沒回頭，喝道。

可樂看了看鄭歎，往旁邊挪了挪，但那尾巴還是甩得歡騰。這傢伙看上去心情不錯，也沒顧得上鄭歎，一直看著路邊的人和物，有時候碰到誰家的狗還對著叫上兩聲。

譚放走的路並不是車流量多的大道，出了楚華大學周圍那片地之後，鄭歎對周圍就陌生了，他顧不上可樂那甩來甩去的尾巴，仔細看著周圍的建築和路標，好不容易走一回，得多記記路。

拐了個彎，進入一條小街，兩邊賣雜物、小吃的比較多，也有人跟譚放一樣騎著這種三個輪子的電動車，不過人家那車上載的是兩個小孩，譚放這車上載著的是一貓一狗。

那輛車開得稍微快一些，從後面追上來的時候，那人還跟譚放說話了，看來是經常走這邊，面熟，也能聊上兩句。那人車裡載著的是他家的雙胞胎孫女，兩個小孩子打扮得一模一樣，梳著同樣的小辮子，從她們見到鄭歎和可樂的反應中能看出，這兩人雖然看起來一樣，但性格還是有差別的。

兩輛小三輪並行的幾秒時間，這邊一貓一狗，那邊一對雙胞胎，兩邊對著瞪。靠近車座的那小孩性子活潑些，還想伸手揪鄭歎的鬍子，被鄭歎躲過去了。不過可樂倒是湊上去舔了舔那小女孩的手，惹得那孩子笑得眼睛都沒了。

畢竟路不寬，兩輛車不可能一直並著，譚放將速度放得較慢，那輛車則跑前頭，漸漸遠離。

譚放的目的地是一所師範大學，這學校也很不錯，只是離楚華大學稍微有些距離，鄭歎自己走過來的話太費時間，所以一直沒來過這裡。

剛才還奇怪這周圍怎麼這麼多這樣的小街小店呢，原來是學校周邊。

譚放走的是側門，這邊的大門警衛已經對譚放很熟悉了，還主動向譚放打招呼。

車停下的時候，鄭歎看了看，應該是這個學校的教職員宿舍區域，樓比較老，不過比東社區的樓要新一些。

二樓有個老頭正站在陽臺上看著，見到譚放後就下樓了，手裡還提著一個棋盤和一個袋子。

「等等，我先把這兩箱酒拿上去給你。」譚放轉身提酒。

「先放著唄，反正也沒人拿。」對方說。其他類似於「過來還提什麼酒」的客氣話都沒講。沒等譚放上樓，這個老頭的老伴便下樓來，擺手讓兩人去下棋，就這兩箱酒她還拎得動，不費事。

「哎喲，這次怎麼還有貓啊？」那老頭很好奇的問，然後立刻又罵道：「你把人家家裡的貓給帶出來了？你這老傢伙，怎麼總做些不著調的事情呢？！」

「哪裡不著調了？這貓精著呢，一路上安分得很，知道好歹。」譚放說道。

「不怕弄丟？」

「不怕，我打聽過了，這貓總被人帶著往外跑，習慣了。前幾天國外不是有坐公車的貓嗎？所以別把貓的智商看得太低。」譚放一臉鄙視。

「我不跟你爭，反正說了你也不聽，總之你多看著點，別把人家的貓弄丟了。」那老頭看了看車上的黑貓，說道。

「哎，知道、知道。」譚放一邊說，一邊催著對方趕緊去殺兩局，「輸了把你陽臺上的那盆蘭花給我，前幾天碰到個朋友，到時候拿過去送人情。」

「嘿，也不知道誰輸得比較多！」

兩個老頭下棋的地方就在教職員宿舍區旁邊的一片林子裡，那裡有石凳石桌，對老人來說，這個時節坐石凳有些涼了，但兩個老頭就不愛在屋子裡下棋，說那裡下得不暢快，為此還特備了工具——坐墊。之前那老頭手裡拎著的袋子裡就是個厚坐墊。

鄭歎看得出來，這老頭的身體情況沒譚放好，走快了就能看出腿有點毛病，或許也正因為這樣，譚放才自己騎車過來，而不是讓這老頭去楚華大學那邊找譚放下棋。

「汪汪！」可樂叫了兩聲。

譚放聽到叫聲之後便揮手，「行了，自己到邊上玩去，別跑遠。」

得到允許後，可樂立刻撒開腳丫子往草叢裡跑，嗅來嗅去，然後對著樹撒尿做標記。

鄭歎對這個陌生的地方比較好奇，打算走走，但很快的，歡騰勁過去的可樂就跟上來了。

鄭歎聽兩個老頭聊天才知道，以往來的時候，可樂撒完歡又不能跑遠，這周圍也極少見到其他的狗和貓，牠就趴在譚放腳邊無聊的打哈欠睡覺，而譚老頭這麼熱心把自己帶出來，就是為了陪他家狗玩的。

鄭歎可沒心思幫譚放帶狗，見可樂跟在旁邊，鄭歎試探著將腳邊的一根樹枝掀出去，可樂立刻就撿了回來，鄭歎再掀，牠再撿，看起來玩得還挺開心。鄭歎大力的將那根樹枝掀遠，看可樂朝樹枝追過去，他正準備趁機跑開，突然聽到不遠處一聲狼嚎傳來。

「嗷嗚——嗷嗚——她熄掉晚燈，幽幽掩兩肩，交織了火花，拘禁在沉溺……」

這手機鈴聲真有個性。鄭歎扯了扯耳朵。

剛想到這裡，鄭歎就聽到一道熟悉的聲音，抬腳往那邊走過去。

鄭歎待的地方地勢高一些，朝下看過去的時候，便見到下方蹲著兩個人。正是最近總不見人影的二毛，以及外號「禽獸」的秦濤。

二毛若有所感，抬頭看向上方，見到一個熟悉的貓頭，頓時眼角抽了又抽。

秦濤沒注意二毛的動作，他正忙著接電話。

「喂……我在師大呢，看上一個據說是某院的院花……生日宴？誰的生日……不認識……哦，她啊，都快一個月了，誰還記得她長啥樣……不去了，最近心情不好……沒上班，不用去公司那邊找我了，公寓那邊也不用去，我最近睡在飯店，就這樣。」

掛斷電話，秦濤又開始要向二毛抱怨時，見到二毛的動作，他也跟著抬頭，頓時嘴巴張成一個「喔」形。

是那隻！那看傻蛋一般的眼神，一定就是那隻！不用看貓牌，秦濤只看到那貓的眼神就相當確定了。

鄭歎見到這兩人的時候，心裡的想法是：這兩個傢伙怎麼會在這裡？

同時，下方的兩人在看到鄭歎時，心裡也是同一個想法：臥槽！哪裡都能看到這傢伙！

「這傢伙怎麼在這裡？」秦濤用手肘撞了撞二毛，問道。

「我哪知道！這隻貓經常神出鬼沒。」

二毛自己還鬱悶呢，你說一隻貓怎麼這麼能折騰？從楚華大學到這裡還有些距離吧？難道貓確實能閒晃到這麼遠？可要溜達也是晚上溜達，現在大白天的人多車多，說不通啊！

剛想著原因，二毛手機就響了。看了看來電顯示，二毛眼神一凜，立刻接聽。

見到二毛這樣子，鄭歎和秦濤還以為出了什麼大事，也沒鬧騰，安靜等著二毛通完電話。

「真來了？！」二毛聽到那頭的話，聲音直接提高一級，突然覺得自己太過激動，又緩下來說道：「好，我馬上回去，謝謝您了，改天請您喝酒。」

掛掉電話，二毛臉色陰沉，「馬的！果然是牠，那貓居然還敢過去！」

「哪隻貓？」

「那隻見到老子就齜牙的小兔崽子！」二毛恨恨道，「黑米才生完崽多久？我好不容易輕鬆了幾天，那傢伙又過來，要是這兩隻舊情復發再來一窩貓崽子，那會磨死我的！」

二毛這麼一說鄭歎就知道，肯定是花生糖又跑去社區了。

秦濤幸災樂禍的笑了，「說起來現在離你家黑米生崽已經四個月了，絕對能再生一窩，我見過有母貓在幼崽還沒離開就再次懷上的……」

「閉嘴！」二毛抬腳朝秦濤踹過去，「你他媽真欠揍！」

秦濤跳起躲開那腳，還捻起蘭花指，「來啊來啊～你揍我啊～」

鄭歎、二毛：「……」突然覺得這人越發賤了。

二毛沒時間在這裡陪秦濤耍賤，「我先走了，你自己去找你的女神吧，追到了請我吃喝玩樂一條龍。」

「知道了，貓奴毛你趕緊回家去吧。聽說貓很難關住的，就算是三樓，牠想跑出去估計也能跑出去，很多你想都想不到的法子。」

秦濤還沒說完，二毛就風一般跑了。

「嘁，瞧那德行，貓奴一個！」秦濤對著二毛的背影鄙視道。

估計是覺得太悶，想說話又找不到人，看了看周圍，秦濤的視線落在鄭歎身上，朝鄭歎招招手，掏出手機翻開相冊給鄭歎看。

秦濤的手機是新款的彩色大螢幕手機，相對於現在的手機來說算高端的，螢幕比其他手機稍微大些，上面的那張照片也比較清楚。

鄭歎站上面，離下方有些距離，他看了看旁邊，從不遠處的一道樓梯走下去，瞧秦濤手機上的那張照片。

秦濤蹲身將手機遞到鄭歎眼前。

別說，照片上這妞長得還真不錯。

「怎麼樣？漂亮吧？這還是沒化妝的呢。一見鍾情！懂嗎？」秦濤仰頭，一副深情狀似的捂著胸口說：「最是那一低頭的溫柔，恰似一朵水蓮花不勝涼風的嬌羞。」

還吟詩了。鄭歎抖了抖雞皮疙瘩，心裡鄙視，依照到現在為止聽到的關於秦濤的傳言，這傢伙的一見鍾情實在太容易、太廉價。

果然，很快秦濤臉上的深情就變得猥瑣了，抬手在空中虛畫了個愛心，「知道為什麼愛心是這個形狀嗎？」

鄭歎看著他。

「這是女人彎下腰時臀部的形狀。」說著秦濤又萬般可惜的搖搖頭，「嘖，你一隻貓是不會理解這個形狀所代表的意義的。」

鄭歎：「……」

戳中痛點。

鄭歎很想說：我他媽也深刻理解過！可惜坑爹的老天爺將我變成這副樣子！操蛋的你他媽知道老子的痛苦嗎？！

就像二毛走之前說的那句話，這傢伙確實欠揍。

正說著，秦濤手機的簡訊音響了。看了手機上的內容後，秦濤這傢伙臉上的笑容變大，「哥不陪你聊了，會佳人去也～」

秦濤將手機上的簡訊在鄭歎眼前晃了晃，他也沒指望一隻貓能看懂，只是滿足一下自己的虛榮心而已。

鄭歎看了看，發信人是「陳美人」，簡訊內容還沒來得及看，秦濤就將手機收回去了。

秦濤掏出一個瓶身很小巧精緻的香水噴了噴手腕，中指和無名指碰碰手腕沾上些，然後又觸碰耳後、後頸、髮際線，還攏了攏頭髮……

這傢伙不僅愛耍賤，還很騷包。

等秦濤整理完畢迫不及待去會佳人，鄭歎心裡嘆氣，又一株好白菜被豬啃了。

不過，鄭歎回想了一下在秦濤身上感覺到的那股熟悉勁，才想起來，自己當年也是這副屌樣子。只是現在看來，相比起秦濤，鄭歎當年還沒有秦濤那種揮霍的資本，不知道當年是為什麼覺得自己很酷、很帥氣。他突然覺得鄙視秦濤的行為很好笑，這就像在嘲諷曾經的自己一般。

正看著，鄭歎感覺頭一痛，一根樹枝掉到自己頭上，然後落到腳邊。

幸好這樹枝不太粗，再加上鄭歎的抗打擊力比較強，沒有被一下子砸出腦震盪。

鄭歎抬頭望上去，瞇著眼睛抬頭看了看罪魁禍首，那傢伙正咧著嘴、伸著舌頭喘氣，還對著他汪汪叫了兩聲。

——叫你大爺！

——混蛋！還懂偷襲了！

鄭歎從樓梯那邊跑上去，對著可樂就抽了兩爪子。

譚放下完一局，看到那邊追著跑的一貓一狗時樂道：「看，這兩隻玩得多好。」同時他心裡為自己將這貓一同帶過來的英明決定而高興，就算剛輸了一局心情也沒差多少。

追著可樂抽了幾巴掌之後，可樂見到一隻老鼠，過去堵老鼠了。鄭歎沒心思陪牠玩老鼠，決定在周圍走走，說不定還能看到幾個美女。

這邊的教職員宿舍區在學校邊沿，離外面一些小街比較近，不過現在並不是下課放學的時候，走動的學生比較少。

一邊在小街上走著，鄭歎一邊看著兩旁的小吃店，聞到氣味還真覺得有點餓了。

走著的時候，鄭歎看到前面過來幾個年輕人。原本鄭歎沒準備去理會這幾人，但聽到這幾人的對話，鄭歎腳步緩了緩。

「開個十來萬的車就以為自己了不起了，踫天上去了？井底之蛙！」

「就是，還想泡陳美人，簡直不自量力，找死！」

「他要是再敢去，就不是挨棒子砸車這麼簡單的了。」

「行了！」領頭的一個將手裡的手機遞給另一個年輕人，「把手機還給你們班陳美人吧，別讓她知道這事。」

陳美人，這不是之前秦濤說的那個某院院花嗎？那麼這些人口中所說的「找死的人」不會是秦濤吧？

看著幾人的樣子，像是剛揍完人，有兩個人的手上還提著個長袋子，從袋子晃動時露出來的一點輪廓來看，感覺像鋼棍之類的東西。

他們從鄭歎旁邊走過時，鄭歎嗅到了血腥味，其中還有秦濤身上噴過的那股騷包香水味。果然，秦濤那傢伙肯定挨揍了。

「喂，你們幾個又去做壞事了？」有個騎著自行車的女生從側門出來，見到幾人後問道。

「哪裡啊，我這是練完瑜伽呢，這裡面是瑜伽墊，要看嗎？」一個年輕人抖了抖手上的長袋子，痞笑著說道。

那女生撇撇嘴，明顯不信，不過也沒多說，騎著車就離開了，她可不敢跟這些人較真。

幾個年輕人也沒管剛才從他們身邊經過的黑貓，這周圍養貓的人多得去了，他們可沒興趣去注意一隻貓。

鄭歎從剛才那幾個年輕人走過來的方向尋去，在岔口那裡拐了個彎，往稍微僻靜些的那條小巷進去。沒多久，鄭歎就嗅到了血腥味，快步跑過去看了看，那個一小時前騷包無比、信心滿滿去泡妞的人，此刻被揍得跟豬頭似的趴在地上。旁邊是那個用《餓狼傳說》當鈴聲的新款手機，此刻螢幕已經被踩破，電池都被摔了出來。

還真被二毛說中了，這傢伙果然被揍了。

鄭歎走近，見這人還喘著氣，只是沒睜眼，便抬爪子拍了拍秦濤。

秦濤睜開眼，見到眼前一張黑黑的貓臉，然後扯了扯嘴角，「還好是你，不然要是其他人見到我這樣子的話，這臉就丟大了。」

說著秦濤坐起身，摸了摸鼻血，隨意在身上擦了一下，坐在那裡不出聲。

鄭歎想了想，跑出巷子，剛才經過一家店的時候看到那家門口有一卷衛生紙，估計是老闆搬貨時掉下來的。是那種餐館用的劣質點的小卷衛生紙，還沒用過，滾動的話也不會散開。

秦濤聽到聲響看過去的時候，便瞧到那隻黑貓將一卷大排檔用的劣質衛生紙一路像玩玩具似的撥了過來。

雖然平時秦濤從不用這種衛生紙，但現在境況不同，他撿起撥到腳邊的衛生紙，扯了些擦去身上的泥印和血跡，至少讓自己看起來別那麼狼狽，總好過頂著這一身血跡出去。

感受著劣質衛生紙傳來的粗糙觸感，秦濤對鄭歎道：「別告訴二毛他們啊，太他媽丟人了。陰溝裡翻船啊！」頓了頓又道：「虎落平陽被犬欺啊！」

秦濤擦完，掏了掏口袋，翻出已經扭曲的菸，打火機還是好的。點上菸，他就坐在那裡抽，沉默不語。等一根菸抽完，秦濤用衛生紙擦了擦又從傷口滲出來的血跡，真他媽疼，不過還好剛才護住幾處要害了，命是沒問題的。

抽完菸，秦濤起身將滿是血跡和腳印的外套脫下來，但是沒扔，搭在肩膀上。

「謝了，貓兄弟。」

鄭歎不放心秦濤這樣子，雖然秦濤這人不怎麼樣，但畢竟是二毛的朋友，看著點總好些。跟著秦濤從巷子另一頭出來，鄭歎看看周圍，此處倒是離教職員宿舍那邊稍微近點。這裡就呈個「V」字形，走出去之後才會發現離小街的另一個入口其實並不算遠。

等從巷子口出來，鄭歎便看到停在巷口不遠處的那輛車的擋風玻璃被砸出了幾個洞。

鄭歎看著車，感覺這車相當眼熟。

剛想到這裡就聽秦濤一副慶幸的語氣道：「還好還好，這輛車是二毛的，便宜貨，不值錢。」

鄭歎：「……」難怪眼熟。

上個月秦濤跟二毛打賭輸了，車交換著開，二毛買的那輛十萬左右的車給秦濤開，秦濤那輛百萬豪車被二毛開著到處秀。之前秦濤心裡還挺鬱悶，不過現在看來，自己那輛車被砸的話，損失可就大了。不過，要真的是自己那輛百萬豪車的話，那些人真敢砸嗎？

搖搖頭，秦濤不再去想那些。再怎麼樣事情都已經發生了，該怎麼做就怎麼做。

周圍有一些人對著車指指點點，秦濤也不在意，打開車門進去。

車裡還有幾塊石頭，估計就是用這個砸車。

「要是我那輛車就不會這麼容易被砸破了，二毛這便宜破車真差勁。」一邊嫌棄著，秦濤將車裡幾塊石頭都撿起來，翻出個袋子將幾塊石頭放進去，扔副駕駛座上，和他那件外套一起。

秦濤看著那幾塊石頭的眼神讓鄭歎感覺毛毛的，心裡替那幾個人默哀，畢竟秦濤怎麼可能嚥得下這口氣？

不過，鄭歎也沒閒心去管那些，秦濤愛怎麼鬧就怎麼鬧去，那幾個人看起來也不像是什麼好人，這類事情絕對沒少做。

可是，秦濤這傢伙就這樣開車真的沒問題嗎？要是中途突然頭一昏眼一花出事了怎麼辦？秦濤壓根沒這些擔心，將裡面收拾好後，檢查了一番，車還能開，便朝鄭歎揮揮手，走了。

教職員宿舍那邊可樂的叫聲響起，鄭歎看著開遠的還算穩的車，抖抖鬍子，往教職員宿舍那邊跑去。該回去了，不然譚放沒見到他，直接帶著可樂走了怎麼辦？那老頭看起來就不可靠，這種事說不定還真做得出。

◆◇◆◇◆◇◆◇◆

在那天之後，鄭歎有段時間沒見到秦濤，平時秦濤偶爾也會過來社區這邊找二毛，但估計是怕丟面子，想等傷好些了再過來。

鄭歎有天出門的時候路過三樓，門依舊沒關嚴實，能夠聽到裡面二毛打電話的聲音。

二毛很生氣，他最近找不到秦濤的人，就打聽出點消息而已。弄明白後，二毛沒插手，因為秦濤說要自己解決，面子問題，二毛就隨他了，以秦濤的能力，在有準備的情況下不至於吃虧。

這期間鄭歎又跟著譚放去師大那邊跑了幾次，聽了些八卦，從那些學生們口中鄭歎知道，秦濤下手報復了，將對方整得還挺慘，基本上每個參與過那天事情的人全都被揍進了醫院，至少也得躺一、兩個月。

那些在小街上買東西的學生們談論這事情的時候，並不知道另一方是秦濤，但這並不阻止他們幸災樂禍，想來，看那幾個人不順眼、在他們手下吃過虧的學生不在少數。

就像那些學生們討論時分析的，雙方都不是什麼好傢伙。

秦濤是報仇了，但師大論壇裡對於這件事情的討論還在持續中，就連譚放他們那兩個老頭下棋的時候都提起過一次。不過，他們倆也只是當個話頭提提，引出那句不知多少人感慨過的語盡意未盡的話——「現在的學生啊！」

鄭歎再次見到秦濤的時候已經快元旦了，秦濤來找二毛時，臉上的傷都已經看不出來，他還特意將鄭歎從樓上叫了下來，買了一大堆所謂的進口特級貓糧以表感謝。

鄭歎盯著那堆貓糧，很想直接往秦濤臉上踹過去：貓糧你自己吃去吧！

二毛看著那些貓糧，憋著笑，「禽獸，你不知道這隻貓其實是不吃貓糧的嗎？」

「啊？」秦濤看了看一臉不爽的鄭歎，認真道：「我還問過那邊的朋友，他們說甭管是什麼品種的貓，絕對會愛上這款貓糧的，而且我不知道牠喜歡吃哪種口味，所以每種都買了些，乾糧和濕糧都有，還有貓罐頭呢。」說著，他還從二毛那裡翻了個紙杯出來，隨手拆了袋乾糧倒點進去，然後將杯子放到鄭歎眼前。

鄭歎扯著耳朵看了看秦濤，一巴掌將眼前裝滿了貓糧的紙杯掀了。

——你他媽自己吃去吧！

趴在沙發上看著這邊的黑米見到地上散落的那些貓糧，跳下來嗅了嗅，然後打了一個噴嚏。

「看，連我家黑米都不吃。要知道，我家黑米可是一直吃貓糧的。」二毛說道。

秦濤臉上變了變，恨恨的將手裡那袋貓糧往地上一扔，「天殺的！那幾個王八蛋騙我！」

「或許也不是，貓還是挑口味挑食的。不管怎麼樣，這隻黑煤炭是不會吃貓糧的，你這些扔掉也浪費，留在這裡吧，到時候我送去救助站，給那裡的貓吃。」

「隨便你。」秦濤甩甩手，不想再提這個，轉而對旁邊的黑貓道：「貓兄弟，不知道怎麼感謝你了，到時候你去明珠市我包吃喝。」

這要是擱以前，秦濤絕對不會對一隻貓這樣說話。

「準備走了？」二毛問。

「是啊，我媽在那邊催著呢，我再怎麼不願意也得過去，不然就得被拖回京城。明珠市怎麼樣也比在京城逍遙，在京城的話估計會被老爺子嘮叨死。」

「那是，你要是回京城首先得挨頓揍，還不能還手，挨過之後還要被人看著。」二毛贊同的點點頭，就像他自己也不敢回京城一樣。

「車幫你修過了，改裝了一下，比你原來的那輛破車要好多了。」秦濤將車鑰匙扔給二毛。

「你以後還是多注意點，別又被人陰了。」二毛道。

「我知道，這次大意了，得意過頭，沒啥警惕心。」

秦濤離開楚華市之前，二毛等和他關係比較好的幾個人替他踐行，去玩了一夜，秦濤還打算讓鄭歎過去的，但鄭歎沒去，他要「掙錢養家」。

第二章

偵探貓與退役犬

每年一到年底的時候，尤其是聖誕和元旦這兩個節日，小郭就特別忙，安排寵物中心各種活動，忙著多撈點錢。店裡的員工積極性也很高，年底了誰都想表現好一點，說不定今年能多拿些年終獎金。

日曆上一年將盡，小郭準備辦個活動，拍部一年下來總結性的片子，恭賀新年，順便宣傳一下店裡的新品。

現在小郭他們的寵物中心又擴大了，賣寵物衣服那裡的種類多了，時下很多年輕人喜歡讓自家寵物玩 cosplay，賣寵物衣服的店裡還接案子訂做寵物套裝，不是那種劣質衣服，是真的好料子，現在很多客戶不差錢，聽說那間店面的東西賣得不錯。

鄭歎還聽說十月那段時間大型動漫展的時候，小郭店裡有幾隻狗還被人借出去當模特兒了。尤其是那隻巴哥犬，帶著護額扮忍者犬，聽說現場人氣超高，跑過去合影的人不計其數，連帶著那個社團的人氣爆棚。

所以，不要忽視一隻動物的作用。

這天，鄭歎隨著小郭的工作組外出，現在小郭對於拍攝效果方面越來越講究了，每次都跟人預約場地，帶著工作組外出拍攝。

拍完一段之後，鄭歎在邊上休息，負責「伺候」鄭歎的依舊是查理。

合作的次數不少了，查理對這隻貓的性格也瞭解了些。查理感覺，這隻貓估計是寵物中心裡唯一一隻耍大牌還沒人說的貓了，遲到早退不說，每次拍完之後心情不爽還要到處遛遛，不然就甩臉色、不合作，吃的東西得另外準備，喝水得喝乾淨的、沒人喝過的水，從來不套貓繩……而且這些還都是BOSS默許的，其他合作久了的工作人員看在眼裡，卻也沒怎麼抱怨，誰讓這貓能挑大梁呢！

查理只能說，還好這只是一隻貓，要是人的話，這種破脾氣誰會喜歡啊？

鄭歎可沒管查理在想什麼，趴在那裡吃了點東西，無聊地看著那些工作人員幫店裡幾隻賣相好的名種貓穿道具服擺姿勢。現在寵物中心官方網站上註冊用戶與去年相比翻了好幾番，每次發布新影片時就是站內在線人數最高的時候，在影片下留言的人也超多，大部分都是寵物中心的忠實客戶，也難怪小郭現在對拍攝要求這麼多。

打了個哈欠，鄭歎無聊的在躺椅上打了個滾。突然耳朵一動，鄭歎聽到了熟悉的狗叫聲，只是離得稍微遠了點，在這裡也看不到什麼。

鄭歎瞟了一眼那邊的拍攝進度，估計還得好幾個小時，於是起身，跳下躺椅準備離開逛逛。

查理見狀，知道這貓又要出去溜達了，第一次的時候他還嚇得半死，然後漸漸就知道，壓根不用擔心。

「去逛逛就快點回來啊，別遛太遠，雖然你的戲分拍完了，但也說不準什麼時候補拍重拍之類的，這次的拍攝BOSS看得很重。」

鄭歎扭頭看了他一眼，繼續往那邊小跑過去。

查理看著跑遠的貓嘆氣，雖然不確定，但是查理感覺自己說的話這隻貓應該都聽得懂，來自他獸醫的直覺。貓太聰明了也不好，還是笨點的比較好照顧，比如正在場中乖乖被那些工作人員擺弄的幾隻。

◆◇◆◇◆◇◆◇◆

鄭歎從拍攝場地出來，圍牆什麼的對貓來說只是擺設而已。

翻過圍牆，鄭歎動了動耳朵，現在那隻狗沒叫了，回想了下剛才聲音傳來的方向，往那邊走幾步，跳上一棵高高的樹，鄭歎立刻找到了目標地點。

不是鄭歎火眼金睛，實在是那邊太惹眼。好幾輛警車在那裡呢，注意不到才怪。

靠近了些，跳上一課樹，鄭歎決定在邊上看看情況，反正現在回去拍攝場地那邊也是閒著。

這一帶多是別墅，在這裡住著的人多少都有些身價。每棟別墅之間還隔著一些距離，有一棟別墅周圍拉起了警戒線，外面有幾個穿著警察制服的人在談話，也有人在詢問周圍的居民、做著記錄。

鄭歎在其中還看到了核桃師兄，他正跟幾個人在談話，不過，核桃師兄升官之後，這種事情不是只要手下們處理就行了嗎？怎麼還親自過來了？

至於剛才發出叫聲的狗，鄭歎看過去，那狗正被人牽著到處走，似乎嗅著什麼，喊都喊不住，牽著牠的那名小警察被硬拉著走，看上去倒像是狗在牽著人。

這地區綠化做得不錯，周圍的樹很多，草地上現在不綠了，但周圍栽植的常綠樹種讓這片地方看上去並沒有秋冬季節的蕭瑟感。

草地上已經被刨了好幾處坑，都是黑金的傑作，周圍已經有居民看他們的眼神不那麼好了，這讓那名牽著黑金的小警察壓力山大。他只是幫上司看著一下狗，上司說讓他牽著狗到處走走，說不定還能發現什麼線索，但是現在看來，哪有什麼線索，這狗純屬搗亂，都快搗亂到隔壁那戶人家的草地上去了。

「黑金！不要搗亂！」那小警察使勁扯著狗鏈子，呵斥道。

黑金扭頭看了看他，齜了齜牙，似乎對於這名警察的呵斥很不滿。往周圍看了看，牠發現了不遠處那棵樹上的鄭歎。

「汪汪汪！」黑金朝鄭歎叫了幾聲，還朝鄭歎那邊過去。

鄭歎沒搭理牠，全當不認識。

牽著黑金的小警察確實不認識鄭歎，見到黑金這反應，一臉的無奈，「你果然只是覺得好玩，別嚇著人家的貓了。」

鄭歎低頭看著往樹這邊過來的黑金，他覺得黑金似乎在認真尋找著什麼，依然在地上嗅來嗅去。突然牠像是嗅到什麼，刨了刨，將上面的一些樹葉刨開，對著那裡齜牙低吼，然後仰頭汪汪大叫幾聲。

「你又來了。」小警察撫額。不能在草地上刨坑了，就換這裡來刨？

鄭歎往下看過去，不仔細看還發現不了，那裡有一隻已經死去的蟲子，只是，這狗對著那蟲子吼什麼？牠不會準備把冬眠的蟲子都刨出來吧？

那個小警察扯了扯手裡的牽繩，打算將黑金牽走。可黑金不幹，硬是要待在那裡，於是一人一狗相互拉扯著。

估計黑金也不耐煩了，對小警察的行為頗為惱火，轉身朝那個小警察撲過去，張嘴對著他叫了一聲。那名小警察看黑金這勢頭像是要咬人似的，一緊張，手裡的牽繩鬆了，掉落到地上，連退好幾步。

不過黑金也沒亂跑，仍舊待在那裡，圍繞著那周圍嗅著，但卻沒再刨坑了。

見黑金沒跑，小警察鬆了口氣，不過他是不準備再接觸這隻狗了，剛才嚇了他一身冷汗，他真的以為這隻狗要咬他，沒想到只是嚇一嚇他。不過，這狗比他在局裡見到的幾隻狗要凶得多，只是表面上看起來很乖順罷了。

搖搖頭，那小警察側身看向上司所在的地方，往那邊跑去。還是換個人過來管這隻狗吧，他實在沒那能耐。

小警察離開之後，鄭歎好奇之下，從樹上跳下來，走到剛才黑金刨坑的地方。

正在地上到處嗅著的黑金看向鄭歎，然後立刻衝過來守著剛才刨坑的地方，確切的說，是那隻黑色蟲子所在的地方，似乎生怕鄭歎將這裡弄亂了。

鄭歎抬腳走向那隻蟲子，黑金立刻發出低吼的警告聲。

他收回腳。警告聲立刻停歇。

他再朝那邊抬腳，黑金又低吼。

試探了幾次，鄭歎沒準備再往那邊走了，看了黑金一眼，然後伸長脖子往那隻蟲子所在的地方湊近點仔細嗅了嗅，對於黑金再次發出的警告聲沒理會，他知道只要自己不碰那隻蟲子，黑金便不會拿他怎樣，黑金剛才只是發出警告聲，連牙都沒齜，相比起之前那個小警察來說，態度要好多了。

嘔——

有種想吐的感覺。鄭歎立刻縮回脖子，避遠了些。

——尼瑪，這什麼味道啊！真噁心！

說不出具體是什麼氣味，光臭就算了，聞著還噁心，讓鄭歎恨不得將之前在拍攝場地那邊吃的東西全部吐出來。

還沒湊很近都能聞到那種難聞的氣味，這氣味對人來說，除非拿到鼻子底下認真嗅，或許才能嗅得出來，但對貓狗類來說，嗅著太容易。

不再去嗅那隻蟲子，鄭歎重新跳回樹上，他已經聽到有人往這邊過來了。

過來的是那個小警察，他正帶著核桃師兄往這邊走過來。中途還看了看之前黑金在草坪那邊刨的一個個坑。

「沒發現什麼，也沒異常狀況，我還拿木棍翻過，這裡也沒埋什麼東西。」小警察解釋道。他在最開始見到黑金刨坑的時候還激動了一把，以為發現什麼證物或者屍體之類的東西，結果啥都沒有，這土都沒有翻動的痕跡。雖然他的專業知識不怎麼樣，但好歹一些基本的常識也知道，這裡明顯沒人動過土，至少近一個多月是沒人動過的。

「嗯。」核桃師兄點點頭，挨個看了看那幾個黑金刨出來的小土坑之後，看向黑金所待的方向，走過去。

黑金在核桃師兄過來之後使勁搖尾巴，似乎在求表揚。

核桃師兄摸摸牠的頭，沒有立刻就去看黑金刨的坑，而是看向樹上的黑貓。

「黑碳？」核桃師兄出聲叫道。

鄭歎動了動耳朵，頭都沒抬，繼續盯著剛才黑金刨坑的地方，沒有看核桃師兄，就好像對方叫著的並不是他似的，反正現在也沒戴貓牌。

「您認識這貓？」那小警察問。

核桃搖搖頭，「估計認錯了。」

「這貓不像是這裡人養的，看品種也沒什麼特別，估計是別的地方跑過來的，不過瞧著挺壯實。」小警察道。這周圍的人養貓應該都是那種一看就與眾不同的名種貓吧？養這種的少。

沒再說什麼，核桃師兄轉而看向黑金刨出來的土坑，好像也沒有什麼特別的。這時正好有人叫他，核桃師兄便牽著黑金離開，黑金不怎麼樂意，但還是跟著走了。

鄭歎支著耳朵蹲在樹上聽著周圍的一些人談論那邊的事情，有兩個人正在交談著，聲音並不大，不過鄭歎也能聽到點，好像是那棟別墅裡面發生命案了，而且屋裡的人已經不成人樣，只留下骨頭而已。

鄭歎沒偷偷進去看現場，但聽著那兩個人的談話也感覺背毛直豎，感覺那兩個人應該是誇大了……嗯，肯定是，太誇張了些。

一陣風吹過來，鄭歎抖了抖，還是回拍攝場地去吧，無聊也比這邊好。

鄭歎離開後不久，應付完人的何濤看向那棵樹的方向，見原本蹲樹上的那隻貓已經不在了，低聲笑了笑。

認錯了？怎麼可能！

他怎麼可能沒察覺出來樹上的那隻到底是不是黑碳。

不過，剛才那隻貓也在那裡嗅？

在被那個小警察帶著看草坪上的土坑時，他就發現那隻黑貓在黑金守著的地方嗅著什麼。如果沒有異常的話，這一貓一狗怎麼會都往那裡嗅？

他這還真的誤會鄭歎了，鄭歎過去嗅只是好奇而已，那裡只有一隻黑蟲子，其他的則是泥土和枯葉子，沒什麼好嗅的，鄭歎壓根就沒發現有其他多異常的地方。

何濤站在原地想了想，讓旁邊找過來的人先等會兒，他牽著黑金轉身又往剛才那棵樹走去。

黑金顯得很激動，扯著牽繩往那邊跑，要不是何濤牽著，牠估計就衝過去了。

仔細翻動了一下那個小土坑，確定黑金找的就是這隻蟲子，何濤便拿出個乾淨的小紙袋子，將那隻小拇指指甲蓋大小的蟲子放進去，之後又在草坪那邊的幾個小土坑看了看，並沒有發現類似的黑蟲子。

另一邊，鄭歎回到拍攝場地之後，查理鬆了口氣，雖然知道這隻貓會自己算準時間回來，但他每次還是會擔驚受怕，畢竟出了什麼意外的話，他的責任最大。

總的來說，拍攝還算順利，鄭歎感覺沒什麼技術性，幾乎都是一次就過關，拖時間的是另外那幾隻。

回到家，鄭歎也沒再去想白天的事情，還是和平時一樣的作息習慣，順便琢磨琢磨以後去哪邊逛。楚華大學周圍，也就焦遠學校那邊走得遠一些，鄭歎決定近期先不走那邊了，工地也不用去看，反正大致都建了起來，之後再去看也就那樣。

走哪條去溜達好呢？

鄭歎決定等焦媽他們不在家的時候翻一翻地圖。主臥室裡的書桌上有一張校園及周邊一定範圍內的詳細地圖，到時候再擇情選擇。

◆◇◆◇◆◇◆◇◆

這一晚，鄭歎倒是睡得安穩，有人卻徹夜無眠。

比如何濤他老婆。

何濤一夜未歸，昨天說有事出去就沒訊息了，手機也打不通。他以前辦案的時候也會將手機關掉，但這次何濤他老婆總覺得心裡不踏實，所以等到早上天亮、孩子去學校之後，她便打了電話給二毛。

二毛那時候還在睡覺。對二毛來說，這段日子八、九點鐘簡直就是睡得最好的時候，被吵醒接電話時語氣並不怎麼好，還想著直接將電話掛掉的，但是看到來電顯示，立刻接通。

聽到師嫂的話後，二毛睡意全無。

「他手機一直關機，打電話給他同事，那邊說何濤他早就離開了，不過好像有急事，帶著黑金一起離開的，到現在也沒回來，局裡那邊也沒人知道。」那邊何濤老婆帶著焦急的聲音說道。

「妳打電話給衛師兄那邊了嗎？」

「還沒呢，現在具體情況也還不知道，小衛那邊剛結婚沒多久，就沒去麻煩他。我就是心裡擔心。」

「嗯，我知道了，嫂子，我先找幾個朋友問問。」

何濤他老婆知道二毛的背景，也知道他有點能耐，不然也不會打電話給他。

掛斷電話，二毛翻了翻電話簿，找幾個朋友撥了過去。

一個小時後，二毛煩躁的撓了撓頭。

情況不太妙。核桃師兄的車被發現了，沒見到人，局裡那邊顯然也知道其中有隱情，只是沒告訴師嫂而已——果然，師嫂的擔心是有理由的！

不一會兒，二毛收到一封郵件，這是他拜託的人在短時間內找到的數據信息，不全面，卻大致能知道是什麼事件引起的。總的來說，這是一場商戰引發的流血事件，似乎很普通，但這雙方在楚華市還有些名氣，公司辦得挺大。

看過之後，二毛坐在椅子上想了想。

核桃師兄是帶著黑金離開的，他要靠一隻狗去找什麼？

二毛決定去找一下五樓那隻貓幫忙，有備無患。

雖然能夠去借一隻訓練有素的狗，但二毛更相信住五樓的那隻黑貓。就算平日裡很多事情看不慣那傢伙，可他也不得不承認，到關鍵的時候還真的只能去找牠，尤其是現在的情況與自己師兄相關。

論嗅覺，貓並不一定會輸給狗，之所以很多時候人們用狗去幫忙而不選貓，其實是因為貓不願意受人擺布、不容易訓練而已。貓的性格脾氣使然，牠們的許多長處通常只在有利於牠自己時才會充分發揮出來。

送完小柚子後在外面隨意散步了一圈的鄭歎，準備回家翻地圖決定之後閒晃的地方，一上樓就看到站在門口叩門的二毛。

見到鄭歎，二毛衝到他眼前，「黑煤炭，幫哥一個忙！」

◆◇◆◇◆◇◆◇◆

鄭歎看著車窗外的風景，車已經離開楚華市了，不知道開往哪裡。

一小時前，鄭歎被二毛火急火燎帶出來，還是二毛在車上打電話向焦媽報備的，編了個藉口說帶鄭歎出去玩，可能要一、兩天。但這只是保守估計，從二毛當時的表情和言語中，鄭歎感覺這件事說不定還得花費更長時間。

出城的時候，鄭歎聽二毛將事情簡單的說了一下，只說核桃師兄為了辦一個案子而失蹤，失蹤前是帶著黑金出門的，局裡那邊現在還瞞著核桃師兄他們家裡，尚未沒公開，但不管到底出了什麼事情，還是要先找到人再說。

相比起那些人，二毛更相信自己一些。剛出城的時候他又收到了一封簡訊，幫忙調查的朋友將幾個地址發了過來，說是那個宣布破產的公司暗地裡做的另一些交易的可能地點。

二毛對於那些黑色交易沒興趣，他又不是警察，也不是超人，他只管找人。

他們幾個師兄弟之間對於彼此一些小習慣都比較瞭解，而且他們有一個共同認知的行為——如果覺得事情很危險，甚至可能危及生命，會在某個地方刻上某個記號。

他們每個人都有自己的專屬記號，也有自己的習慣，其他人就算知道他們會刻上記號的樣子，也不一定能夠找到。

鄭歎見二毛將車子駛離高速公路，然後在一個看起來挺荒涼的地方停下。周圍零星有一些青磚瓦房，這裡大部分都是菜園，樹也有一些。

二毛讓鄭歎先待在車上，他下去確認一下。

等二毛下車後，鄭歎趴在車窗看著二毛往一間低矮的青瓦房靠近，然後站在那前面，伸手比了比，不知道是怎麼個比法——先是五指張開手心向下，然後水平方向上向東轉轉，又朝南轉了點，最後大拇指指著一個方向，接著二毛朝那邊跑過去，瞅準一棵並不高的樹，在某根樹枝上看了看後，便回到車上，開著車準備往下一處。

接下來又接連去了三個地方，都是重複著這類的動作，三次二毛都是失望而歸，看來核桃師兄並不在這幾個地方。

來到第五個地方的時候，鄭歎依舊在車上看著外面二毛尋找核桃師兄留下的記號。這裡有條小溪，附近沒有青瓦房，再往遠處一些倒是有大片的田地，那邊才能見到有人走動。

正想著這地方真荒涼的時候，鄭歎見二毛在一棵樹上找過之後便很快回來，與前幾次不同的是這次二毛臉上有些異樣，並沒有之前那種失望的眼神。

看來就是這裡了。

將車開到一邊停好，二毛下車招呼鄭歎跟上。

往那邊走的話，開車並不方便。

「黑煤炭，能聞到什麼嗎？」二毛看向鄭歎。

鄭歎嗅了嗅，好像沒聞到什麼，倒是有很多其他人的氣味，還有其他動物的，干擾性太大，或者是時間過得久了些，氣味散了，不好嗅出來。要尋找的話，嗅的範圍得再大一點看看，但是二毛看上去很急，而且也有目標路線，並沒有很依賴鄭歎的樣子，鄭歎也就只在原地嗅了嗅，跟上二毛的步子。

鄭歎沒想到有一天自己會被當追蹤犬用，論技術，他還真比不上那些「科班出身」的狗們。就算你有那嗅覺技能，但不懂得怎麼更好的去利用，同樣白搭。

二毛對鄭歎的表現沒有太多失望感，他現在還在尋找核桃師兄留下來的那些記號，這樣來跟蹤的話，更快一些。他將那隻黑貓帶上，不過是多上一重保險而已。

雖然核桃師兄留下的看上去只是一個簡單的記號，但是裡面包含的訊息卻很多。鄭歎好奇之下看過幾個，發現記號看起來像偏旁部首裡面的單人旁，也就是核桃師兄的姓氏「何」字左邊的部分。

而且，每個記號都有變化，並不是正著寫的，也不是簡單的指出方向，或許只有二毛他們幾個才能從這裡面尋找出正確的訊息，看二毛在那裡伸出手掌比劃就知道，這上面比鄭歎想像的要複雜得多。

鄭歎跟在二毛身後不遠處，現在不需要他做什麼，只要跟上就行了。路上二毛就說過未必會讓他幫忙，所以鄭歎的壓力並不大，不過他是真心希望核桃師兄和黑金平安，雖然不怎麼熟，到現在也沒見過幾次面，但因為衛稜和二毛的關係，鄭歎希望那位核桃師兄能一切順利。

正想著，鄭歎腳步一頓，抬頭嗅了嗅，看向前面的一個方向，那裡離二毛走的路線稍微偏離了一點。

鄭歎想了想，還是往那邊跑過去，在嗅到的氣味越來越濃的時候，鄭歎看到腳下有一隻黑色的蟲子爬過。往前看，蟲子更多，就在地面上爬動，如果不是那些枯樹葉的遮擋，或許會看到更多蟲子。

正尋著記號走的二毛發現鄭歎那邊的情況，便轉而小跑過去。

「怎麼了？」二毛問。

鄭歎沒理他，繼續往那邊走，直到來到一條乾涸的「溝」旁邊，這裡看來像是做水渠用過。周圍的樹比較多，而且大多都是落葉樹種，不知道是誰將地面上的落葉掃進了這條溝裡面，所以裡面的樹葉堆積得稍微厚了點，若非如此，鄭歎剛才走過的地方樹葉也不至於只有那麼一點兒。

而蟲子比較多的地方，比其他地方看上去要稍微突起一塊。

現在，鄭歎和二毛的注意力都不在樹葉上面，而是那些蟲子。

「這天氣還有蟲子這麼活躍？」二毛皺眉，他也嗅到了一些不怎麼好的氣味。

鄭歎看著二毛往那條溝走過去，他則待在邊上看著，他可不想靠得太近。那些蟲子和他之前在那個別墅區見到的、被黑金視為「證物」的蟲子一樣，再聯想到當時聽過的一些話語，鄭歎感覺背脊發涼，心裡也很緊張。

——那些樹葉下面，是什麼？

二毛已經用樹枝撥開那些樹葉，見到了樹葉下方的物體。

那是一具被啃得差不多的、幾乎只剩下骨架的身體，不過讓二毛懸著的心稍微放下些的是，這人比核桃師兄要矮些。

鄭歎瞟了那邊一眼就沒再看了，依二毛的表情來看，這並不是核桃師兄，他也略放心了。不過，這還真和那些人說的一樣，只剩下骨架子了，看來就是那些蟲子啃的。

強迫自己轉移注意力，不再去想剛才見到的那個驚悚的畫面，鄭歎在附近走了走，然後嗅到了核桃師兄和黑金的氣味。

剛才太緊張，全注意那些蟲子和溝的氣味去了，卻錯過了這一人一狗的蹤跡。

雖然二毛能夠找到核桃師兄留下的大致路線，但這邊的可並不在那條大致路線裡面。

鄭歎努力辨認著那些氣味，然後循著氣味走過去，來到一大樹後面。這裡還有個坡度，如果光線不好的話，有人趴在這裡，也不容易被注意到。

看來核桃師兄和黑金都在這裡待過，時間稍微長了些，留下的氣味比較明顯。這樣推測，那些人在處理那條溝的事情時，核桃師兄和黑金當時應該就在這裡看著，然後那些人離開，核桃師兄才繼續跟上。

二毛看完那邊，拍了幾張照片，然後將樹葉重新覆蓋上，跟著鄭歎往這邊過來。看到這邊的情形後，他也能猜測出一些當時的情形。

「幹得好，黑煤炭。」

確定鄭歎沒有再發現其他的線索，二毛便繼續尋找那些記號。

沿路尋找了一段距離，然後，二毛停住了。

記號到這裡就沒有了，最後一個記號並沒有告訴二毛接下來要往哪裡走，也沒有標注停止的意思，難道是當時時間太緊，事出突然，所以核桃師兄沒有時間去留記號？

二毛不知道。他仔細看了看四周，這裡有人待過的痕跡，他還找到了一些腳印，至少有三個人，還有一些菸蒂。那些人在這裡抽過菸，然後……二毛將視線落到十來公尺遠的那條並不寬的水泥路，然後那些人估計開著車離開了。

可是，該往哪邊走？

二毛手上得到的資料指出的幾處地點，這附近就有一個；但在路的另一頭，走遠一些，還有個地方。

難道兩個地方都去查查？

二毛站在原地想了想，正準備讓身後的黑貓出馬試試，一轉身，卻發現那隻黑貓往其他方向過去了。

鄭歎在知道二毛尋不到記號之後，就在周圍試探著嗅了嗅，除了那些陌生人的氣味之外，其中還有並不容易嗅出來的核桃師兄的氣味，也有黑金的。

黑金的氣味本就明顯一些，而鄭歎在尋找氣味的時候，還發現了一件意料之外的事情，便在那裡停留了一下。

「有東西？」二毛問道，同時掏出摺疊刀，蹲身開始翻土。

有了之前那個被啃得差不多的骨架的事，二毛現在一看到這黑貓停頓就會想這裡發生過什麼事情。而他也發現這裡有動過土的痕跡，雖然範圍不大，但還是能看出來。

鄭歎退了好幾步，想了想，再退兩步，然後蹲在那裡看二毛挖土。

如果鄭歎能夠清楚表達意思的話，也不需要二毛來費事挖了，他肯定會去阻止，但現在的情況是鄭歎無法說話，也不知道該怎麼來表達意思，而且就算現在鄭歎試圖阻止的話，二毛也肯定會去動動的。

土埋得並不嚴實，二毛能很輕易的挑開上面的土，在快速挖了好幾下之後，二毛看到了下面埋的東西——

一坨屎。

二毛：「……」

這難道是黑金那傢伙拉的？！

什麼時候那狗跟貓學會了這個習慣？

二毛或許並不能確定這坨屎是人的還是狗的，即便是狗，也不一定是黑金，他只是猜測可能是黑金而已。

而鄭歎則十分確定這就是黑金那傢伙拉的，只是他不明白，明明貓才會有這種埋便便的習慣，尤其是那些野外的貓，會埋得更好一些，他聽人說過，這好像是貓的一種本能——鄭歎自己除外。

對此行為，人們有諸多猜測，其一就是猜測貓作為獨立捕獵的動物，會試圖盡可能的隱藏蹤跡，就算現在已經被帶進人類社會，但依然保持牠們的野性習慣和本能。

而作為犬類，一般拉完就走的，居然會費功夫埋便便？

這難道也是黑金曾經的訓練項目之一？

訓導員訓練的時候得有多辛苦啊！

鄭歎正想著，耳朵一動，看向一個方向，然後跳上旁邊的一棵大樹，往高處爬了一些，看向那邊。

百公尺遠處的一片長得密集卻並沒有什麼葉子、不知道是什麼樹種的灌木叢後，露出一對狗耳朵。那小片灌木叢周圍是眾多枯黃的植物，而那旁邊長得密集的一些枯草被人燒過，所以看上去枯草的黃色和燒過的焦黑中，黑金的身影並不明顯，因此如果是人眼的話，並不容易注意到。

此刻，那對狗耳朵正轉動著，注意著周圍的情況，看來牠已經察覺到二毛這邊的動靜了，並謹慎的朝著這邊移動。

不愧是「科班出身」的。鄭歎心道。

二毛注意到鄭歎的反應，立刻警覺起來，正準備藏其身，卻突然頓了頓，看向樹上的貓，那貓的樣子不像是看到陌生人或是什麼極具威脅的東西，反倒像是看到熟悉的人或物。

難道……

雖然覺得可能沒有威脅，但二毛還是謹慎行事，藏起身，看向鄭歎正朝著的方向。

很快，二毛就發現了黑金。

不過，黑金看著二毛還是有些猶豫，畢竟牠並不容易接受陌生人，即便已經見過二毛幾次了，但到現在還親近不起來。核桃師兄也是花了幾個月才漸漸讓黑金開始與他親近的。

見到黑金，二毛很高興，可惜黑金不能說話，二毛問了幾個問題，也沒見黑金有太多反應。不過，二毛問起核桃師兄的時候，黑金聽到熟悉的名字，微微有了些反應，然後看向一個方向。

沿著這條水泥路望過去，並不能看到盡頭，現在連輛車都沒見到。

不過二毛已經能夠從黑金的這個反應看出那些人和核桃師兄可能去的地方，看來應該是核桃師兄不得已先離開了，不能帶上黑金，而讓黑金在這裡等著。再聯想到新收到的幾條訊息，二毛推測出了一個地方，他決定開車過去看看。

二毛讓鄭歎和黑金等在這裡，他過去將車開過來，從停車處那邊繞過來並不算遠，他心裡已經能夠大致描繪出一幅路線路來。

鄭歎也懶得走了，樂意在這裡等著。

等二毛離開，鄭歎趴在樹上看著路，估摸著時間，看二毛什麼時候能過來，如果二毛迷路的話，自己會不會再經歷一次流浪生活？

想想就覺得悲慘。

鄭歎鬍子抖了抖，他可不樂意去流浪，而且現在肚子餓了，周圍能有什麼吃的？田鼠嗎？畢竟不是一隻真正的貓，鄭歎還是希望趕緊辦完事回去。

看了看下方窩在草叢裡的黑金，即便這邊的草叢大部分都已經是枯黃的，但黑金還是會選擇有一些草叢或者樹木繁多的地方，利於隱蔽，並不會在視野寬闊的地方久待，即便是埋便便，選擇的地方也都比較隱蔽。可能牠做得還不夠好，但作為一隻狗來說，已經極為難得了。

如果核桃師兄一直不回來，或者黑金沒碰上他們的話，這隻狗會不會一直守在這裡？鄭歎覺得大有可能。

大約過了半個小時，二毛開著車過來了，他下車打開後車門，示意黑金上車。

可是黑金站在那裡，看了看二毛，沒動。

鄭歎先跳上車了，同時翻找出二毛擱在車裡的食物，這裡也有他自己的口糧，要幹活總得先填飽肚子。

不知道是不是二毛的方式成功了，黑金看了看車裡趴在座位上正吃著東西的鄭歎，歪了歪頭，看起來似乎帶著疑惑和不解，但還是跳上了車。

鄭歎原以為是因為食物，這狗才上車的，但黑金上車之後並沒有去動他的食物，就算鄭歎大發慈悲將食物遞到牠嘴邊，牠也不吃。

「黑金在核桃師兄那邊的時候，只有核桃師兄餵的食物牠才吃，其他人餵的根本不吃，師兄他老婆孩子與這隻狗還在磨合期，最近難得親近了些，但餵食暫時還沒成功。」二毛從後照鏡看到後面的情形時如此說道。

鄭歎瞧著旁邊這隻狗因為聞到食物的香味，口水都差點滴下來，覺得這狗應該是很餓了，但現在還忍著沒下口，頓時佩服不已，這要是換作撒哈拉那傢伙，估計叼著就跑了。

◆◇◆◇◆◇◆◇◆

汽車大約開了一個小時，鄭歎小睡了一會兒，醒來的時候看向窗外，入眼的是不遠處的山。這邊的山多。

二毛要去的地方就在一座山上，車不好開過去，也並沒有讓住在這山腳下的幾戶居民幫忙看著，他自己找了個地方停車。

車改裝過，二毛不怕偷，就算被偷了，相比起核桃師兄那邊來說，即便找不回來也沒什麼。

黑金下車後跟著二毛走了一段路，然後開始到處嗅起來，顯然牠發現了熟悉的氣味，不一定是核桃師兄的，還有另外一些人。

二毛看到一棵樹上留下的記號後，心裡踏實了點，和之前一樣，依著記號標注摸索著前進。黑金在二毛前面一點，二毛在追尋記號的同時也會比對一下黑金的路線。

至於鄭歎，事情都被前面的一人一狗攬下了，他這個業餘的只要跟著就行。

現在是冬季，山上很多樹木樹葉凋零，但也有一部分常綠樹種，讓山看起來不至於那麼光禿禿的。鄭歎在跟著上山的時候還有心情看一下周圍的其他地方。

走了一段路，二毛突然停住，並叫住黑金，不讓牠繼續往前走，因為有個記號上多標注了不太明顯的一筆，就是這一筆告訴二毛，前面可能會有監視器之類的設備。

二毛掏出手機，發現手機沒信號。如果前面有監控設備的話，他自己還行，但是這一貓一狗就說不準了，暴露的可能性極大。

想了想後，二毛讓黑金和鄭歎都待在這裡，別往前跑，尤其是黑金，二毛解釋了好半天，也不知道這隻狗到底能聽懂多少、能聽進去多少。不過，等二毛往前走了幾步之後回頭時發現，黑金已經往一些灌木叢那裡過去，準備隱藏起來了。

看來話是聽進去了幾句。

不管黑金能夠理解多少，二毛只要這狗別跟上來，待在這裡就行。

鄭歎跳上一棵葉子尚綠的樹，還是覺得樹上安全點。反正現在這個季節，蟲子和蛇之類的也少，鄭歎完全不用擔心那些。

等二毛離開後，鄭歎待在樹上，周圍很安靜，黑金那邊也沒有發出什麼大的聲響，鳥叫聲顯得非常清晰，襯得這片地方有種荒涼感，沒什麼人氣。

鄭歎趴在樹枝上，反正下面有黑金在警戒著，再說就算有人來也不會去特別關注一隻藏在樹上的貓，他比黑金要安全得多。

突然，鄭歎耳朵動了動，睜開眼看向一個方向。躲在灌木叢後面的黑金也聽到動靜了，卻依然安安靜靜待在原處。

鄭歎站得高，比黑金看得清楚。

那是一隻田鼠，現在是冬季，估計牠是由於食物不足才在這個時候出來活動覓食的。鄭歎不吃這玩意兒，現在也沒心情去抓老鼠玩，所以就當沒看見，放過那隻田鼠一馬。

不過，瞧著那隻田鼠漸漸往這邊過來了，這傢伙膽子挺大，估計平日裡也沒見到這周圍有多少天敵。但在靠近這邊的時候，估計嗅出了點什麼氣味，牠停住了，小心看著周圍。

「嗖！」

鄭歎就見到黑金從灌木叢那邊跳出來，飛速衝向那隻田鼠，看那抓田鼠的動作，鄭歎覺得這狗絕對不是第一次抓，估計在家裡還抓過老鼠。

那隻田鼠沒能從黑金爪下逃出，鄭歎只聽到那隻田鼠短暫的叫了兩聲就戛然而止了，再看的時候，黑金已經叼著田鼠回來，趴在枯草叢裡吃了起來。吃的時候還停下來警惕地注意著周圍，支著耳朵仔細聽著，確定周圍沒人過來，才繼續吃。

聽著那邊黑金啃田鼠的聲音，鄭歎心裡感慨，這隻狗真有才，或者說，這狗以前的訓導員真有才。不過，同時這也能看出，這隻狗是艱苦過的，應該是跟戰士們共同執行過任務吧。他以前聽衛稜說過一些，有時候出任務沒食物便就地取材，至於取的什麼材，那種類就多了，其中便包括田鼠、蛇一類動物。

真該讓一些喜歡糟蹋糧食的狗過來看看。

鄭歎在寵物中心的時候，有好幾次看到有些狗在吃狗糧時舔一顆漏兩顆，吃完之後地面上的狗糧便會直接被那裡的工作人員掃了倒掉，狗的主人們覺得沒什麼，鄭歎當時也沒認為有多大問題，但現在對比一下，突然覺得還是節約點的好。

吃完之後，黑金重新趴回之前的灌木叢後面。鄭歎看了看，並沒見到黑金身上有多少血跡，牠正在舔著嘴邊的血跡，估計很快也會被舔沒。

不知道二毛和核桃師兄什麼時候才能辦完事？鄭歎趴在樹上想著。還好自己來時在車上又吃了些，現在不至於挨餓，但如果像這樣再熬幾天的話，鄭歎不知道自己會不會和黑金一樣去吃田鼠了。

正想著，鄭歎心裡一凜，看向上山的方向——那邊有人過來了。不是動物，是人！

黑金顯然也聽到了，不舔嘴巴了，注意著聲音傳來的方向。

很快，鄭歎便見到了來人，那是兩個陌生人，帶著點口音，不像是本地人，在來的時候鄭歎聽過兩個本地人閒聊，與那兩人的口音不同。

那兩人走的路線與鄭歎待的地方還有些距離。那兩人下山的時候，其中一個還拿著對講機說著話。聽他們說話，鄭歎瞭解到靠近山腳的地方還有個落腳點，兩人就是準備往那裡去的。

鄭歎想了想，爬下樹，悄悄跟了上去。

躲在灌木叢後面的黑金疑惑了——

不是應該原地待命嗎？那隻貓怎麼跑了呢？那牠是跟上去還是繼續原地待命？

第三章

神祕的假富二代

鄭歎跟在那兩人後方的不遠處，動了動耳朵，轉頭往後看，發現黑金跟在後面，卻並沒有立刻跟上來，而是隔了些距離。

狗在身形和靈活性方面都沒有貓來得方便，隔著些距離也好，總不至於被前面那兩人發現，只跟著鄭歎的話，黑金也不會跟丟。

那兩人在說話的時候也會看一眼周圍，並沒有發現什麼人，他們也安心很多。

可是兩人並不知道，有時候跟蹤者不一定只是人，還有動物。或許他們覺得，大冬天的還是白日，不可能有什麼危險動物出沒？

不管怎麼說，鄭歎的跟蹤行動還是很成功的，一直跟著前面兩人來到靠近山腳的一處兩層瓦房，從外面看，修建得比較粗糙，沒有什麼欣賞性可言。

屋裡還有其他人，這兩人過去的時候敲門，門從裡面打開。

鄭歎靠近之後先躲在一處觀察了一下，發現屋簷下的兩處角落裡有監視器，他先繞著那屋子走了一圈，將監視器的位置記住，至於有沒有其他更隱蔽的監控設備，鄭歎不知道。這棟屋子從外表看來沒什麼特別的，瞧著也不值錢，誰會想到就這破房子居然還安裝監視器？

鄭歎看向身後，黑金依舊在離他一定距離的地方藏著，沒有貿然前進。

這棟房子的隔音效果不錯，鄭歎待在那裡聽不到裡面的人在說什麼，頂多只能模糊的聽到一些聲音，卻無法聽清楚、聽明白。因此，鄭歎決定先過去看看情況，他總覺得這裡應該能夠有點收穫。

動身走了幾步，鄭歎回頭看向身後，見黑金有要起身繼續跟過來的意思，他趕緊朝著黑金藏身的地方抬起一隻爪子，掌心對著那邊，本來想擺手表示讓對方停下來的，但鄭歎突然意識到貓和人不一樣，黑金能不能懂？

正準備起身的黑金見到鄭歎的動作，歪著頭有些疑惑，幾秒後又重新趴下來，依然盯著鄭歎的方向。

見黑金重新趴下，鄭歎心裡鬆了一口氣。他現在終於感覺到和一隻聰明的動物一起行動的好處，他不需要做過多的行為來解釋，再說語言不通，能解釋估計也沒用，還是理解力的問題。又走了幾步，鄭歎快速的朝身後瞥了一眼，見黑金沒跟上來，才選了個監視器拍不到的角度過去。

外面的牆面並沒有做過多的粉刷，更沒有貼瓷磚之類的東西，鄭歎以前爬過這種牆面，所以現在這種情況對他來說並不算什麼，他靈活的從牆面竄了上去。

能夠避過監視器的地方有三處，而鄭歎之所以選這一處，一個是因為這面靠山，面對的是山壁，正因為如此這邊才不會被重點注意，兩個邊角安裝的監視器只能注意遠處，並不能看到近處下方的情形。

而最主要的原因，其實是這邊有一扇鐵窗的窗戶破了個口，或許那些人覺得這窗戶不重要，或者覺得安著鐵窗沒事，並沒有再重新換玻璃，只是用一塊不知道從哪個紙箱上撕下來的一塊厚紙板擋在那裡，至少能夠起到擋風的作用。

推開擋著破口處的紙板，鄭歎從這個缺口進去。

房間裡都是一箱箱的貨物，鄭歎看了看紙箱上印刷的文字和圖畫，「XX牌夾心糖」、「X

X牌奶茶」等，都是同一個牌子，鄭歎從來沒聽說過這個名字，應該不是個什麼正規廠家，估計是山寨貨，那商標圖跟某個知名的食品品牌很像，只是少了一筆而已。

更讓鄭歎好笑的是，這上面居然還印著一個免檢的標誌。

不過，僅僅只是山寨貨的話，沒必要搞出這種陣勢，核桃師兄不會因為這個而冒險。紙箱都用膠帶封著，只有靠門那邊的幾箱沒有被封住，鄭歎跳上去看了看，光看包裝就知道是劣質產品。

這個房間的門也是鎖著的，鄭歎可打不開，因為外面用一個鐵鎖鎖著，外面沒人過來開門，鄭歎也別想從這扇門出去。

看了房內一圈，鄭歎發現吊頂的角落處有個缺口，他跳上那幾個箱子，箱子堆積得有些高，離天花板只有個七、八十公分的距離。鄭歎站在上面，正好能夠仔細觀察一下那個缺口。

鄭歎看了看，發現那個缺口邊沿有咬過的痕跡，估計是老鼠啃的。不過這個缺口只能讓老鼠通過，鄭歎擠不進去。

這個房間用的是木板吊頂，還是那種比較便宜的木板，年份久了，有些木板與木板之間還有著明顯的縫隙，從縫隙中能看到很多黑色的汙跡。此刻外面的風有些大，鄭歎能夠感受到透過縫隙吹進來的帶著陳腐氣息的氣流。

鄭歎站在堆在上層的紙箱邊沿，輕輕跳起，勾住那個缺口。木板發出「咯吱」一聲輕響，這點響聲並不算什麼，也就只有這房間裡能聽到些。再說，外面的風吹得起勁的時候，天花板和吊頂也會發出些聲音，所以鄭歎造成的這點木板響動就算有人能聽到也不會去在意。

勾住木板掛在那裡，鄭歎分出一隻手頂了頂旁邊的木板。

沒想到的是，不知道是不是年代太久，還是以前堆貨的時候被頂開過，鄭歎稍微用點力一推就推開了些。

小心的將旁邊那塊鬆動的木板往上頂了頂，確定頂開的空隙能夠讓他鑽到上面去，鄭歎才收回爪，緊抓住缺口和縫隙，然後用頭去頂旁邊那塊鬆動的木板，有些艱難的擠了上去。

木板發出「喀」的一聲脆響，不過鄭歎仔細聽了聽，外面沒有其他異動，這才繼續往上擠。

擠的時候鄭歎便將上面看了一圈，除了幾隻不知道死了多久的小昆蟲屍體之外，就是厚厚的灰塵和蜘蛛網。

擠上去之後，鄭歎小心的讓木板回到原處而不再發出大響聲，這才試著在木板上走動。

木板的材質不怎麼好，再加上有些年份了，估計承受不住一個成年人的重量，就算是小柚子踩在上面也無法。但對鄭歎來說，這樣已經足夠了，再怎麼說，這些木板還是能夠承受一隻貓的重量。

裡面比較暗，不過從一些瓦縫和下方木板的間隙透出來的光線，足以讓鄭歎看清楚這上面的布局了。

或許這棟屋子修建過幾次，感覺有些雜亂，看起來就像是應付了事的樣子。從這裡，鄭歎可以去二樓的各個房間看看，這裡房與房之間的上端並沒有完全擋住，就算是一個磚塊的空隙，鄭歎也能試著擠過去，而有些地方直接就是相通的。

相比起這些，鄭歎比較費神的是腳下踩著的木板，雖然這些木板能夠承受住他的重量，但有時候踩在上面會發出咯吱聲，如果某間房內有人的話，聽到咯吱聲即便不會立刻想到上方有入侵者，也會猜測是鳥類或者老鼠等而特別注意。

鄭歎小心的踩在木板上，接連走過了幾間房，並沒有看到什麼人，估計都在一樓。不過，來到一間房上方的時候，鄭歎察覺到與前面幾間房不一樣的地方，從木板間的小縫隙往下看，他發現這個房間裡關著一個人。

房間不大，周圍並沒有放置太多雜物，因此中間那個物體就格外顯眼了。

在房間正中的是一把椅子，有個人被綁在椅子上。從上方看，鄭歎看不到那人的長相，比較醒目的是那一頭酒紅色的頭髮，已經看不出髮型，很雜亂。那人披著一件青布棉衣，棉衣上還打著補丁，有幾處破了能看到裡面的棉花。牛仔褲上很多灰塵，腳上的登山鞋……那圖案，如果是正品的話，這人應該還有點身價。

鄭歎小心的往前面走了幾步，換個角度看看。可惜那人低著頭，像是在睡覺的樣子，無法看清楚長相。

這時，鄭歎聽到外面的人聲。有人上樓了，而且還是朝這個房間過來的。

門外開鎖的聲音響起之後，房間門被打開。三個人走進來，其中兩人鄭歎見過，另一人應該是早就在這棟屋子裡的。

其中一個穿著灰大衣的人朝綁在椅子上的那人走過去，抓著那人的頭髮搖了搖。

然後，鄭歎聽到了一陣殺豬似的聲音。

「閉嘴！」灰大衣一巴掌抽過去。

那人的尖叫聲停了停，然後就是哭聲，還是四個音節拍的，第一聲升調，後三聲降調，第一聲和第四聲都帶著拖音，中間兩聲比較短。雖然依舊難聽，但至少比剛才那豬叫好多了。

鄭歎一直覺得，像這樣哭的，要麼是小孩子、長不大的那類型，要麼裝的成分比較大。他只聽過社區的一些小孩子這樣哭過，這是第一次聽一個成年的、還是成年男性這樣哭，總覺得雞皮疙瘩都起來了。

而當那個灰大衣抓著那人的頭髮逼他抬頭的時候，鄭歎看到了那人被揍得鼻青臉腫，還哭得滿臉的鼻涕眼淚。

「這就是你們抓到的那人？」剛下山的其中一個問道。

「對，就是他。」灰大衣鬆開抓著那人頭髮的手。

問話那人拿著手上一張身分證對著看了看，然後嘖了一聲，「一看就是個富家子弟，他身上的東西值不少錢吧？」

灰大衣嘿嘿一笑，「上面只是說暫時先關著人，沒說不准賣東西。」

見問話那人皺眉，灰大衣補充道：「就賣了手機和相機，沒在本地賣，有專門的路子。」意思是讓對方放心，不會惹來麻煩。

「錢包裡的東西你看過了，至於他的那件皮衣，我剛才在樓下穿的就是，還挺暖和的。哦，這傢伙的手機裡面還有不少不錯的圖呢，這要是發出去估計又是一件豔照新聞。相機裡沒拍到什麼特別的東西，至於他那輛豪車，我藏著了，暫時沒處理，到時候等事情過去了賣掉也能搞到一筆錢。」

「嗯。」問話那人皺著的眉頭這才平了些，「先別讓他死了。看起來也是個膽小的，但家底不錯，到時候看上面是什麼意思吧。」最近不太順利，上面的人好像也不想再多惹事端，等這段時間的事情平息了再說。

「這個我們自然知道，就是這傢伙老要上廁所。」灰大衣說道。

「那就節約點糧食。」問話那人說道。

意思就是只要餓不死，不用給太多吃的。

被綁著的人又開始哭了，連連許諾放他回去，一定給大筆的錢，可惜這三人都沒理他。又問了兩句話之後，三人便離開了，門外還傳來鎖卡住的聲音。

鄭歎支著耳朵，他聽到那三人走的時候還說要不要將人轉移個地方，畢竟明天就要運貨了。後面的話就聽不清楚了，那三人已經下樓。鄭歎準備找個地方下去一樓聽聽那幾人的談話，卻在抬腳的時候，從木板間的縫隙看到下方的狀況。而這時，那個被捆綁在椅子上前一刻還哭得鼻涕眼淚一大把的人站了起來，不知什麼時候，綁在他身上的那些繩子已經被割斷，並纏繞成一捆，被他塞進那件破棉衣口袋裡。

穿好棉衣，那人走到牆角邊，將掉落在那裡的半顆饅頭撿起來，這是上午沒能吃完的早餐。撕掉上面沾著灰塵的麵皮，那人拿著饅頭啃了起來，看起來還挺鎮定悠閒，一點都沒有剛才那窩囊樣。一邊吃著，那人走過來，而眼睛一直看著鄭歎所站的地方。

——還真是裝的！

鄭歎從木板縫隙看著下方的人。

剛才那三個人進來的時候，鄭歎以為這個被綁著的人是屬於那種思想不成熟、長不大還帶著小孩脾氣的富二代，再加上剛才那打一下就哭得眼淚鼻涕一大把的樣子，誰都會覺得這就是個敗家子、窩囊廢。

不是誰都能想哭就哭成這種效果的。對比前後的巨大反差，鄭歎覺得這個人簡直可以去美國拿小金人獎了！

而且，光有演技就算了，鄭歎還真沒想到這人能藏得這麼深。綁著的繩子在鄭歎沒注意的時候就已經被輕易的解開，這可不是一般人能夠做到的；同時，既然能這麼快就解決掉繩子，又怎麼會被揍得鼻青臉腫，將自己搞得這麼狼狽？

要麼這是個狠人，要麼……這人就是個神經病。

鄭歎盯著下方的人，下方的人也一邊嚼著手裡的饅頭，緊盯著鄭歎所在的地方。

「你是誰？」那人問道，「說不定我們可以合作。我對那批貨沒興趣，你要的話，那批貨全都給你。」

鄭歎對那人說的「貨」完全不知情，這個字絕對不是指他剛才見過的那批劣質食品。不過，鄭歎也能推測出核桃師兄的目的估計就是那個所謂的「貨」。

那麼，這個人既然不是為了那些貨，他又為什麼來這裡？

見上方沒有動靜，也沒有任何回應，那人將最後一點饅頭全部塞進嘴裡，將手在青布棉衣上擦了擦，然後跳上擱置在邊上的案桌，手推了推木板吊頂。

鄭歎在他動作的時候就迅速離開了原地，離開這個房間的所在區域，躲在一根木頭後面，聽著那邊的動靜。

那人似乎沒有打算將木板吊頂推開從這上面出去，過了一會兒，鄭歎聽到門鎖響。他從狹縫裡往下瞧，只見關著那人的門被打開一條縫，這也是門在開鎖前能打開的最大縫隙。那人伸出兩根手指，手指間還夾著什麼，伸向鎖上的鑰匙孔。

見識過二毛撬鎖，鄭歎看到這人的行為也就不那麼詫異了。這世上，能人還是很多的。

鄭歎不知道他要找什麼東西，挺好奇的，於是就在上方跟著。沒跟得太近，鄭歎對那人還是數秒時間，那人將鎖打開，從房間裡出來，看了看四周，然後沿著周圍的房間挨個尋找。

那人找了幾個房間之後，進入了那個堆著貨物的房間，開門鎖對他來說輕而易舉。防範居多，有那種身手，比二毛應該不差，這人還比二毛藏得深，鄭歎不得不防。

鄭歎只見那人在打開的那幾個箱子裡翻了翻，然後又將膠帶封著的一個箱子打開，在裡面又翻了翻，拿出一袋「XX奶茶」，撕開一個小口，嗅了嗅，然後微微沾了些嚐。

鄭歎看著那人的動作，猜測到，莫非那裡面裝的還有其他東西？

而那些劣質食品標誌不過是為了這些東西打掩護？

至於那人剛才拿著的，該不會是某些違禁「藥物」？

如果是的話，那麼山上的那些估計就是負責生產的地方了，難怪核桃師兄要過去冒險。

那人換了個角度，背對著鄭歎，鄭歎並不能看到那人手上到底在幹什麼。約莫一分鐘後，那人抬頭看向鄭歎所在的地方，小聲的問著，又好像是在自言自語：「你到底是什麼？」他在推動木板吊頂的時候就發現吊頂的木板比較脆弱，根本承受不住一個成年人類的重量，再加上在上面還能活動自如，實在不像是人類所能辦到的事情。

那人找了東西之後，沒有久待，便下樓去了。

鄭歎等了一會兒，沒聽到下面有什麼動靜，掀開木板吊頂下去，然後小心的下樓。

雖然剛才沒聽到什麼聲響，但下樓之後，在樓梯口鄭歎就見到那裡躺著一個人，還有呼吸，但是手已經被捆著，捆綁的繩子就是之前那個紅頭髮被綁時的繩子。

伸頭往周圍看了看，鄭歎走過去往各個房間裡瞧了一眼，一樓除了幾間臥室和廚房、廁所之外，就是監控室了。臥室裡面也躺著一個人，同樣被綁住，失去了知覺；至於監控室那邊，穿著灰色大衣的人倒在地上。

這三人有一個共同點，臉上都被揍得很慘，至於其他地方有沒有被狠揍過，鄭歎暫時還看不出來。

那個紅頭髮拿著隨身碟在監控室搗鼓著。很快，他拔出隨身碟起身，往外走去，不知道從哪裡拿出來一個耳機，聽著什麼，然後皺眉看了看山上，腳下卻更快了。

那人此刻身上已經重新穿回自己的皮衣，準備離開。

可是，還沒走幾步，那人突然停下，抽出一把匕首——這是剛才在屋子裡面順手拿的。

鄭歎本來在一樓的一扇窗戶口看著外面，發現不對勁之後，立刻撒腿往外跑。

一道身影從側面朝紅頭髮那人衝過去，紅頭髮那人也準備揮刀，可是另一道黑影衝了出來，攔在中間。

衝到中途的黑金被迫停住，疑惑的看向鄭歎，不太明白為什麼這隻貓要攔著牠。

而紅頭髮那人則看著擋在中間的黑貓，維持著剛才的動作。數秒之後，他收回匕首，微微挑眉問：「木板上的是你？」

鄭歎扯了扯耳朵，緊盯著對方，他毫不懷疑，如果黑金真的撲上去的話，現在絕對已經被斃在刀下了。偏偏黑金還在後面低吼，似乎不甘心的要再次撲過去。

鄭歎很想轉身抽黑金一巴掌讓這傢伙安分點，可惜他現在不敢隨便將視線從對面那個人身上挪開，從屋子裡那幾個人不聲不響被放倒就能看出這人的身手，他沒殺人，或許是不想多惹人命官司，但不殺人不代表不殺狗、不殺貓。

剛才這人確實對黑金起了殺意，不過，鄭歎從對方盯著自己的眼神裡面卻並沒有感覺到殺意，更多的是打量和好奇。

那人盯著鄭歎看了一會兒，然後玩著手上的匕首，收回去，轉身離開了。

看著那人離開之後，鄭歎才舒了一口氣。

支著耳朵聽了聽周圍，沒察覺到有人靠近，鄭歎便往那屋子裡走回去。

黑金在原地猶豫了一下，還是跟了上去。對牠來說，更多的時候是服從，像這隻黑貓那樣總是我行我素的情況實在是太少有，不過現在對於黑金來說也沒有更好的選擇，還不如跟上去。

鄭歎從屋子裡出來的時候已經看過，那裡的監視器都關了，至於屋子裡的幾個人，鄭歎不知道他們什麼時候才能醒過來。如果現在醒來就麻煩了，所以他得做點什麼。

挨個看了看，鄭歎抓著倒在樓梯口的那人的褲腿就往一旁臥室拖，這間臥室裡面還躺著一個人，鄭歎決定把他們都扔在這裡，然後將門鎖起來，就算他們醒過來，一時半會也出不來。

黑金見狀，也咬住倒在監控室的另一個人的褲腿，跟著鄭歎往那間臥室拖。

見到有個人有要醒來的跡象，鄭歎找了找，抱住旁邊的一把木椅朝著那人敲過去。

「咚！」

幾乎要迷糊地睜眼皮的人又暈了。

鄭歎在這三人身上找了找，將一串鑰匙拿出來，摸了下鎖後，將門鎖上。

黑金就在旁邊蹲著，看著眼前這隻黑貓上竄下跳，牠並不能完全理解這隻貓的做法，不過牠覺得這隻貓做的事情應該是對的。

動了動耳朵，黑金看向一個方向，鎖上門之後，鄭歎也看向門口。

他們剛才進來的時候並沒有將這棟屋子的大門關上，現在黑金離大門稍微近一點，比鄭歎先察覺到外面的動靜。

外面有風吹進來，黑金也嗅到了門外人的氣味。

「汪！」黑金叫出聲。

鄭歎一看到黑金搖尾巴的樣子，緊張感就散了些。

果然——

在黑金叫出聲之後，門口探進來一個腦袋。正是二毛。

「臥槽！你們兩個怎麼在這裡？！」

二毛是從另一條路線下山來這裡的，並沒有經過來時讓黑金等在那裡的地方，所以他並不知道黑金和鄭歎都已經不在原處了。他剛才在外面聽到屋子裡面有動靜，還在想裡頭究竟有幾個人，尤其是聽到那「咚」的一聲的時候，還想著這棟屋子裡是不是在審問哪個倒楣鬼，卻沒想到是這兩個傢伙。

見到二毛，黑金心情不錯，尾巴搖得起勁，可是看了看二毛身後，卻沒見到牠要找的人。

「師兄還在山上，接下來還有行動，我們等在這裡就行了，援兵很快就到。」二毛摸了摸黑金的頭，這次黑金難得的沒避開。

聽到二毛說這話，鄭歎伸了個懶腰，之前神經一直緊繃著，現在才放鬆下來。

二毛撬開鎖看了看剛才被鄭歎關在裡面的三個人，繩子綁得很專業，再看看三人身上的傷，憑一隻貓和一隻狗是不可能造成這種結果的。

「還有人呢？」二毛問。

黑金看向門外，又看向二毛。

「離開了？那就算了。」

二毛檢查了一下周圍的監控器，重新打開，關上大門。

二毛所說的援兵很快就來了，一個個全副武裝，看起來讓人有種緊張感。鄭歎見到的只是一部分人，另外一部分在配合山上人的行動。

既然有專人去處理，二毛也不守在一處了，樓上樓下看了一遍。

在見到二毛從那批劣質食品裡面翻找出幾袋東西的時候，鄭歎確定自己猜對了。這些人確實是在山上製造某些違禁藥物，同時還生產一批劣質的食品，將藥物裝在類似的食品包裝袋裡，然後與那些食品一起運出去，賣給買家。

袋子看上去幾乎一模一樣，不同之處在於條碼。不仔細還真看不出來。

在另一個房間裡面，還發現了那些蟲子，牠們被關在一個個牢固的大盒子裡面。

難怪當時在上面看的時候，那個紅頭髮壓根沒去碰那幾個盒子，顯然知道裡面有那種蟲子。鄭歎心想。

二毛說，那是一種甲蟲，從國外弄進來的，估計是人為培養，牠們沒有生殖功能，胃口卻很大，這樣一盒蟲子，小半天就能將一個成年人啃成骨頭架子。

不過，聽說這並不是最終的成功品，只是對方在交易的時候送給這夥人的「小玩意兒」。鄭歎聽著山上傳來的槍聲，找了個隱蔽些的地方趴著，現在事情還沒結束，他也不希望遇到什麼意外。倒是黑金顯得很興奮，牠對槍聲很熟悉，聽到這個就會想到以前出任務的時候，有些蠢蠢欲動。

等到事情結束的時候，已經接近傍晚了，核桃師兄手臂上有傷，看起來有些疲憊，但眼裡很亮，還有心情跟二毛開幾句玩笑。

聽他們談話，鄭歎知道那位有黑道背景、涉毒、還背著不知多少命案的 BOSS 已經被抓了，後續的調查和抓捕依然在進行中。不過，能逮著這條大魚，核桃師兄已經很滿意，只有一件事他心裡不太爽快。

「他們所說的那個大冬天上山抓松鼠的富二代沒見著人。我想這估計又是個藏得深的，就是不知道是哪邊的人，如果是與這個組織敵對的人也還好，畢竟這個組織不管明面上的公司還是暗地裡的買賣都礙了一些人的眼。」核桃師兄說道。

這夥人明面上的公司因為商業戰爭失敗破產，但占大頭的還是暗地裡的買賣，只要這買賣還存在，他們就有東山再起的機會。不過，更多人不希望他們東山再起。或許，那個假扮成富二代的就屬於這類？

「我覺得，這人不一定與這個組織是對手或者同夥。如果是對手的話，屋子裡的三個人估計早沒命了，不至於還留著活口。」二毛說道。

◆◇◆◇◆◇◆◇◆

與此同時，某條高速公路上，一輛豪車內——

染著酒紅色頭髮的人正戴著耳麥與人通話。山上那夥人在搜車的時候，並沒有找到藏在車裡的另一部手機。

「資料收到了吧？不過你現在也不用費功夫了，他們估計已經栽在警方手裡，基本上不會有再爬起來的可能……當然，雖然不用你再動手，但答應我的錢得兌現，我這次為了找證據，差點毀容……沒辦法，被揍一頓總比餵蟲子強。至於那些蟲子的殺傷力，你想想派出的那位已經被啃成骨頭的商業間諜的下場……嘿嘿，合作愉快，下次有什麼需要記得光顧。」

切斷通話，過了一會兒，手機上傳來一封匯款簡訊，他看了一眼，揚起一抹笑，聽著車裡放出的藍調音樂，一手握著方向盤，另一隻手手指隨著音樂的節拍敲打著。

「黑貓……真是奇怪的生物。」他嘆道。

◆◇◆◇◆◇◆◇◆

鄭歎回到家的時候，焦媽數落了二毛好幾句。突然就將貓帶走，一走就是兩天，還沒打電話報平安，讓焦媽心裡總是懸著，生怕二毛將自家貓帶到什麼不好的地方去。

二毛乖乖站在那裡挨訓，不停的承認錯誤。

見二毛態度誠懇，再加上自家貓並沒有任何不妥之處，焦媽說了幾句就過去了。

核桃師兄很想去感謝一下焦家人，在他看來，鄭歎和焦家人是綁在一塊兒的，還不了一隻貓的人情，還焦家的人情總行了吧？

不過，現在好像不是說實話的好時機，等以後吧！核桃師兄想。

案子進行順利，升官也有指望，可讓核桃師兄不滿意的是，那個抓松鼠的富二代至今沒有任何消息。

所謂的車，最後證明是租的，身分證什麼都是假的。這年頭，證件照和真人的差別能達到就算對方站在你眼前，你也不一定能認出來的程度。那周圍有點名氣的富二代都查過一遍，壓根沒有那樣一個人。見過那個假富二代的人也都不記得那人到底長什麼樣了，印象更深的是那人被揍得鼻青臉腫後哭得鼻涕眼淚橫流的狼狽情形。

鄭歎和黑金倒是見過，可惜核桃師兄也知道不可能讓這兩隻告訴他什麼，除非那個假富二代再次出現，這樣黑金一定能夠認出來。

第四章

吉祥的黑碳

上次出門的時候，二毛迫不得已將黑米託給了小郭的寵物中心，不過這次二毛將黑米送過去時特意向那裡的人強調了，不准花生糖接近，不然就投訴寵物中心。其實二毛也想換個地方，楚華市類似幫忙照看寵物的地方多得是，但黑米不買帳，其他地方壓根就不去，去了就一直叫喚，二毛聽著那個心酸喲……晃了一圈，還是得送到寵物中心。

既然這位ＶＩＰ客戶都這樣說了，寵物中心的人自然照辦。所以，在去領黑米的時候，聽著寵物中心的人保證沒讓任何一隻公貓接近，這讓二毛滿意了。不過，將黑米接回家後，黑米再次三天沒理他。

每次將黑米送進寵物中心，二毛總會受到這種冷待遇。

至於鄭歎，最近過得還不錯。

每次經歷過那些不怎麼好的事情之後，他總會感慨一下社區的生活是如此的平靜美好。

天氣越來越冷了，一年到頭，年關將近，大學生們在期末考過後都已經陸續回家了，還在學校住宿的也都在打包，近期也會離開，因此校園主幹道和很多平日裡熱鬧的地方，現在都冷清不少。對於鄭歎來說這是好事，沒人，他自己還能放開點玩。

最近鄭歎每天都會開著他的小貓車出去玩玩。由於目前焦家只有焦媽和兩個孩子，鄭歎也不可能讓這三人每天爬上爬下搬貓車，貓車比普通玩具車要重多了，而且焦家在五樓，搬上搬下累死人。如果焦爸在的話還行，女人和小孩還是算了。所以，鄭歎除了在方邵康過來找他去老劉那邊玩的時候會搬貓車之外，平時都不將貓車搬出來。

不過現在，鄭歎每天都能玩玩貓車，調節一下心情，還暖和。

這事得從上週說起。

上週方邵康過來楚華大學找過程仲，也就是工學院那個當初為鄭歎造貓車的研究生，原因是方萌萌小朋友在知道鄭歎有一輛貓車之後，要為她家的大米也做一輛，方三爺二話不說直接找上來，讓程仲照著鄭歎那輛貓車再造一輛，拿回去討好寶貝女兒。

於是，程仲最近忙著造車，同時也會對比一下鄭歎的那輛貓車，順便再更新一些零件，記錄一些參數，鄭歎每天玩完車之後只要開到焦威他們玩遙控車的地方就行了。現在那些玩汽車模型和飛機模型的很多學生都已經離開，程仲將臨時工作室放在那裡，還有兩個本地的學生跟著程仲學習。因此，鄭歎不用每天找人將車搬回焦家。

程仲還在貓車裡面安裝了一個發熱裝置，「座位」的地方還裝了一層毛絨布來保暖，鄭歎待車上的時候，雖然頭和大半個軀幹還是露在外面，可也並不覺得有多冷。

鄭歎開著貓車在路上跑的時候，有些人見到還會說笑幾句。不過他們頂多感覺新奇，大家更多的以為這是誰家將遙控車拿出來逗貓了，還有人心裡想著：這也是個遛貓的好工具。沒有誰會認為這是一隻貓自己在操控著這輛車。

學校裡也時常有些喜歡玩機械類的學生造出些東西出來跑動，久而久之，見到類似的事情大家都只是看看笑笑，並不會往深處想。

控制的方向盤在裡面，鄭歎的兩爪子就踩在上面，所以在外面的人看來，這貓就只是蹲裡面而已，操控車的估計另有其人，壓根不會懷疑到鄭歎身上。

今天沒什麼風，冬日的下午太陽照在身上暖烘烘的，讓鄭歎感覺心情都好了許多，直到……

「黑～哥～」

鄭歎：「……」

大好的心情就這麼沒了。

——混蛋！這小兔崽子這時候不去睡午覺，跑出來幹什麼？！

不用往後看，只聽聲音鄭歎就知道那輛比自己的貓車大許多的兒童電動四輪車追了上來。

鄭歎不想聽這小屁孩咿咿呀呀，果斷加速。別看鄭歎這輛貓車瞧著像玩具，但各功能齊全，真要提速，比焦媽那輛電動車要快多了。只是在學校，鄭歎還不敢那麼亂來，頂多在方邵康將他帶去老劉那邊的時候跟劉耀「飆」一下車，平時都是慢速行駛，全當調節心情。

即便在學校裡不能將貓車提升到鄭歎心裡所想的速度，但也足以甩開後面的兒童四輪車了。

「黑～～哥～～」

糯糯的還帶著些委屈、像是要哭出來似的童聲，讓鄭歎恨不得撞方向盤。

——每次都來這招！

嘆了一口氣，鄭歎將貓車減速，鬱悶地等著後面那輛兒童四輪車追上來。

卓小貓的兒童四輪電動車的外形比較像一隻貓，上面的圖畫也是貓，正面看上去，那輛車的車燈就像貓眼睛，「嘴」邊還有鬍鬚。

學校裡有一些老師家裡也幫孩子買過這種車來玩，不過那些小孩子大部分都是三歲左右，不像卓小貓這樣才兩歲不到就開始玩了。

為了安全起見，負責照顧卓小貓的小萬手裡拿著遙控器控制著那輛車，並不會真讓卓小貓去操控。卓小貓似乎也知道車不是自己控制的，他不像其他小孩子那樣經常握著方向盤激動的「開車」，他會直接看向小萬，然後說出自己想要去的方向，啟動、轉彎，或者停止。

比如剛才，卓小貓要追上鄭歎，就直接看向旁邊拿著遙控器的小萬，然後指指前面的鄭歎，意思是趕緊追上去。

小萬在鄭歎那輛貓車減速之後便快步走上來，卻不見吃力和氣喘，帶著笑意看著這一人一貓。接觸得越久，她越感覺到這隻貓的特別。其實選車的時候，她給卓小貓看了很多車的圖片，這孩子都不滿意，最後指著掛在牆上的一張照片。

牆上掛著很多照片，大部分都是卓小貓週歲的時候照的，其中一張便是他跟那隻黑貓在一起照的。

卓小貓想要一輛黑貓樣子的貓車，可是小萬覺得黑色對於小孩子來說太過沉重，對孩子的成長影響不好，所以換成橙色的；至於車上那些看著有些「畸形」的塗鴉，都是卓小貓自己畫的，從那些塗鴉的輪廓來看，大致能看出是個貓樣。對此，小萬已經很滿意了，畢竟只是小孩子，很多像卓小貓這樣年紀的孩子未必能拿穩筆呢。

等旁邊卓小貓的車靠近的時候，這小屁孩就笑得咯咯咯的朝鄭歎招手。

「黑哥！」

——叫屁啊叫！

鄭歎扯了扯耳朵，微微側頭看了一眼坐在車裡包得跟個毛糰子似的卓小貓，很想過去拍他幾巴掌。大冬天的跑出來，也不怕著涼。

小萬在旁邊跟著，每次卓小貓看到這隻黑貓的時候話就特別多，雖然現在吐詞並不清晰，很多時候壓根聽不懂這孩子在說什麼，但這孩子說得高興，小萬也就由著他了。

卓小貓的學習能力很強，小萬看得出來這孩子的智商比其他同齡孩子要高，至於高多少，她現在還說不準。

鄭歎扯著耳朵聽旁邊這小兔崽子咿咿呀呀了近半個鐘頭，壓根沒聽明白這小兔崽子想表達個什麼意思，這孩子能說得清楚的也就那麼幾個詞，鄭歎的名字稱謂算是其中之一，而這孩子激動的時候，說話就含糊起來，不過鄭歎能夠感覺到卓小貓的語言能力在一直進步著，至少和上次相比，一句話裡面鄭歎能夠聽出來一、兩個字。

等卓小貓終於玩累了說累了，小萬將他帶回去休息。起風了，這天氣在外面待久了不好，要不是卓小貓吵著要出來，小萬也不會妥協。

◆◇◆◇◆◇◆◇◆

卓小貓離開，鄭歎將車開到老瓦房那邊交給程仲他們，之後他決定出去走走。在核桃師兄那件事情之前他就打算往那邊走走，一直沒出去，現在天氣不錯，小柚子他們也放假了，不用計算著時間去接人，而焦媽最近在學校忙著改試卷做統計，回來得晚一些，晚飯一般都在六點多鐘，所以鄭歎可以多玩玩。

從其中一個側門出來，鄭歎記得，這個側門與東教職員社區那裡的側門在一條線上，當初坐公車的時候還從這裡經過，地圖上也有標注。

走了一段距離之後，鄭歎看到了楚華大學附屬醫院，這裡還是焦媽住院那時候來過。鄭歎不打算從醫院正門走，他不怎麼喜歡醫院的氣氛。記憶中，醫院後面，靠近住院部那邊有個社區，裡面的風景還不錯，時常有一些人在那裡走動。

鄭歎並不準備在這裡久待，醫院總是讓他有種壓抑感，每次來這裡都會想起焦媽住院那時的情形，他只是決定從這裡過去而已。

跳上院牆，院牆比鄭歎在老街那邊見到的圍牆要高上些許，從這裡看去，鄭歎的視野稍微寬闊一點。

這座院子裡有很多四季常青的樹種，這樣也能減少病人們見到樹葉凋落時情緒延伸而產生的感傷。

這個時候，在外走動的人並不多，鄭歎也沒多留意，只打算沿著圍牆走過去。

「哎呀，是黑貓！」一道帶著厭惡和驚慌的聲音響起。

這類的話鄭歎聽得太多了，尤其是這種帶著強烈厭惡情緒的言語。

鄭歎腳步頓了頓，看向剛才發出聲音的方向。

那邊一棵高大的雪松旁，兩個人站在那裡。一個約莫四十多歲，看起來像個貴婦人，而另一個已經滿頭白髮，披著條淡色的披肩，整個人透著一股淡然和祥和。

而剛才出聲的就是那位中年婦女。她攙著老人，看向鄭歎的眼神帶著毫不掩飾的厭惡。

鄭歎還奇怪呢，他又沒惹她，為什麼她一出口就跟他有仇似的。不過中年婦人旁邊的那位老太太眼裡倒是沒有什麼厭惡情緒，反而帶著打量和些許善意的笑容。

「黑貓有什麼不好的。」那位老太太說道，對身邊人剛才的話明顯不贊成。

不過這位老太太似乎身體狀況不太好，說話聲音不大，輕了些，相比起社區裡那幾位唱戲曲毫無壓力的老太太，這位未免中氣不足了些。

中年婦人扯了扯嘴角，像是要說什麼卻又不好直言，頓了頓，她才開口說：「媽，我們去那邊走走吧。」

「這邊挺好，不用換地方。」老太太搖頭道，輕輕拍了拍旁邊人攙扶著的手，「我知道妳覺得黑貓不吉利。」

中年婦人想要辯解，但張張嘴，被老太太抬手止住了，老太太知道她想說什麼。

在醫院裡的大多都是病人，有些是在康復期，出來走動走動，而有些是像這位老太太一樣，在住院觀察期間不想成天關在病房裡面，於是在得到醫生允許之後會出來走走——等在她後面的，可能會有一場手術，只是現在還沒有決定。

老太太也是今天覺得病房裡面太悶，跟醫生交流了一下後，才讓兒媳婦扶著自己出來走動透透氣，本來還安排了輪椅，但老太太沒坐。在她們身後不遠處跟著一位護士，估計是為了防止發生什麼突發事件。

鄭歎覺得這位老太太笑起來的時候挺有魅力的，彷彿有種讓人浮躁的心平靜下來的神奇效果。剛才鄭歎聽到那句針對性強的話語時的不爽心情也消失得一乾二淨。

這位老太太年輕的時候一定是位美人。鄭歎想。

這年頭，皮相漂亮的人多得是，可惜就算曾經風華絕代，也挨不住歲月這把殺豬刀。但，歲月帶走的是皮相，卻帶不走那一身的氣質，每個人都有老的時候，一直優雅卻不是件容易的事。

或許是走累了，老太太看了看四周，走向路邊上那張木質長椅，打算坐在這裡歇息一下。

瞧見老太太的動作後，身後跟著的護士趕緊上前幾步在那張木椅上墊了一層隔涼的軟墊。

老太太對那位護士笑著道謝，年輕的護士頓時對這位老人家的印象更好了。

那位中年婦人看了看鄭歎，依然忍不住嫌棄，心裡將圍牆上的那隻黑貓罵了個千百遍。沒辦法，在醫院裡面很多人比較講究，對一些事情也忌諱，就好像送水果的話以蘋果居多，很少有人送梨。前兩天老太太還想吃梨呢，她費了好些唇舌才讓老太太答應換了個其他的水果。可現在，看到一隻黑貓該怎麼辦？

很多人覺得黑貓邪乎，尤其是在這樣一個時候、這樣一個地方，中年婦人總覺得不吉利，尤其是那隻貓看人時的眼神，讓她感覺心裡毛毛的，本來想過去將貓趕走，可見老太太這樣子，下手趕是不行的了；她想帶老太太走去其他地方，偏偏現在老太太還坐下了！該怎麼辦？

嘴上沒怎麼說，但鄭歎能夠從中年婦人那眼神裡瞧出強烈的厭惡和排斥情緒，這讓準備抬腳離開的鄭歎改主意了。

鄭歎有時候就這樣，有些倔，還帶著逆反情緒——妳越討厭我，越想我離開，我偏不！

於是，鄭歎就蹲在高高的圍牆上，與那位中年婦人對著瞪，還得意的晃了兩下尾巴尖。這模樣氣得那位中年婦人臉上直抽，偏偏因為老太太在旁邊還得強忍著不能發作，這要是換在平時，她早就叫上人動手了。

老太太看了看鄭歎的方向，笑道：「我小時候也見過很多黑貓，那時候我們那裡的老人說，黑貓是靈物，能驅邪。」

中年婦人心裡對這個說法不屑，還驅邪呢，她看這隻貓本身就是「邪」！

「妳還別不信，我記得，當時我們村……」老太太看著鄭歎的方向，視線卻似乎透過鄭歎在回憶好多好多年前的事情。

老太太說了一些，中年婦人只當聽故事，心裡對於圍牆上那隻貓的厭惡情緒並沒有削減多少，如果是她自己在住院期間的話，是絕對不希望看到這種純黑色貓的，一定會讓人將牠趕得遠遠的，打得牠不敢再靠近。

估計是老太太因為鄭歎的關係，回憶往事回憶上癮了，還說了些記憶中的趣事。

「想不到老太太您當年也很調皮呢。」旁邊的年輕護士打趣道。

「是啊，當年我也是個瘋丫頭。」老太太倒是一點都不介意掀自己的老底，說完之後又感嘆道：「這人啊，回想起年輕的時候，還真覺得變化挺大的。缺點、優點、舊習慣、新習慣，就跟城市建設一樣，有的地方得拆，有的地方會新建起來，隔些年再看，卻發現不知不覺中已經大變樣了。」

年輕護士這時候不知道該說啥了，她並不瞭解這位老太太，怕說錯話引起這位老太太感傷。對於這種年紀的老人，一點小病都可能要命，這其中，情緒很重要。

中年婦人見老太太的話頭不對，趕緊挑其他話題。卻不想，老太太壓根就沒想換話題，看著圍牆上的黑貓對中年婦人道：「我瞧著，這貓還真挺有靈性的。」

有靈性個屁！中年婦人腹誹。

老太太興起，朝鄭歎那邊招手，「嘿，圍牆上的黑貓，有時間過來陪老婆子我說說話嗎？」

牠能夠知道什麼啊！中年婦人正準備安慰一下老太太，突然餘光瞥見圍牆那邊黑影一動，看過去的時候才發現，原本蹲在圍牆上的貓已經跳下來了，正往這邊慢悠悠走過來。

這次不僅是中年婦人和那位年輕護士了，就連老太太也驚訝，她不過是隨口說說，真沒指望這隻貓能過來。

鄭歎對這位老太太印象不錯，所以決定給點面子，再一個，就是為了氣氣那位中年婦人。

見到鄭歎真的走過來，老太太高興了，招招手又拍了拍旁邊的木椅，示意鄭歎到旁邊坐。那位中年婦人想說貓身上病菌多，卻看著老太太好不容易心情不錯，也不敢亂開口。

鄭歎也不客氣，過去就跳上長椅。

雖然中年婦人忍耐著，在鄭歎走過來的時候還是免不得像避瘟疫一般往旁邊挪了挪，不想跟這貓靠得太近。

「看看，我說什麼來著，這貓有靈性吧？」

老太太抬手摸了摸鄭歎的頭，鄭歎側頭避開。老太太也不在意，她覺得貓好像都比較警惕，能過來已經很不錯了，因此老太太心裡那股高興一點兒都沒減。

這次，那位年輕護士找著機會了，趕緊道：「還真是……這樣說來，這貓能驅邪呢。」她本來打算說這貓能去除病氣，可她轉念一想，不能亂說，不然最後出了什麼事情她可承擔不了。

能說什麼？中年婦人即便對長木椅上的那隻貓很排斥，卻也得扯出笑跟著附和兩句讓老太太寬心。

鄭歎則一副小人得志的樣子待在老太太身邊，看著中年婦人的眼神帶著點挑釁意味。

中年婦人深吸一口氣，將心裡那翻湧的怒意壓下，她本來還覺得是不是自己想多了，一隻貓眼裡怎麼會有那樣的眼神，可越看，她越覺得並不是自己的情緒引起的幻覺，頓時攥緊了拳頭。因為要來照顧老太太，長長的指甲都已經剪了，若非這樣，她攥緊拳頭的時候，指甲肯定都已經刺破手心了。

鄭歎瞧到這位中年婦人的小動作，很是不屑。

雖然這位看起來也是個闊太太，不說珠光寶氣——照顧病人不敢打扮得太過，但憑那一身穿著打扮和面部保養來看，曾經也是個相當受追捧的美人，但相比起旁邊的老太太，鄭歎覺得這中年婦人老了只是個老妖精。或許，這就是氣質的差別？

搖搖頭，鄭歎蹲在老太太身邊，他能看出這位老太太是個病人，有些虛弱，這麼好的人，鄭歎希望她能健康起來，多看看這個加速變化的城市。從她看向自己回憶時的眼神，鄭歎感覺這個老人還是有很多捨不得、放不下的人與事，只是，時間不等人。

日漸傾斜，老太太得回病房去了，鄭歎也準備起身離開。

起身前，老太太抬手準備再摸摸鄭歎的貓頭，鄭歎條件反射的躲開了，男人的頭不能亂摸。不過，想著眼前這位老太太，頓時又有些不忍，在她還沒收回手的時候，鄭歎抬起前掌在老太太的手心上碰了一下。

——祝妳健康，這位不知名的老太太。

碰完之後，在這三位還沒反應過來之前，鄭歎便翻過圍牆離開了。

老太太看了看手心，笑了。

老太太身邊不遠處的年輕護士看著站在那裡的老人，心想：這位當真不容易，從烏髮到銀絲，紅顏褪盡，步履蹣跚，病魔困擾，卻依然笑得從容。

老太太拉了拉披肩，輕聲道：「準備手術吧。」

「媽，您真這樣決定？！還是再考慮一下吧，不能因為那隻貓……」中年婦人很擔憂，如果不選擇手術的話還能挺個三、五年，手術的風險太大，成功了還好，老太太也能多看幾年這城市的變化，可若不成功，就再也看不到這座城市。

老太太搖搖頭，卻沒有再說什麼。看這樣子是真的下決心了。

◆◇◆◇◆◇◆◇◆

鄭歎貓生中過的第三個年，沒有什麼太特別的地方。焦媽帶著兩個孩子和一隻貓回焦家老宅過年，期間也去顧老爹那邊玩了幾天。

除夕那天焦爸打了電話，如果快的話，他下半年能回來，不過話沒有說死，涉及到研究項目的事情誰都說不準。

一個沒有多少起伏的年，這是鄭歎的印象。

趴在陽臺上打了個哈欠，鄭歎從五樓陽臺看了看遠處。開學後，學校裡又開始熱鬧起來，又是一年春暖花開時，一些樹也開始冒嫩芽了。

這是鄭歎來到這裡的第三個年頭，習慣之後，其實也沒有太多的其他想法了，有些時候就算不想承認，但也得向命運這倔老頭妥協。

不然要怎麼樣？虐自己玩嗎？何必太苦惱。

鄭歎在旁邊的花盆上蹭了蹭下顎處，無聊的打了個滾，想起今早起床的時候小柚子說的話，鄭歎跑進主臥室跳上化妝桌，對著焦媽的化妝鏡看了看，好像……是胖了點。

過年是很容易長胖的，鄭歎這個年確實沒怎麼出門，成天吃了睡、睡了吃，再加上他的大胃口，不長胖才怪。

這段時間一直窩在家裡，不怎麼想出門，鄭歎將之歸為春睏秋乏。不過，這樣子是得多出去走動走動了，冬天已經過去，不用繼續屯膘。

鄭歎沒有直接從東教職員社區的側門出去，而是在學校裡走了一段路。經過一條小道時，恰好聽到焦爸手下唯一的那位女研究生曾靜同學正在跟人抱怨最近院裡某些老師的不當行為。

就像年前聽易辛抱怨的那樣，沒有老闆撐腰的研究生在院裡說話都沒多少底氣。其一就表現在公共資源的爭奪上，就算是公共資源，那也得分個先來後到，分個優先使用。資源有限，資金有限，誰有能耐誰先用、誰占據。

而現在，鄭歎聽著曾靜的抱怨，好像不止易辛說的那些事，不然曾靜不會用「廟小妖風大，池淺王八多」來感慨。

鄭歎雖然對他們學院裡的事情並不瞭解，偷聽曾靜和易辛他們的抱怨中也知道，這幾位在院裡有時候被其他老師欺負，院裡的學長學姐在導師默許下打壓學弟學妹不是什麼稀罕事，同院同學之間的競爭也時刻存在著，搞研究的有時候玩心眼未必會輸給搞政治的那些人。這年頭，雜事不管不顧、只一門心思搞學問的，要麼是有人撐腰，要麼就會淪為鬥法的炮灰和某些人上爬的梯子，而剩下的，能按照自己原本意願走的那一部分，所占的比例實在是太少。

不過，焦爸似乎也不是個忍氣吞聲吃悶虧的，那些人等著秋後算帳吧。鄭歎對自家貓爹倒是信心十足。

鄭歎今天依舊打算往附屬醫院那邊走，這片地方還沒怎麼摸熟。

來到醫院這邊，鄭歎不禁想起了年前來這裡時見到的那位印象不錯的老太太，不知道那位老太太現在怎麼樣了，身體恢復情況如何。

跳上圍牆，鄭歎沿著高高的圍牆走，就算冬天也能見到許多綠色的院子，如今更是多了許多新綠，一派生機。

今天天氣不錯，有一些身體恢復情況良好卻在病房裡悶不住的病人們在家屬的陪伴下出來走動，看著周圍的風景，心情都會好不少。

鄭歎不準備細找，就是沿著圍牆走的時候掃一眼而已，有了年前那次被那位中年婦人忌諱的事情，鄭歎覺得還是別在醫院太招搖的好。

雖然沒細看，腳步也比較匆忙，但讓鄭歎意外的是，他還沒走幾步就被人叫住了。

一開始鄭歎沒以為對方是在叫自己，直到那邊叫了好幾聲「圍牆上的那隻黑貓」，鄭歎才看向那邊。

叫住自己的是一個年輕護士，不是年前鄭歎見過的那位。而在這個年輕護士旁邊，有位老太太坐在輪椅上，被年輕護士推著走動。

輪椅上的正是鄭歎年前見過的老太太，鄭歎看過去的時候，老太太還朝他招手。

相比起年前那次的印象來說，現在老太太瞧著又瘦了不少，不過臉色好了些，看人時眼裡的神采也讓人心情不自覺的往好處發展。

想來剛才是老太太看到鄭歎，卻不能大聲叫，所以才讓那位負責推輪椅的年輕護士出聲。

那位年輕護士瞧著鄭歎的目光帶著疑惑，她心裡知道，醫院裡很多人對純黑色的東西比較忌諱，上次就有個人看望病人時穿著一身黑色西裝，被那位病人用東西砸了出來，病人說那人用心險惡，罵了好久。可現在，這位老太太竟然對一隻黑貓這麼熱情，真是讓人費解。

周圍也有出來散步的病人，看到老太太這樣子，將心裡的疑惑問了出來，不過他們並沒有靠近，在這方面講究的人生怕惹了什麼不好的東西上身。

「老婆子我手術能這麼順利，還多虧了這隻貓呢。」

不管真相是不是這樣，老太太確實有幫鄭歎洗白的意思。

周圍有人信，也有不相信的。沒在意其他人怎麼看，鄭歎覺得老太太有意護著，自己萬沒有直接掃她面子的道理。老太太既然招手讓自己過去，鄭歎便跳下圍牆往那邊走去。

老太太倒是想讓鄭歎坐她懷裡，鄭歎沒幹，就在輪椅邊陪著走。

年輕的護士慢慢推著老太太沿著路走，或許是因為有一隻黑貓跟著，年輕護士有意避開人多的地方，省得讓其他病人看到而不舒服，畢竟不是誰都能容忍一隻黑貓在這裡的。

沿著這邊走了大半圈，年輕護士準備推著老太太回去，鄭歎瞧著老太太臉上露出些疲憊感，心裡明白老太太這是要休息了，決定陪著走完一圈就離開。聽說老太太手術很順利，恢復情況也很理想，鄭歎心裡也放心不少，不過話說回來，這也只是是碰巧遇上，算是個熟點的路人而已，鄭歎並不準備過多親近。

一圈快走完了，再走幾公尺就到一個岔口，鄭歎正準備拐彎離開，抬頭卻發現岔路口那裡站著的三個人。

兩男一女，女的是鄭歎年前那次過來的時候見過，就是那個對自己很排斥的中年婦人。和中年婦人挨著站一起的應該是她的丈夫，也就是年輕護士口中所說的老太太的兒子。那男人看起來挺穩重的，平日裡應該也是站在高處發號施令的那類人。

此刻，這對夫婦正跟一個二十多歲的年輕人說著話，看這對夫婦的樣子，那個年輕人也應該是有些身分地位的，不然不會讓這對夫婦如此對待。這是包括推輪椅的年輕護士在內的周圍人見到這一幕的想法。

「您兒子又來看您了呢。」年輕護士見到岔口處站著的人，笑著說道。

她知道這位老太太有個很有能耐的兒子，聽說是某間大公司的老闆，平時忙得很，但一有時間就會來醫院這邊看看老太太，尤其是老太太動手術的那幾天，幾乎一直陪著。如果不是老太太的堅持，這人一定派更多人過來照顧，先前還準備安排出國手術來著，被老太太拒絕了。總的來說，是個孝子。

老太太對這個兒子也很滿意，臉上的笑意又深了些。

不過，站在輪椅旁邊的鄭歎，心裡又是一翻狂風暴雨。他剛才只是在那對夫婦身上掃了一眼就沒再注意，他的重點放在那個年輕人身上。

那個年輕人，怎麼說呢……西裝革履，頭髮也打理得一絲不苟，身上的穿著也花費過心思，與那對夫婦說話的時候笑容得體，不卑謙、不張揚，人們見到他的第一眼肯定會認為，這人一定是某個背景非常好的大家族裡教出來的，就算沒有大家族背景，也是個有境界、有高度、有學識、有素質、有責任、有目標、有貢獻、有成果的社會精英。

不過，這位在眾人看來知書達禮的社會精英，在鄭歎看來卻是個表裡不一，神一般演技的高級騙子。

不錯，這人就是鄭歎年前跟著二毛去追尋核桃師兄蹤跡時，見過的那個染著酒紅色頭髮的假富二代。那次這人的臉上被揍過，也看不清到底長啥樣，鄭歎想了想核桃師兄手裡的那張假身分證上的證件照，再對比一下此刻見到這人的樣子，兩者差別實在太大。

鄭歎仔細瞧了好幾眼，雖然沒有證據來證明這人就是上次那個紅頭髮，但鄭歎就是覺得這是同一個人！

有時候，氣質的改變，換個髮型，便判若兩人。不過，現在鄭歎知道，氣質這玩意兒也是能裝的。而這人能轉變得毫無痕跡，表演技能運用得如此出神入化，鄭歎不得不再次感嘆，這人不去演戲實在是太可惜了。

不過，如果這人真是騙子，能如此輕易就騙過那對夫婦嗎？從推輪椅的年輕護士口中推測，鄭歎不認為那對夫婦會輕易相信人。

正想著，鄭歎發現了一個細節。那個中年婦人雖然沒怎麼搭話，只是站在旁邊聽著丈夫和眼前的年輕人說話，但她的眼神有意無意掃了掃那人的袖扣。

袖扣可能對很多人來說並不會多加注意，但有一定社會地位的男人都很注意這些小細節，小小的一粒袖扣，卻能成為一些品味女人慧眼識人的明顯標誌，甚至有人說過，在這個沒有貴族的時代，袖扣能讓雅痞男人變得高雅。

鄭歎曾經算是個富二代，也打進過一些圈子，當初參加過許多派對，某次派對前他聽一個幫忙選禮服的玩伴說過袖扣的事情，也正因為這樣，鄭歎才會知道一些平時不去注意的小地方。現在，那個中年婦人的行為讓鄭歎記起來了這些細節。

焦爸經常跟焦遠說「細節決定成敗」，這位高級騙子能成功，或許正是將這些細節打理得趨近完美。

看著與那對夫婦侃侃而談的某騙子，鄭歎心裡再次佩服得五體投地。

這年頭，甭管是掃大街的還是社會精英，術業有專攻的同時還得發展分支技能。誰能想到這人年前還是個假富二代，年後搖身一變成了社會精英？那模樣、那氣質，就在告訴人們：老子很有文化，老子很有涵養，老子就是個受過優等教育的高級社會精英！

正因為瞭解過另一面，才會顯得反差如此之大。鄭歎蹲在那裡一直盯著那人。

三人說完話，那個「社會精英」還過來問候了老太太幾句，還似乎很隨意的問了下蹲在旁邊的黑貓，知道這貓只是偶然碰到的，那人便沒再問了。

離開的時候，「社會精英」又瞟了鄭歎一眼，然後往醫院一棟樓走去，說是要去拿體檢報告。

鄭歎倒是想跟蹤一下那人，可惜那人直接進去醫院，不知道什麼時候出來，也不知道會不會去其他部門檢查什麼的，於是他沒多花時間在這裡，在周圍晃一圈之後便回去了。

鄭歎其實在猶豫過要不要向核桃師兄告密，但後來還是放棄了，總的來說，他跟那個「高級騙子」沒什麼仇，在山上時那人的行為其實也算得上幫忙了。既然不涉及到自己的利益，對自己和核桃師兄他們好像也沒什麼威脅，鄭歎懶得多事。

接下來一段時間，鄭歎去附屬醫院那一帶的時候並沒有見到那個「高級騙子」的身影。每天來附屬醫院看病的人實在太多了，畢竟這裡是區域性的教學醫院，來這裡看病或者已經在這裡住院的人多到鄭歎壓根看不過來，就連那位老太太，走三次都難得碰到一次，之前能碰見只能說是運氣、巧合。

對於那個「高級騙子」，日子一天天過去，鄭歎也沒再去想。與自己的生活沒啥交集的人和事，鄭歎都懶得花太多精力去關注。

第五章

貓眼識騙子

這天，鄭歎再次來到許久未曾過來的地方——夜樓。

帶鄭歎過來的是衛稜，跟衛稜一起來的還有他老婆。

難得見到衛稜將他老婆帶到夜樓那地方去。雖然夜樓與其他那些亂七八糟的會所、夜店、酒吧等完全不同，但衛稜他老婆一看就是個老實人，學生時代也是個乖乖女，大晚上跑外面這種事情極少做，夜店、酒吧基本上沒去過。

衛稜他老婆不是個特別漂亮的人，長相只能算中等，但為人很和善，賢慧還顧家。當初衛稜在結婚前和一些朋友們閒聊的時候就說過，結婚是為了以後過日子的，終於找到這麼個合適的，衛稜對這個老婆相當滿意，看看衛稜現在的生活規律就知道了，沒以前那麼亂，早睡早起，也很久沒來夜樓這邊了。

今天之所以過來，其實是為了今晚東宮的一場演出。

今晚在東宮演出的是來自國外的一個樂團，他們把傳統老式藍調和後來集大成的城市藍調相容並蓄且自成一派，在國內一些十幾、二十歲的年輕人中或許不算有名，但論在國際上的名氣，其實比國內一些所謂的當紅樂團要強太多了。

當然，國內喜歡這個樂團的人也很多，衛稜他老婆就是其中之一，倒不是說衛嫂多喜歡藍調音樂，她是之前看過這個樂團的主唱寫的一本書，因此才會喜歡這個樂團。這也是為什麼升級為好老公，晚上許久不出來閒晃的衛稜會帶著老婆出現在這裡的主要原因。

而要來夜樓，衛稜也終於記起了鄭歎，載著老婆開車往楚華大學那邊走了一趟，接了鄭歎，便來到夜樓。

衛稜帶著老婆過來，鄭歎肯定不想去當電燈泡，再說他自己在夜樓還有專屬包廂，就不去打擾那夫妻倆了。

不過，衛稜怕鄭歎自己一個無聊，問了鄭歎要不要找點小夥伴過來玩玩。

鄭歎想了想，動物現在是找不到了，不過，也可以找人嘛。

於是，正在家裡休息的阿金等人接了電話之後就噌地起來了。他們這兩天比較忙，雖然夜樓也沒他們的場，但還有其他事務，白天忙活，回來就打算早點休息，沒想到會接到衛稜的電話。

阿金他們去年發了第一張專輯，成績還不錯，尤其是那首並沒有歌詞、卻在其中插了一些貓叫聲的《貓的幻想》，被很多人稱為去年的神曲。說神曲或許太過誇張，能紅大概是因為這首歌的曲風太過詭異，卻又並不讓人感到厭煩，反而有時候會覺得很值得玩味。

一位評論家還說，每個人心中都有一隻貓，或慵懶、或機靈、或高傲、或惹人憐愛……每個人聽這首曲子的感受也不一樣。

雖說去年阿金他們樂團做出了些成績，但整體上講，他們還離那些明星們太遠，就像阿金他們現在仍舊沒有資格進入東宮表演一樣。而在夜樓演出的很多樂團比阿金他們要出名，連他們都沒資格進東宮，就別說阿金他們了。

而以阿金幾人的身分，也不可能在夜樓有包廂，專屬包廂更是想都別想，現在有人告訴他們有這麼個機會擺在眼前，他們當然相當樂意。今天在東宮演出的樂團，他們自然知道，能夠聽聽這些大師級人物的演奏，從中學一點兒，對他們以後的發展大有好處。

「喂，阿金，真的是衛先生邀請我們嗎？」樂團的鼓手王澤快速套著衣服，問道。雖然夜樓那邊的人都喊衛稜為稜哥，但阿金他們幾個現在碰到衛稜都直接喊衛先生，帶著些敬畏意思。

旁邊其他幾人也等著阿金說明。

「電話是衛先生打過來的，他只是問我們去不去看演出。至於包廂……」阿金現在冷靜下來才發現，衛稜好像並沒有讓他們去自己的專屬包廂。

「算了，過去了再說吧，能去包廂看就不錯了……平時別說包廂，就連進東宮消費的錢都沒有。知足吧！」

雖然沒說，但阿金直覺與那隻黑貓有關。他有自知之明，發出邀請的肯定不是夜樓的人，不然不會一直等到現在才說，就連他們出專輯的那段時間也沒聽到那邊發出的邀請動靜。而衛稜的話，真要論關係的，衛稜和他們的熟悉程度還比不上那隻貓。

等阿金幾人來到夜樓時，恰好碰到與阿金他們同在一個區表演的樂團，雙方都是年輕人，競爭意識強，平日裡演出與否這兩支樂團都有較真的意思，見面後不免要相互刺幾句，不過現在是在夜樓門口，雙方還收斂了些。

阿金他們現在正趕時間，不可能讓衛稜在那邊多等，叫住正準備繼續刺的王澤，抬腳進入夜樓。他們沒資格從側面的那扇專用門走，只能從正門進去，然後由在裡面的人帶引過走。

由於衛稜已經打過招呼了，夜樓的人對阿金他們也熟，認出來後帶著他們直接往樓上去。這讓那個還沒走遠的樂團愣了好半天。

包廂這裡也就阿金來過，即便如此他們還是很緊張，平時話比較多的王澤都將嘴巴閉得緊緊的，生怕出了岔子。

前面的人帶著阿金幾人一直往前走，走過衛稜那間包廂的時候，阿金心想：果然不是衛稜的包廂。剛想到這裡，阿金就見前面的人抬手敲了敲旁邊那間包廂的門。

「喀！」

輕輕的一聲響，門開了。

前面的人示意阿金幾人可以進去了。

嚥了嚥唾沫，阿金幾人整理了一下衣服，生怕待會兒見到大人物的話，會給人留下什麼不好的印象。

可是，他們踏進門之後，入眼的布置差點驚掉五人的眼珠子。

這……也太另類了，與他們心中想像的完全不同。

那個吊著的毛老鼠是怎麼回事？

那個貓腳掌樣子的軟榻又是要表達什麼？

還有，牆上的那些畫是啥？！

這難道是為小孩子準備的？

堂堂夜樓竟然有這種地方！——這是五人進來後的第一個感受。

而當他們看到淡定的坐在沙發上的那隻貓時，整個人都不好了。

這隻貓對他們來說，似乎就是為了顛覆他們的認知而存在的。

「團長……」後面的王澤戳了阿金一下，低聲道。出來摸爬滾打了這麼多年，總有些看人臉色的技巧，可對上一隻貓，他就無從下手了。

阿金頓了頓，心裡大概有了些想法，走向鄭歎所在的沙發那邊，坐在茶几旁的椅子上。

鄭歎瞟了他一眼，將眼前茶几上的一盤堅果推向阿金。

阿金看了看盤子裡的各類堅果，開始剝，剝好的並沒有吃，而是放在鄭歎眼前的另一個小盤子裡。

阿金身後的四人：「……」這是要伺候的意思？

這時，衛稜從隔壁過來了，進來之後，向阿金幾人簡單的說了一下，大意就是，他叫他們過來純粹只是為了讓他們陪這隻貓，順帶他們也能聽聽演出。

交代之後，衛稜就回隔壁包廂去陪老婆了，現在外面的演奏已經開始。

除了阿金之外，另外四人有些拘束和無奈感，語言不通，物種不同，總覺得很尷尬。不過，見阿金這樣，也不好閒著，四人都過來幫著剝。

鄭歎只對阿金比較熟悉，其他四人見面的次數也少，不過現在看來，這幾人還挺會應變，即便面對一隻貓，面對現在這種出乎他們意料之外的場合，也能盡量鎮定下來應對，並沒有太多的小動作。

總的來說，鄭歎現在對這幾人的印象還不錯，想著到時候再過來的話，把他們幾個叫過來幫忙剝堅果也行。這是一件互利的事情，鄭歎來這裡只是為了散心，阿金他們則可以更好的聽一些東宮的大師們演奏。

鄭歎在這裡的消費不需要他付錢，全都是免費的。其實也消費不了多少，他現在不敢喝酒，喝了回去鐵定挨罵，只是聽聽演出、吃點小零食，成本對於夜樓來說簡直九牛一毛都算不上。

等幾人剝了半盤的時候，鄭歎抬爪將剩餘的那些堅果又往阿金那邊推了推，然後吃了幾顆開心果，便來到窗戶邊，看向下方的演出現場。

「貓還吃這個？」王澤張嘴無聲的問阿金，小心指了指茶几上那個小盤子裡裝的剝好的各種堅果。

阿金甩了他一眼，示意王澤別亂說，然後也來到窗戶旁邊，看著下方的演出。他們過來，最主要的目的本就是為了看演出。

很快，五人就一掃剛才的無奈和尷尬感，專心看著下方的表演，五人還交流一下心得體會，說說自己的差距。

鄭歎對音樂欣賞沒啥興趣，他往下看的時候，主要看一看那些長得不錯的妞，比如那位穿著職業套裝的白領麗人，又比如那位看起來挺清純的學生妹，再比如……

——嗯？

——臥槽！

鄭歎的視線掃到一處的時候，滯住了。

他看到一個熟人。

那個「高級騙子」！

那人正端著一杯酒與一個大波浪捲、身材火辣的美妞說著話。雖然依舊維持著那副「我很紳士我很優雅」的樣子，但鄭歎覺得那人心裡估計在想著這樣那樣啪啪啪。

鄭歎挺意外會在夜樓見到那人，在東宮消費可不是個小數目，那人難道真不缺錢？這年頭，騙子比坐辦公室苦拚的大部分白領過得可滋潤多了，開過豪車，泡過高質量妹子，還經常流連於一些高消費場所，就算是鄭歎，也不得不感嘆一下這其中的差別。

那人並沒有發現鄭歎的視線，或許即便發現了，在下面那個場所，對方已經習慣了吸引眾多的注意力。

其實，從光線和角度來看，下方的人並不容易看到上方包廂的情形；就算能夠看到，鄭歎也不在意，他並不怕被人看到。而現在，相比起那些他欣賞不來的音樂，鄭歎更好奇那個騙子到底是什麼身分。

今天東宮的演奏在十點半左右結束，一些人會離開，而對於另一些人來說，他們的夜生活才剛剛開始，現在仍舊活躍，並將一直活躍到凌晨兩、三點。

衛稜這個有家室的人不會在這裡久待，帶著老婆就準備離開，鄭歎肯定跟他們一起，不然他不好回去。

在停車場，衛稜準備開車的時候，一開始並沒有將窗戶關嚴，在夜樓裡面待久了之後，想多呼吸一下空氣，也讓腦子吹清醒一點。

現在夜樓周圍的車多，開出去上大道還得要點時間。鄭歎立了起來，從半開的後車窗看著外面。他掃了周圍一圈，視線落在前面不遠處的一輛車旁邊。

鄭歎沒看到那車是什麼牌子，也記不住一些牌子的車型，不過，鄭歎能夠確定那輛車不是便宜貨。與核桃師兄他們要找的豪華跑車不同，那輛車偏商務一些，也穩重點，倒是更適合現在那騙子扮演的身分。

鄭歎沒想到搭衛稜的順風車出來散個心，也能碰到那個「高級騙子」兩次。說冤家路窄，有點太過，畢竟沒什麼仇恨。

此刻，鄭歎眼中的高級騙子正很紳士的為那位身材火辣的女士開車門，關上門走過去駕駛座那邊，正準備拉開車門時，頓了頓，他朝旁邊緩慢開過的車看去。

夜樓外面的霓虹燈和路燈都亮著，光線角度恰好能照在鄭歎那露出半開車窗的貓頭上，以夜樓外面燈光的亮度，只要不是有視力障礙的人看過去都會看清楚車窗那裡的貓頭。

前一刻還想像著待會兒怎麼啪啪啪，後一刻就恨不得砸方向盤的某人又朝緩慢駛過的車子後車窗那裡仔細看了兩眼，頓時心裡不淡定了。

——艸！真是邪門了！

鄭歎看不到那人的眼神，對方的眼鏡反射的光線將眼睛遮住了，不過，鄭歎發現那人在看向自己這邊的時候有短暫的僵硬，就好像是看到了什麼不可能的事物一般，只是對方很快就掩飾住了，彷彿剛才那稍縱即逝的僵硬只是霓虹燈下的幻覺一般。

衛稜將車開出夜樓的停車場，車速加快，車窗也關了起來，鄭歎朝後看的時候，並沒有發現那人的車。

雖然今天晚上出來一趟碰到那人兩次，鄭歎也並不認為自己和那個騙子會有什麼交集，想那騙子也不至於騙到焦家這邊來。

◆◇◆◇◆◇◆◇◆

回到社區後，鄭歎的生活依然是平常的步調，該幹嘛就幹嘛，並沒有因為那個騙子而掀起什麼漣漪。

春暖花開，蟲子也多了起來，看看周圍活躍的那些鳥就知道了。不過，在社區周圍，活躍的不僅只有鳥，還有貓。

警長和阿黃見到地上那些蹦踏的小昆蟲，就好像土狗二筒見到了牠喜歡的便便一般激動。

而被自家老太太打發出來活動活動的大胖，大概是想找個安靜的、不被打擾的地方睡覺，於是就近爬上了那棵海棠樹，再於是，便有了鄭歎見到「一隻狸花壓海棠」的畫面。

這棵海棠樹在鄭歎眼中並不怎麼粗壯，聽說很早以前這裡其實有一條小道，小道兩旁都種著海棠樹，只是後來學校修建的時候將大多數的海棠樹挖走了，留下少數幾棵，這麼些年下來，存活的也就這株了。現在這唯一一棵海棠樹卻被大胖這個胖子壓著，鄭歎瞧那枝條都像是要斷掉的樣子。

果然，貓對植物來說，也是一大殺器。

貓經常活動的地方，植物得耐咬耐撓還得耐壓。

在社區裡看警長牠們吃了幾隻不知道是什麼物種的小昆蟲之後，鄭歎跑出門閒晃。大好的時光果然得出來溜達一番才覺得一天如此圓滿。

經過附屬醫院後，鄭歎沿著街道邊上的那些花壇和圍牆走動，靠近醫院的地方並不吵鬧，這邊雖然也有條商業街，但離這裡還有些遠，而且並不與醫院在同一條路，中途得拐彎。

鄭歎沒拐彎，直接沿著這條街道直走。按照地圖上說的，前面再走點能看到湖，這座湖可不小，周邊也開發出來一些建築物。以前聽二毛說過，他那位姑婆就安置在靠湖的房子，只是不知道到底在哪個湖邊，畢竟楚華市的湖可不止那麼兩、三個。

沒怎麼想去找二毛的姑婆，那個老太婆太難伺候，鄭歎可沒心情去拜訪。

走過一間大餐廳和周邊的一些小店鋪，鄭歎便看到了地圖上所標明的一片住宅區。鄭歎跳上路邊的一棵大梧桐樹看了看，這個住宅區一部分是小型的別墅群，另一部分則是高高的電梯公寓。聽說楚華大學有些老師就是在這裡買房子，離學校近，環境也不錯，不吵鬧。

有次鄭歎還聽焦爸說過有意來這邊買房，他有個同事原本在這裡買了房，後來因為工作調動，打算賣掉，焦爸過去考察過，覺得那邊的鄰居不怎麼樣，當時也就沒買。

不過鄭歎倒是慶幸焦爸沒買，相比起來，他其實還是更偏向於東教職員社區那邊。對鄭歎來說，住的地方小無所謂，重要的是玩的地方，以及玩伴。

從旁邊的圍牆翻進去，鄭歎沿著裡面的一些小道走。這裡面的綠化確實不錯，難怪焦爸會看中這裡，聽說當年還請了專門做園林設計的老教授過來，綠化方面自然是有些水準的。

一隻小京巴在牠家院子裡叫著，看到鄭歎之後叫得凶猛，可惜出不來，鄭歎也沒理牠，依然饒有興致看著周圍的房子和布局。

這片住宅區已經建起來幾年了，樹上枝葉繁茂，鄭歎還看到幾隻貓在那邊玩。見到鄭歎，那幾隻貓沒有表現出太強的敵意，頂多警惕加好奇，似乎對這個突然出現的、帶著陌生氣息的傢伙很意外。

對方沒敵意，鄭歎也沒有打架搶地盤的心思，各走各的路。

靠湖的住宅區，在離湖不遠的地方都建起來高高的圍欄，圍欄外是一條能容納兩輛車同時通行的道路，道路那邊又是一座公園，再過去那邊才是湖。湖邊各種警示牌加欄杆，可見這周圍發生過不少落湖事件。

從住宅區出來，在臨湖的這條道路上走了走，鄭歎跳上一棵樹，往周圍看了看，辨認一下前面的路。

沒想到這一看，還真讓鄭歎找到個感興趣的物體。

那是一輛車，高檔車，還挺眼熟。鄭歎不太確定是不是那天在夜樓見到的那輛，便跳下樹，穿過圍欄往那邊過去。

車停的地方依然是別墅群區，其實這地方的別墅長得都差不多，除了那幾棟戶主特意花大工夫裝修的之外，差別並不大。

鄭歎看了看那棟別墅的門牌號碼，支著耳朵聽了聽裡面的動靜。

屋裡有人聲，兩個人在談話，一個正是鄭歎眼中的騙子，而另一位，則是鄭歎在醫院見過的那位老太太。這兩人談話的氣氛應該還挺輕鬆的，鄭歎聽到那老太太笑了。

原來這老太太就住在這裡。

大門關著，但旁邊的窗戶並沒合上，鄭歎在窗戶下聽著裡面人的對話，大致的內容好像是因為公司同事出了點事情，那個「高級騙子」將同事送去醫院就診，又送回家來。那位同事是個美人，這一幕又恰好被外出散步的老太太看到了，一瞧是熟人，便招呼來家裡喝杯茶。

聊著聊著那人便聊起了自己的奮鬥史，鄭歎聽著雞皮疙瘩直冒，那人將自己塑造的形象簡直就是人們所說的「別人家的孩子」，窮苦出身、身世淒慘，成績優異、吃苦上進，敢拚搏、有能力，進大公司後得老總重視，最終成為社會精英，順便爆一些這過程中的酸甜苦辣，這也讓老太太看對方的眼神更和藹了。

鄭歎心裡「呸」了一聲，簡直放屁！當初山上那個偽裝成富二代窩囊廢的又是誰？

那人倒也沒一直說自己的事業成功史，事業之後該說戀愛史了，這不就談起來今天送過來的那位女同事。

鄭歎越聽越不對勁，這人瞎編的功夫真是爐火純青，要不是見過另一面，鄭歎還真的會和老太太一樣被蒙住。話說回來，鄭歎挺好奇這人編故事的時候臉上是不是也裝作一副羞澀的樣子？那種厚臉皮羞澀得起來嗎？

想了想，鄭歎跳上窗臺，朝裡面看去。

還別說，那人笑得確實帶著些許靦腆，老太太被逗得想起了往事。

「想當年……」老太太正準備說一下自己曾經經歷的故事來鼓勵一下眼前這個年輕人，卻沒想到微微側頭看向窗外的時候，發現窗臺上站著的黑貓。

「喲，這是不是那隻？！」老太太的注意力立刻轉移了，招呼家裡的保姆（注：指幫傭人員。）看看有沒有合適的食物拿出來餵貓。

而坐在沙發椅上端著一杯茶作聆聽狀的某騙子，此刻臉上忍不住抽了抽，雖然翻湧的情緒沒表現出來，但心底已經問候了羊駝駝整個群體。

——天！殺！的！

他好不容易引起老太太的話頭，眼看著就要套出話，卻被這隻黑貓打亂了！

鄭歎在老太太的邀請下，淡定的邁著步子跳上旁邊的一張沙發椅趴下。

保姆本來想說什麼的，見老太太不介意，她也就不出聲了，不過心裡想的是，晚些時候出去買點跳蚤藥之類的東西回來，聽說外面那些貓身上的跳蚤特多，也不知道會不會將跳蚤帶進來，為了以防萬一，還是多做防備的好。

鄭歎察覺到了那位保姆對自己的態度不怎麼好，但是也沒惡意，頂多有那麼點小計較，可以忽略。

保姆將一小碗溫溫的魚湯放在沙發椅旁邊的小茶桌上，鄭歎嗅了嗅，沒吃。他現在不餓，而且在外面的時候，他也不會亂吃東西，其實最重要的是，那碗裡面放著半個魚頭，鄭歎不喜歡吃魚頭。

保姆看向老太太，詢問是否要換其他食物。

老太太瞧了沙發椅上的貓一眼，擺擺手，「暫時先放著吧。」說完老太太又看向那人，「這貓就是我住院的時候見過的，我覺得我和這隻貓挺有緣的，之前就在猜是不是周圍誰家養的貓，沒想到竟然會在這裡碰到。」

坐在另一張沙發椅上的人雖然面帶微笑地聽著老太太感慨，其實他自己心裡也咆哮著，他倒不覺得與這隻貓有什麼「緣分」，只覺得自己和這貓真是氣場不和，冤家路窄。老太太還在感慨醫院和家裡都碰到這隻貓的巧合和運氣，那這樣說的話，他就更得感慨一番了。

那人毫不懷疑，這隻貓跟年前遇到的那隻是同一隻，這點眼力他還是有的。這麼多年來，他第一次碰到這樣邪乎的貓。

離楚華市走高速公路都得數個小時車程的山區地方能碰到這隻貓，來楚華市在醫院能碰到，晚上出去high一下也能碰到，現在出來找目標任務聊個天套個話他媽的還能碰到！這該怎麼說？還「緣分」？

貓屎的「緣分」！

瞧瞧！這貓牠就蹲在那裡，不叫喚，也不吃東西，就那樣看著你，好像在鄙視笑話你一般，那眼神彷彿就在說：編，你他媽再接著編啊！

這能不讓人鬱悶嗎？

「哎，小高，剛才說到哪裡了？」老太太終於將話頭又轉了回來。

鄭歎看向那位「小高」，他記得，核桃師兄手上那張假身分證上的人可不姓「高」。

小高顯然也注意到兩步遠處沙發椅上那隻貓看著自己的眼神，雖然好不容易醞釀起來的氣氛和情緒已經變了，但小高的道行不錯，就彷彿沒有經歷剛才黑貓的事情，也沒有見到那隻黑貓的鄙視眼神一般，帶著恰到好處的笑意繼續維持著剛才的表情和語氣，說道：「您剛才正準備說您曾經的故事呢。」

這年頭，出來混的誰不是厚臉皮？再加上夠硬的心理素質，足以應對各種突發狀況。

「哦，是，說到這裡了。」老太太撫了撫衣服上的皺摺，深呼吸，似乎開始回想。

小高將茶杯輕輕放下，生怕打擾了老太太的回憶一般，並沉下心來專注的準備聽老太太的往昔故事，來確定這是不是自己要找的人。這是他第三個懷疑的目標，也是可能性最大的一個，如果能確定，這筆單就能順利完成了。

就在這兩人都開始再次醞釀情緒的時候，「叮叮叮叮」的湯匙攪動的聲音響起，將老太太的思緒從回憶中拉回來。她抬頭看過去，只見那隻黑貓正立起身，前爪一隻撐著沙發椅的扶手處，另一隻爪子正撥弄著擱在旁邊小茶桌上的那碗魚湯裡的瓷勺。

老太太沒責怪鄭歎，反而還笑得和藹，抬手摸鄭歎的貓頭，被鄭歎躲過去了。不過鄭歎也沒再撥弄湯匙，看似很安分的坐在沙發座上。

等老太太又開始跟小高談起一些往事的時候，鄭歎那邊又開始叮叮噹噹折騰。

鄭歎猜測這人估計是想從老太太這裡套些話。鄭歎對這位老太太的印象很不錯，相反的，看到眼前這個戴著厚厚偽裝面具的騙子青年，鄭歎就忍不住要找他麻煩。

很顯然，鄭歎成功了。

就算小高臉上依然維持著趨近於完美的偽裝表情，但他其實恨不得捂著胸口吐一口老血。很多時候，機會不是那麼容易來的，不能顯得突兀、不能讓人起戒心，錯過一次就得再等待不知道多長時間才能找到下一個良好時機。

對小高來說，這次接的案子在他看來，進展到現在已經沒什麼難度了，套個話，容易得很。可是沒想到，自打這隻貓出現之後，就不那麼順利了。

馬的！他就是跟黑貓犯沖是吧？難怪總聽人說遇到黑貓不吉利，容易倒楣。

小高現在深有體會，那天晚上遇到這隻黑貓後，從夜樓離開，走到半路車胎還爆了一次，倒楣到極點了！

被鄭歎接連打斷幾次之後，老太太也沒了繼續回憶的興致，但是她對鄭歎並沒有什麼不滿情緒，只是對小高說道：「年輕人，要抓住機會，我當初年輕的時候就錯過了，就算現在後悔，也無濟於事。」

小高眼裡微微閃了閃，卻沒有繼續問太多，時間也過去這麼久，便很禮貌的向老太太告辭，離開的時候看似不經意地瞟了沙發椅那裡看著這邊的黑貓一眼。

鄭歎跟他對著瞪。

不過，直覺告訴鄭歎，這傢伙其實一肚子壞水，估計想著以後怎麼反擊呢。

在小高離開之後，老太太將鄭歎帶到後院看她種的花，還讓鄭歎有時間可以過來陪陪她。老太太其實沒指望眼前這隻貓能聽懂什麼，她只是有時候想找個合適的傾訴對象，尤其是在回憶起往日的一些事情的時候。

老太太坐在後院的藤椅上，感慨了一句「都快六十年啦」。

鄭歎不太明白老太太這句感慨是什麼意思，不過他想了想，估計與那個小高過來試探的目的有關。可惜老太太現在不想說了。沒事，以後什麼時候興起過來這邊閒晃的時候，來這裡蹭吃蹭喝，估計就能聽到老太太再憶往昔了。

◆◇◆◇◆◇◆◇◆

另一邊，離開老太太這棟別墅的小高，開車沿著湖邊準備從這條道路離開這片住宅區，這時候手機響了，小高將車停在旁邊，看著螢幕上顯示著「金龜」，接通電話。

「喂，六八，你現在手頭忙嗎？有個案子我這邊接不了，看你有沒有興趣。」對方說道。

「說說。」老太太口中的小高——電話那頭的人口中的六八說道，語氣不復剛才面對老太太時的那般謙遜，此刻顯得更隨意，似乎沒多少事能放在眼裡一般。

聽到那頭的人說了幾句後，六八打斷道：「錢太少，事太無聊，不接。」

「那好吧，我也猜到你會拒絕，我再去找別人。」那位金龜說道。他其實在決定打電話的時候就想到六八估計看不上這單，這筆案子的酬勞對於其他人來說是個大單了，但對於六八來說，還比不上他五年前玩的小單。

六八這人在「私人偵探」這個行業圈子裡是一個知名人物，聽說此人還是個孩子的時候就開始透過幫人抓小三找證據撈錢了，到現在可謂是經驗豐富，領悟力也強，接單的成功率相當高，保密性做得好，嘴巴嚴；同樣的，報酬也高。但就算酬勞有時候高得離譜，找他的人卻仍舊絡繹不絕。

在國內，其實有法規明文禁止私家偵探存在，所以到現在這個行業也無法光明正大「上戶口」，但社會的實際現況又有私家偵探發展的必要，也容易鑽空子，於是這年頭靠這行吃飯的人也越發多了。不過，哪個行業也得分個三六九等，而在這個特殊行業的圈子裡，六八算是一個傳奇人物，關於他的傳說太多，流言也多，但只是局限於這個小圈子裡而已，外面的人並不瞭解。從一開始的小打小鬧，到現在只接一些大單，六八可以說已站在這個圈子內金字塔的高處。

至於金龜，這同樣是個代號，論名氣遠比不上六八。金龜現在在一家婚姻問題諮詢事務所打醬油，而暗地裡也接一些諸如調查二奶、離婚取證之類的工作，這些工作做起來容易，來錢也快，一般不會惹出什麼大麻煩，有時候碰到一些有錢的，也會大撈一筆。

當然，金龜知道，他們現在做的這些不過是六八玩剩下的。說起來，六八還能算金龜的半個師父，只是單論年紀的話，金龜比六八其實還要大十歲。

「怎麼，碰到麻煩了？不會又有哪個不長眼的得罪你了吧？」金龜從對方的話語裡知道這人心情不太好。

六八嗤笑一聲，「說得我是洪水猛獸似的。」

「哪啊！洪水猛獸都低估你了。我想想，上個得罪你的人跟他老婆啪啪啪時突然暈倒並雄風不振；上上個得罪你的傢伙採訪時突然咳血不止引得公眾各種猜測而面子裡子丟得一乾二淨；上上上個得罪你的傢伙跳舞時胳膊突然折斷，在醫院住著不知道現在出來沒有……哎，這還是我知道的，我相信並深刻相信這些人只是其中的一小部分，還有大部分我不知道的人。」

「所以？」

「所以，嘿嘿，我就好奇，這次又是哪個倒楣鬼得罪你了？」

六八嚼著口香糖，吹了個泡泡，等泡泡啪的一下破裂，才緩緩道：「一隻貓。」

「啥？」

「我說，這次給我找麻煩的，是一隻貓。」

「……你他媽在逗我嗎？！」

◆◇◆◇◆◇◆◇◆

雖然這一人一貓兩看相厭，但六八這個人在完成手頭的事情之前，一般是不會去顧及其他的，就算與誰有私仇、看誰不順眼，也不會立刻就去報復，畢竟手頭的事情要緊。

因此，在接下來一段時間裡，鄭歎的生活依然平靜。有時候也會去湖邊的住宅區那邊閒晃一圈，下午過去還能混一頓下午茶，暫時填填肚子，而鄭歎所要做的就是聽聽老太太的傾訴。

老太太的兒子經常會去看望她，就算去不了也會打電話問候；家裡請了保姆，專門照顧老太太，對於老太太來說，除了外出散步，在家裡吃喝睡覺之外，都無聊得很，也不能遠行，因為身體還沒完全康復。於是，鄭歎成了一個很好的傾聽對象。

從老太太那些話裡，鄭歎知道那個小高又來過兩次，只是他沒碰到而已。老太太說和小高相談甚歡，鄭歎一聽這評價就知道，老太太肯定被套出話了，一般相談甚歡的時候是沒有太多的警惕和防備的，想想那個臉皮厚、演技高超還一肚子彎彎繞繞的小高，再看看老太太，可想而知，在沒有鄭歎從中搞破壞時是怎樣的「相談甚歡」的場景，小高估計高興死了。

不過，近些日子小高倒是沒再出現。沒了小高跟老太太聊天，偶爾鄭歎過來的時候便會聽到老太太那些感慨，以及她那些因為小高的緣故而回想起來的深藏在記憶裡的事情。

老太太說，她在年輕的時候也曾有段戀情，差一點就修成正果，可惜後來因為一些緣故分開了，雖然雙方還是透過書信交流了幾年，但是又一場意外事件發生……自那之後，老太太就搬來楚華市，而對方也沒了音訊。

鄭歎覺得，老太太現在應該是相當寂寞的。雖然她兒子一直記掛著她，但也因為事務太過繁忙，老太太心疼兒子，沒讓他總是過來，還讓兒媳婦多照顧照顧他，她這邊只需要請個保姆就行了；至於孫子，現在已經被送往國外讀書，常年不見人影，偶爾才打通跨洋電話過來。

鄭歎聽過社區裡那些老先生、老太太們說過，現在的人動不動就喜歡將老父母送去敬老院，省事，但他們這些老人家是寧願自己在家老死也不想去敬老院的。鄭歎不知道敬老院是什麼樣子，只是常聽社區的人閒聊時知道很多老人很排斥那地方。

那裡不像新聞報導裡說的那樣好，有些老人每天都只能呆坐在窗前，默默的看著窗外，或許他們還盼望著自己的親人能經常去看望他們，但大多數時候應該是失望的。還有些老人，隨著年齡增長，記憶力衰退，在養老院待久了，連親戚都不認識，再久一點，連自己的親生兒子女兒也可能會忘記。

有條件的家庭，比如老太太她家，兒子是楚華市有些名氣的企業家，也夠孝順，雖然不能常過來，卻恨不得為老太太請十個八個的保姆。

當著兒子兒媳婦的面，老太太肯定是各種好，但心裡其實是挺寂寞的。保姆畢竟不是親人。

「小黑貓啊，你說，我是不是也該養隻貓狗之類的小寵物？不過我這把年紀，不知道還能活多久，要是到時候照顧不來怎麼辦？」老太太看著鄭歎道。

鄭歎避開老太太伸過來要摸貓頭的手，心想著：老子哪裡小了？

像老太太這樣情況的，鄭歎其實也見過不少，社區裡也有很多老伴早去、兒子女兒都不在身邊的老人，比如大胖牠家老太太。

不過，大胖牠家的老太太雖然住的地方比這裡要小，住宿條件也沒這裡好，但老太太過得還挺舒暢，在家有大胖陪著，在外還有社區裡的各個老先生、老太太聊天唱戲說笑話，比眼前這位真的是好太多了。也難怪大胖牠家的老太太只願意留在社區裡，不答應兒子搬出去。

這日，鄭歎又閒晃溜達到那片住宅區，從鐵窗圍欄鑽進去準備看望老太太聽她嘮叨的時候，發現今天屋裡竟然非常熱鬧。

屋外停著幾輛車，都是百萬級的高檔車，看了看車牌，有兩輛不是本地的，是南城的車牌。

屋裡坐著幾個人，鄭歎只認識老太太她兒子和兒媳婦，另外幾個人都不認識。老太太的兒媳婦——那位總看鄭歎不順眼的中年婦人，此刻笑得臉上一片燦爛，整個透著一股難得的親近意味；兩位中年男士臉上也掛著笑意，他們幾個在談話，但聲音卻不大，不吵鬧。

不過，老太太呢？

鄭歎在門口探出頭看著裡面，老太太她兒子見狀，便招呼鄭歎進來。中年婦人眼裡的不快閃過，她覺得有貴客在的時候讓這樣一隻黑貓進來不太好，但她也不好駁丈夫的面子。

鄭歎想了想，還是在眾目睽睽之下走進去，張望了一下，沒見到老太太。

「你們家養的貓？」那個陌生的中年人問道。

「不是，不知道誰家的，不過我媽說和這貓有緣，當初在醫院的時候……」

老太太她兒子將事情簡單說了一下，引得那兩位驚訝不已。

「雖然看起來不像是什麼名貓，但也不像是流浪貓，長這麼壯，還不怕人，瞧著還真挺有靈性的。」那個陌生人笑道。

鄭歎聽著這兩人的話，沒急著找老太太了，他看到一樓有一間房關著，那裡是老太太平時午休的地方，現在估計在裡面。從這些人的談話裡面，鄭歎還得到一個訊息——房間裡除了老太太之外，還有個小老頭？！

鄭歎的八卦之心頓時燃起，前兩天還聽老太太感慨著往事如煙，現在就多了個老頭，這是要為老太太找老伴的節奏啊！

不過，越聽這幾人聊，鄭歎越覺得不對勁。敢情現在這個老頭就是老太太前段時間總感慨的那位？聽說這兩個老人在年輕時還訂過婚，後來卻各奔東西，從分開到現在已經過去快六十年，依客廳裡幾位的談話來看，有讓如今單身的兩位老人再次走一起的意思。

其實，讓鄭歎最驚訝的並不是這兩位老人時隔近六十年重新走到一起，而是那個陌生中年人和老太太她兒子談起小高的時候所說的話。

那中年人說小高是他公司某部門經理，前段時間業務上與老太太的兒子有聯繫，現在被調到其他地方去了，所以不再負責楚華市這邊的一些業務，很快會有新的人來與這邊接洽。聽到對方這麼說，老太太她兒子也不再多問，還誇讚小高是個很好、很有能力的年輕人。

鄭歎仔細觀察了一下那個陌生的中年人，對方沒有過多談及小高的意思，說一會兒就呵呵帶過去了。

鄭歎結合之前的一些事情想了想，再聽聽這裡幾個人的談話，推測大概是那個陌生中年人因為父親的關係想找人，於是聯繫了小高，至於這其中小高和對方怎麼做的交易、怎麼混了個「部門經理」的頭銜、又是怎麼查到這裡來的，鄭歎並不清楚，也不需要弄清楚，更不相信那個陌生中年人所說的「二老相認」是巧合事件，他只看現在的結果就行了。

不管怎麼說，無論「二老相認」這件事是不是對方計畫的，現在二老相認重新走到一起，對雙方老人來說都是好事，這兩位成功人士的商業合作估計也會更進一步，怎麼看都是好事。

鄭歎沒在這裡多待便離開了，估計兩位時隔近六十年再次相聚的老人肯定會多聊聊。

對鄭歎來說，老太太那一家子只不過是生活中的過客，他不需要耗費太多的精力、太多的感情在那些人身上，即便他們家財萬貫、身分不凡。真正重要的還是焦家人。

第六章

活生生的BC在跑酷！

晚上，焦家三人和一隻貓窩在沙發上看電視裡正在播映的武俠劇，鄭歎看得昏昏欲睡，直打哈欠，突然聽旁邊的小柚子道：「裡面那叫聲不對！」

鄭歎看看電視上放著的畫面，支著耳朵聽了聽，電視裡放著的畫面是主角在一處深山之中，背景音則是鳥叫，其中還有幾個畫面專門拍的是那些鳥。鄭歎仔細瞧了好幾眼，沒感覺這鳥和叫聲有什麼不對的。

焦遠若有所思，「妳是說裡面那隻鳥應該是大杜鵑，可電視裡的卻是四聲杜鵑的叫聲？」

「嗯！」小柚子點頭。

「嘿，連這妳都看得出來！真仔細！我剛還沒發現呢！」焦遠激動的拍了一下大腿，然後跑去主臥室那邊在焦爸的書櫃裡抽出一本書翻了翻，開始跟小柚子討論起杜鵑屬的幾種杜鵑的區別以及哪種是布穀鳥來。

焦媽對這些並不瞭解，但是她對兩個孩子的行為並不反對，有時候較真也是一種優點，看電視偶爾找個 bug 也不錯，至少能讓他們多學點東西。至於鄭歎，他倒是在學校裡見過這類鳥，還聽牠們叫過，四聲一度的那種，也就是小柚子所說的四聲杜鵑。

鄭歎正想著明天在外面溜達的時候，仔細瞧瞧那幾隻總在社區周圍蹦踏的杜鵑鳥，就聽到那邊焦遠唸道：「布穀鳥與燕子都是男根的象徵，古代農村在春節對其祭，以祈生育……」

焦遠還沒唸完，焦媽就一巴掌拍了過去，強行將焦遠手裡的書抽了出來，放到書架最高的那一格。

「好好看電視，不看就洗澡去睡覺！」

見焦媽發話，焦遠撇撇嘴，來客廳坐下。小柚子也沒多說，她其實不太懂剛才焦遠唸的那句話，但看著焦媽一臉的無奈臉色，她還是沒開口問焦遠。

鄭歎扯了扯耳朵，小孩子太較真也不是件省心的事。

◆◇◆◇◆◇◆◇◆

次日，鄭歎沒往湖邊的住宅區跑，他不想過去打擾老太太敘舊，便開始到處溜達著尋找昨晚兩個孩子說的四聲杜鵑來，沒想到平時總見到的那類鳥，今天找半天一隻都沒見著。

鄭歎打算換條路繼續再找找，突然腳步一頓，看向斜前方。在十多公尺遠處，站著一個人，昨天還聽說這人被調到其他地方去了，今天就在這裡見著。

站在那裡的正是小高，此刻這人不再是一身精英裝扮，雖然戴著眼鏡，但卻不是之前那副金絲邊眼鏡，而是黑框的板材眼鏡，穿著休閒運動衫，斜挎著一個普通的包，頭髮沒上髮膠、沒怎麼打理，看起來就像楚華大學的學生。

此刻，小高正看著鄭歎，並朝這邊走過來。

鄭歎一看到這傢伙眼裡那不懷好意的光就知道他要報復了，肯定是為了前些日子自己找他麻煩的事情。不過鄭歎沒直接撒腿就跑，他想看看這人到底準備幹啥，他並沒有太過危險、心驚膽顫的感覺，卻好奇這人到底想怎麼報復。

小高在朝鄭歎走的時候，手伸向他斜挎著的運動布包，那個布包鼓鼓囊囊的，裡面塞滿了東西，而且看布包帶緊繃的樣子，估計頗重，不知道到底是什麼。到底裝了啥？鄭歎盯著對方。

小高似乎沒有立刻從包裡掏出東西來的意思，估計是等著最佳時機。

看著越來越近的人，鄭歎收回腳，擺出時刻準備開溜的姿勢，只要見到不對勁就跑。

在小高猛地掏出包裡的東西時，鄭歎轉身就往旁邊跑去，而且選擇的地方主要是那些樹木比較多的小林子。在跑的時候，鄭歎心裡就不停的罵著小高。

——王八蛋！這傢伙竟然買噴水槍！這種東西不是小孩子才玩的嗎？

是的，小高手裡拿著的是一把看起來像玩具的噴水槍，與那些玩具不同的是，他將這把噴水槍改造過，噴水距離和準確度比一般的玩具槍要高很多。

鄭歎聽著旁邊的一株植物上響起水柱擊打在葉片的聲音，迅速變換著方位，但身上還是中了幾「槍」。這人噴的水裡面有一股檸檬味，對於這味道，鄭歎倒是沒有太多想法，只是不知道對方噴個水還弄出檸檬味到底是什麼意思。如果只是普通的檸檬水，他壓根就不怕，何況這點攻擊力對他來說啥都不算，反正回去洗個澡就行了。

後面的人見貓越跑越遠並沒有就此放棄，鄭歎聽著身後追來的腳步聲。這周圍走動的並沒有多少人，就算有人見到這一幕也未必會知道到底發生了什麼事，更不會在沒弄清的時候就站出來管閒事。

不過鄭歎心裡並不著急，畢竟是在楚華大學這個地界上，這屬於鄭歎自己的地盤，閒晃了近三年的地方，自然熟悉得很，連什麼時候什麼人大致在哪塊地方幹什麼都一清二楚。從鄭歎碰到小高、察覺到這人不懷好意的目光時，他心裡就已經有了躲避路線。

小高在追著噴了一段距離後，步子緩下來，拉開布包，裡面放著一個礦泉水瓶，裡頭裝的是他特別配置的水。水槍裡已經沒水了，小高迅速扭開瓶蓋，將水槍裡灌滿水，然後繼續往前追。他知道那隻貓往哪個方向跑了，而且就算現在追丟，到時候堵在那隻貓的家附近也能再碰上。

小高穿過一片小草地，拐了個彎，便又看到了那隻黑貓。可讓小高眼角抽搐的是，那裡不只有一隻黑貓，還有一隻成年的牛頭梗，雖然那隻牛頭梗長得很搞笑，眼睛那裡像被誰揍過似的還有塊黑色，但小高笑不出來，因為此刻那隻牛頭梗正盯著他，那雙歪著的小三角眼裡閃動著興奮並凶悍的光。

那隻黑貓狡詐就算了，可眼前這一幕有些顛覆小高印象中貓狗不和的觀念。一般貓狗相處融洽的話，一方的性子——尤其是狗的性子應該是比較溫和的，但這隻貓和這隻牛頭梗都不是什麼性情溫和的貨色，怎麼看起來像是同一戰線上的小夥伴？

咬人和不咬人的狗，小高自然分得清，眼前這隻牛頭梗，是絕對會下狠口咬人的！

鄭歎站在牛壯壯的身後，讓大他幾倍的牛壯壯站在前面擋「槍」，他則看著小高，勾著尾巴得意。

最近牛壯壯牠主人每天這時候只要沒事就會來這邊閒晃，這裡是教職員活動中心的後門地帶，聽說前段時間這裡有個器材在大白天被盜了，於是牛壯壯被主人牽過來這邊防盜，沒在大門口，而是在後面這塊沒什麼人走動的後門區。反正大門有人看著，而且後門這裡陰涼的地方多，一大片的草地，夠牛壯壯在這邊撒歡挖洞了。

雖然看到這隻牛頭梗身上拴著鏈子，可是小高並不想惹這隻狗，就算這隻狗不會咬到自己，但叫起來的話肯定會吸引很多人過來，而且他總覺得那狗鏈子不怎麼可靠。

「你出來！」小高朝那隻狗身後低聲叫道。

鄭歎站在牛壯壯後面，朝小高揚了揚下巴。

——老子就不出去，你奈我何？！

小高站在那裡等了一會兒，直到口袋裡的手機響，看了那邊的貓一眼，轉身往另一個方向離開，接聽電話開始說起來。

見小高走遠，鄭歎將甩著尾巴湊過來蹭的牛壯壯推邊上，立起來拍了拍牠的狗頭，想著啥時候再拖點骨頭來犒賞一下這傢伙。

看了看小高離開的方向，鄭歎抬腳往那邊走過去，沒走多遠就聽到小高接電話的聲音，那人正坐在籃球場旁邊的林子裡，面朝籃球場那邊。平時鄭歎也來這周圍閒晃過，離這個籃球場不遠處就有個運動場，他常在那邊看臺後面的樹林裡坐著思考貓生。

小高往後看了一眼，並沒有再去注意鄭歎，而是接著講電話。

「幹嘛呢，你現在有空沒？」那邊金龜問道。

「沒幹嘛，我在報復貓呢。對了，你上次不是說貓討厭檸檬味嗎？沒見效啊！」

「我家以前養的那貓是真的討厭檸檬，我用檸檬擦沙發之後，我家那貓就再沒撓過了。而且每次看我拿檸檬都避之不及。不過，既然你說檸檬沒用，那你下次再試試綠油精吧，我家隔壁那人也養了一隻貓，他家的貓就討厭綠油精。」

「我有那閒工夫還不如去接個大案子呢！」

那邊金龜聞言笑了笑，「其實我挺不理解的，你跟一隻貓計較啥？不就是隻貓嘛！」因為私交不錯，金龜很多時候說話也隨意些。

「行了，別扯這些，說說你打電話的目的吧。」

「好吧，有個大案子，我接不了，只是幫人聯繫你一下，那邊聽過你『六八』的大名，有意讓你接手，價錢好商量……」

說完事情，掛斷電話，小高——也就是金龜口中的六八，將電話重新放進口袋裡，嗤笑了一聲。不是笑別人，他就是笑自己，的確沒這個必要。時間就是金錢，有這時間的確還不如去撈錢呢，去睡個妞也行，跑這裡拿噴水槍噴貓？想想都覺得幼稚，碰到貓感覺智商都被拉低了。

但是……

六八看了看躲在一棵樹後面看著這邊的黑貓，心裡頗為無奈。這貓與普通的貓不同，他在外面見過各種各樣的人，也見過各種各樣的寵物，像這隻黑貓這樣的實在是太少了，說好聽點，這叫「靈性」，說直白點，那叫「邪乎」。

人也好，有靈性的畜牲也好，來世上走一遭也不容易。一般除非生死之仇，否則六八是不會直接下殺手的，他喜歡玩各種撈錢的、有趣的大案子，但是他一直都有個度，他明白若超出這個度，他未必能按自己的意願活得這麼悠哉。

——算了，水也噴了，那貓也中了幾「槍」，就當報復了吧，何必跟一隻貓計較太多。

六八點了一根菸，並沒抽幾口，就夾在手指上，看著籃球場，沉默不語。

鄭歎在後面看不到對方此刻的表情，不過總感覺這人突然就變得深沉了，還帶著點滄桑感。難道又是裝的？

等手上的菸燃得差不多了，六八手指一動，將菸蒂彈進幾公尺外的垃圾桶裡，站起身，伸開胳膊舒展了一下身體，深呼吸，看著籃球場上帶著汗水奔波的年輕學生們，感慨道：「我的青春啊……」頓了頓，想到什麼，變了個調唱道：「小鳥一樣不回來～～」

六八剛唱完，鄭歎發現一抹藍色的影子從上空飛過，然後停在籃球場邊高高的梧桐樹枝上。

六八顯然也看到了，挑挑眉，他還真沒想到這地方能有人養這種稀罕物，而且還放心大膽的讓這隻鳥自己跑出來，就算有安裝定位環也不保險吧？除非對方有信心。

本來準備離開的六八重新坐下，饒有興致的看著樹上那隻鳥。

籃球場那邊，人不少，顯然是有比賽，不是什麼正規的賽事，只是院系班級之間的友誼賽。很有意思的是，此刻比賽雙方一個是陰盛陽衰的文學院，一個是陽盛陰衰的計算機科學學院，看兩邊的啦啦隊就能看出絕對差異來。再瞧那邊擺 pose 裝帥的爺們兒和另一邊故作矜持的妹子們，以及正在球場上活躍著的各懷心思的球員們，這場比賽意義非凡啊！友誼賽，真的就是「友誼」第一了。

比分並沒有拉得太大，就在七、八分左右徘徊，計院領先。

等計院這邊搶到一個籃板球，準備展開進攻的時候，計院這邊的啦啦隊興奮了，有個傢伙吼了一句：「計院的爺們兒們——」

原本，接下來這邊的人會齊聲喊一句「壓倒文學院！」，可還沒等他們開口，一道突兀的聲音從上方響起。

「出～來～接～客～了！」

「噗——」

因為口渴剛新開了一瓶礦泉水喝的六八直接將灌進嘴裡的水噴了出去。

而球場那邊，正準備來個瀟灑勾射的計院大前鋒腳上一個趔趄，手一滑直接將球甩了出去，正好砸在了過來客串裁判的工學院某老師頭上。

鄭歎抖了抖耳朵，一段時間不見，這鳥去南方過了個冬回來，嘴越發賤了。

嚎了一嗓子之後，估計知道自己剛才的話讓人不滿了，在籃球場那邊的人起鬨之前，那隻鳥又匆匆飛離。

鄭歎順著牠的飛行線路看過去，距離這裡不遠處的一條路上，一輛私家轎車停在那裡。鄭歎認識那車，那是將軍牠飼主的。難怪這隻鳥會飛到這邊來，應該是牠飼主過來這邊找人，順便把牠帶出來閒晃。

這段時間這隻鳥被約束得緊了些，以前一週會放出來玩兩天，現在一週都難得出來一次，原因是這傢伙將學校的幾隻喜鵲欺負得夠嗆，差點引發喜鵲愛好者們的公憤，有幾次牠還跟人吵過架呢！

將軍嘴裡的「醜八怪」喜鵲，在其他人眼中可是吉祥的象徵，更何況喜鵲確實不算醜，在校園裡幾種鳥中算是好看的了。為了不繼續拉仇恨，將軍牠飼主直接罰將軍「關禁閉」。

其實，在牠欺負喜鵲之前，還有前科。相比喜鵲，將軍更討厭杜鵑鳥，牠總罵杜鵑鳥是「寄生蟲」，因為杜鵑將蛋產在其他鳥的鳥巢裡，還將鳥巢原本的鳥蛋移走。有次將軍出去玩的時候恰好逮到正在「犯案」的一隻杜鵑鳥，於是，驅趕開始。社區裡這段時間一隻杜鵑鳥都沒見到就是將軍的「功勞」。在喜鵲的事情發生之後，一些人終於忍不住了，這才開始組團投訴。

不過，將軍被關，周圍的其他鳥爽了，受苦的就是住在周圍的幾戶了，像鄭歎這種耳朵比較靈的，想忽略那傢伙的嗓門都難。

將軍那傢伙每天在陽臺那裡對著鐵絲網，垂著頭唱《月兒彎彎照九州島》，爪子很有節奏的在鐵絲網上撓動。

你能想像每天早上迎著朝陽出門，準備開始一天的學習工作生活或者活動爪子準備閒晃的時候，就聽到那顫抖的調調唱「咿呀呀兒喂～聲聲叫不平，何時才能消～我的那心頭恨」之類的苦情歌時，心中湧起的那種恨不得大吼一聲「臥槽」的心情嗎？甚至有些比較感性的人，可能會想到工作中受到的某些不公平待遇，這一天的心情估計都會先往下掉一截。

現在這傢伙好不容易出來一趟，就又開始報復社會，瞧牠剛才喊的那句，估計計科院的那些人以後很長一段時間都會被人拿出來當笑話，尤其是比賽的時候。鄭歎閉著眼睛都能想像比賽時對方球隊將那句「出來接客」一喊出來，計科院全體球員腳底打滑的情形。

看著朝停在路邊的轎車飛過去的鳥，六八回過頭，看向正蹲在一棵樹後面的黑貓。

「那隻鳥你認識吧？你們是不是好朋友？」六八覺得，有靈性的動物之間交流肯定也多，看之前這隻貓和那隻牛頭梗的相處模式，估計和剛才那隻鳥的關係應該也不錯。

鄭歎聞言，頓時眼露鄙視。他和那隻想方設法報復社會的鳥關係很好嗎？

六八倒是沒有再問關於將軍的事情，他沒想去綁架一隻珍稀鸚鵡，他也從來不幹這種事。盯著不遠處的黑貓看了一會兒，六八笑了笑，「你爹是怎麼把你教出來的？」

鸚鵡就算了，鸚鵡的壽命相對來說比較長，在人類身邊活得越久，學到的本事也越多，所以從數量上講，聰明的鸚鵡相對來說還是比較多的。而貓不同，牠們壽命不算長，性子古怪，不好馴服，雖然數量大，但真正算得上聰明的貓所占比例絕對不高，像眼前這隻這樣水準的就更罕見了。所以，六八好奇。

鄭歎看著對方，既然對方已經找到這裡了，應該對自己有些瞭解，對方口中的「你爹」估計指的是焦爸。可惜，這德行的養成基本上與焦爸無關。

六八並沒想從一隻貓這裡找到答案，他也就感慨一下而已。伸了個懶腰，六八從口袋裡掏出一張名片，很簡單的名片，白色的紙質卡片上印著簡單的信息，除此之外，沒有任何花哨華麗的裝飾紋路，看起來很廉價的樣子。

六八將名片放在剛才坐的地方，看向不遠處的黑貓，道：「結婚離婚，抓二奶找小三，尋人打人，辦假證做假帳，商業間諜私人顧問等等等等，除了殺人放火和某些能力範圍之外的事情，只要付得起錢，一切好商量，本人信用有保障，對客戶的隱私絕對保密。當然，我只接高級單，小案子就不要打擾我了，浪費時間。」

說完，六八就放下名片，轉身離開。他不指望這隻貓能聽懂多少，說這些話還將名片放在這裡，完全是一時興起、突然想這麼幹而已。校園的垃圾桶裡到處都能看到被扔進去的各種名片和傳單，像這種毫不起眼的名片，在很多人看來也是被扔的分，六八也沒抱多大的希望這張名片會用上。

確定六八離開，鄭歎才走過去，看著放在那裡的名片。

從專業角度來看，這張名片實在不合格，如果是那些有強迫症的設計師見到，肯定會開批。名片上沒有太多其他的介紹，只有兩樣：一個是正中那個數字「68」，估計是代號，第二個就是數字下方的一行電子郵箱。除此之外，再沒有其他的訊息了。

光看這張名片，鄭歎實在腦補不出剛才那人走之前說的那些介紹業務的話。

盯著名片看了一會兒，鄭歎猶豫了一下，然後伸脖子湊上去嗅了嗅，沒嗅出什麼異味，看著名片也不髒，想了一下，鄭歎還是張嘴將名片的一角咬住，往家裡跑去。

回到家後，鄭歎將那張名片放進自己貓跳臺上的隱藏抽屜裡，那一格是專門放名片的。鄭歎不知道以後會不會用上這張名片，但留著備用也不費什麼勁，就先放著吧。

六八離開後，接下來的幾天鄭歎在校園裡閒晃時沒再見到他，閒的時候鄭歎也往附屬醫院那邊走去，還去湖邊的住宅區那邊看了老太太。

現在那位老太太日子過得不錯，有人陪著，不寂寞了，臉上的笑也多了許多。那個據說是五十多年前相好的老頭不像是什麼大奸大惡之人，但鄭歎覺得這人也不是個什麼無害和善之輩，能拚下偌大一份基業，肯定不會是個心思簡單的。不過這人對老太太倒是真好，這就足夠了。

或許是愛屋及烏，老頭對其他人不假辭色，對鄭歎還不錯，畢竟老太太的態度在那裡。今天見到鄭歎，老頭還笑呵呵地端吃的出來。

鄭歎聽他們聊天的時候，知道老頭有將老太太一起帶去南方那邊的意思，那邊暖和，人脈和關係網絡也多，醫療方面也不輸這邊，有什麼事治療起來還會更方便，順便再辦個婚禮什麼的。不過老太太一直沒點頭。

◆◇◆◇◆◇◆◇◆

鄭歎在外面閒晃一圈回到家的時候，發現小郭來了。今天是週六，雖然不是上班的日子，但小郭那邊應該比較忙，沒想到他竟然有時間過來這裡。

看著客廳的情形，小郭和焦媽已經聊了一會兒，只是不知道在聊什麼，焦媽的眉頭皺著。趴沙發上聽了一會兒，鄭歎才知道是綠翼協會被邀請參加一個活動，聽說這次參加活動的有國內外好幾個類似的組織，作為新成立不久的協會，綠翼需要這樣一個機會來擴大其影響力，以獲得更多類似的、規模更大的組織的認可。

也難怪小郭會這麼看重，這要是成功了，毫無疑問利益是極大的。

而作為「明明如此」寵物中心首要王牌的鄭歎，肯定是小郭最先列在名單裡的。

這次活動並不要求有多少名貴品種，當然，面子工程肯定得做好，而賣相好的名貴品種，比如小郭店裡那幾隻負責賣萌的，肯定也會被帶上。

既然不要求名貴品種和血統證書啥的，有鄭歎這麼個王牌在手，小郭不用才怪，畢竟店裡的廣告多半都是靠這隻沒血統證明的非名貴品種黑貓撐起來的。到時候估計還有一些節目需要各家拿出自己的王牌來秀一秀，除了鄭歎之外，小郭昨晚想了一整夜，實在找不出到比這隻黑貓更合適的了。

知道不容易說服焦家的人，但小郭還是決定過來跟焦家的人磨磨，於是便有了鄭歎進門的時候所見到的一幕。

焦媽聽到小郭的說明後，第一個就是反對。她走不開，肯定得在家看孩子，家裡有兩個孩子呢，她怎麼能放心離開？而自家貓如果出遠門的話，沒人看著，她心裡也不放心，都養了快三年了，自家貓什麼脾氣她自然知道。

不喜歡籠子，討厭被套上繩套，性子比較隨意，想幹啥就幹啥，脾氣不好，小心思多，在家裡還行，出去了絕對難伺候……這缺點一數起來，焦媽就停不住了，怎麼想怎麼不對，越想越擔心。任小郭在旁邊又是勸說又是保證的說了一個小時，她仍舊沒鬆口。

焦媽發了封郵件給焦爸，發牢騷似的將事情說了一遍。第二天看到焦爸的回信後，焦媽重重的嘆了口氣。

「都是給慣的！」

焦爸的意思是，讓鄭歎自己選擇。

鄭歎昨天晚上也分析了一下得失利弊，出風頭什麼的他確實不怎麼感興趣，但如果綠翼這個新成立不久的、相比起那些大型組織來說還是個「弱雞」的協會被踩了下去的話，鄭歎自己也討不到多少好處。畢竟，他現在的主要金錢來源就是小郭那裡——他這隻貓還要養家，這是鄭歎給自己訂的目標計畫。

小郭是這次活動的負責人，綠翼丟面子就是小郭他們寵物中心丟面子，小郭寵物中心丟面子，鄭歎也得不到好處。而且，小郭說去那邊就一週的時間，也不久。

這樣想來，去一趟也不錯。

◆◇◆◇◆◇◆◇◆

得到焦媽的同意後，小郭很興奮，他這次就奔著幾個獎項去的，能撈幾個就多撈幾個傍身，這樣能提升影響力。

時間定在六月初，小郭這幾天都在忙著準備這次去參加活動的各項事宜，還要聯繫一些合作夥伴。這次不僅僅只是貓之間的交流和比賽，還有相關用品、食品等的展示，這個可是小郭撈錢的主要來源，而且現在他店裡自己的品牌也做起來了，正好能藉著這次活動多宣傳宣傳。所以，這次小郭可是懷揣著雄心壯志準備大幹一場。

在家陪著小柚子過了個兒童節，鄭歎便開始往寵物中心那邊跑，小郭制定了幾個任務計畫，鄭歎得先熟悉熟悉。

焦媽也開始幫鄭歎準備遠行的事情。即便小郭各種保證，焦媽還是不放心，對著電腦忙活了三個多小時，特地打了張單子列印出來，到時候交給專門照看鄭歎的查理，她還親自到寵物中心那邊拉著查理談了一個多小時，囑咐的事情鄭歎都聽得耳朵起繭了，但是他並不反感，這種被看重、被重視的感覺，還挺不錯。

活動地點在臨州市，小郭這次包了輛大巴士，還有幾輛隨行的車，小郭自己那個工作組的人八成以上都帶著。從楚華市出發到臨州市，開車得要十個小時左右。不過，小郭提前就開始準備了，也不擔心這十個小時裡面有多少不方便的地方。

帶出門參展活動的貓共六隻，小郭店裡的三隻，還有來自綠翼協會其他寵物店或者俱樂部的貓，楚華市也有其他參賽的人，只是那些參展貓主們並沒有跟小郭他們一同行動，到時候那些貓主們會自己坐飛機過去臨州，想集體行動的話再聯絡會合，不想集體行動的也就不用聯絡小郭他們了。

與其他幾隻待在籠子裡的貓不同，鄭歎自由很多，獨占一個座位，趴在那裡睡覺。旁邊坐著查理。

查理現在是個實實在在的貓保姆，而且是鄭歎「工作」時間的專用保姆。

查理看了看旁邊一副心安理得、睡覺睡得安穩的貓，再看看前面一個因為照顧的貓一直叫喚而不得不從籠子裡將貓抱出來安撫的人，心裡嘆氣。每個人照顧的貓，脾氣性格不同，各有各的好處，也各有各的煩惱。雖然自己旁邊這隻貓膽肥、心理素質強悍，但那些破習慣太多。

查理打開手裡的文件夾，翻了翻裡面的幾張資料，其中就有焦媽給的照顧她家黑貓的「注意事項」。其實不用這些，查理也對鄭歎的習慣有了些瞭解，畢竟合作這麼久了。只是每次看著這些「注意事項」，查理都感覺胃疼。算了，只要參加活動時不出亂子，其他的都可以接受。

中途車隊停下來休息了一會兒，吃了個午飯、上個廁所啥的，鄭歎也是那時候讓查理帶他去餐廳裡的洗手間蹲了個大。他從來不用貓砂之類的東西，只使用洗手間。

吃飽喝足排了新陳代謝廢物，重新回車上之後，鄭歎繼續沒心沒肺的睡覺。

查理發了封簡訊給自己女朋友：現在的貓真難伺候。

休息過後雖然一樣是坐車，不過跟剛出發不同的是，車上多了一個人，外加一隻貓。

這是來自於楚華市一個俱樂部的貓，貓主人是個四、五十歲的女人，之前她帶著她的貓坐在後面那輛轎車裡，估計覺得太枯燥沒意思，休息之後就跑大巴士裡面來了，現在正跟人吹她的貓怎麼怎麼好、怎麼怎麼嬌貴，以前獲得過多少獎項。

鄭歎原本睡得好好的，結果被那女人有些尖銳刺耳的聲音吵醒。其實這時候大巴士裡很多人都準備休息了，卻沒想到多了這人，聽說這女人的丈夫在綠翼協會裡也是個副會長級別的，只是話語權沒小郭大，但大巴士裡的人還是得給點面子，就算心裡不耐煩，臉上也不會表示出來。

鄭歎就不能忍了，這女人太吵，他聽著就煩。他起來往那邊瞧了瞧，那女人抱在懷裡的貓是一隻異國短毛貓，看起來確實很可愛，也很乖巧，就是牠主人不怎麼樣，太聒噪。

或許是察覺到鄭歎不怎麼和善的視線，那隻貓往鄭歎那裡瞧了一眼，然後往牠主人懷裡縮。

正在炫耀自家貓、差點將跟隨的其他貓批得一文不值的女人感覺到懷裡的異動，趕緊摸著貓毛安撫了一下，一邊安撫一邊還「我的乖乖」、「我的小心肝」之類的叫，聽得鄭歎雞皮疙瘩都起來了。

女人順著自家貓的視線朝鄭歎那邊看了一眼，心裡一個哆嗦。不是她膽小，實在是突然對上一隻黑貓的那雙冷眼，就感覺背後一寒。她不喜歡全黑的貓，因為全黑的貓看起來太凶殘。之前她其實壓根沒注意到小郭這邊帶著一隻全黑的黑貓，在她眼裡只有她自家的貓而已，現在知道了，總感覺坐立難安，她懷裡的貓也像是感覺到畏懼似的縮起來，一人一貓突然就安靜了。

車裡的人瞧了瞧鄭歎，又看看那一人一貓，心裡樂呵。雖然這隻黑貓脾氣不好，但有時候還真挺管用的，難怪自家老闆總喜歡把這隻貓拿出來鎮場子。

中途車隊在一間加油站停車加油的時候，女人就抱著那隻異國短毛貓回去原本的轎車裡，下車時還在抱怨小郭怎麼將這種貓都帶著、這樣只會丟面子之類的話，被小郭瞪了一眼之後，她才悻悻轉身上了小轎車。

當晚八點左右，車隊到達臨州，來到一間飯店，這裡是早就定好的地方，寵物也能安置好。

鄭歎依舊是個特例，被直接帶了進去，還獨霸一張床。晚上焦媽打電話給查理，瞭解一下鄭歎的狀態。

在飯店裡休息了一天，活動在後天，也就是本週六開始，為期兩天。週六早上九點至十點，參展貓需要入場接受獸醫檢驗，然後活動才開始。

這次雖然只是不限貓種的交流活動，但也有貓隻公開展覽的項目，分為幼貓組、成貓組、絕育貓組和家貓組四組公開展覽比賽，前三組肯定是以名貴貓種居多。

這次活動雲集了來自不同國家的罕見品種，包括波斯貓、無毛貓、加菲貓、柯尼斯捲毛貓、布偶貓、緬因貓等總價值高達近千萬的國際名貓，足夠來觀看的人們過過眼癮了。除此之外，週六的活動項目還有愛心義賣會，以及一些愛貓知識講座和愛貓知識有獎問答等。

週六，一些特意安排的互動環節比較多。很多人討厭貓、對貓不親近的原因，大多歸結於貓的脾氣。大多數的貓愛撓人，以及高興的時候理你、不高興的時候懶得理你之類的彆扭而高傲態度，而這次主辦方就是為了給人們看貓的另外一面。

鄭歎在大巴士裡聽查理他們聊天的時候知道，這次互動環節請了一些特訓過的貓，還有一些特別溫順、會撒嬌會賣萌的貓，讓周圍的觀眾與貓更親近，或者對貓的印象更好。

鄭歎的任務是在週日那天，小郭給鄭歎的任務是「跑酷」。這對鄭歎來說難度不大，而且這次跟鄭歎合作的是一個身材極好的美女。

美女是哪裡都少不了的角色。能跟美女合作，鄭歎的心情又稍微好了那麼一點。

聽說到時候還有寵物健康和醫療講座、諮詢，以及寵物貓日常護理技術交流等，現場還會設置針對寵物貓的免費美容、防疫、身體檢查等一連串活動，旨在傳播時尚健康的愛貓生活理念，人潮鐵定很多，貓也會很多。

◆◇◆◇◆◇◆◇◆

週六這天，鄭歎和其他參加活動的貓接受檢查。

在這裡，鄭歎見到了各種各樣的貓，有幾隻無毛貓更讓他盯著看了好久，好在現在氣溫還算暖和，要是冬天的話，估計得穿著衣服待在暖氣房裡。還有捲毛貓和捲耳貓，鄭歎瞧著挺有意思的。平時見慣了異國短毛貓的加菲貓式扁臉，再看這些各種奇怪的貓，他感到挺新奇的，尤其是從一隻貓的角度來看。

不知道是不是角度不同的原因，曾經覺得各種畸形、各種怪異的貓，現在感覺還好，鄭歎能夠從這些貓的眼裡看出很多情緒，比如有些長得很凶悍的貓其實膽子很小，有些瞧著氣勢很足，其實是個蔫貨，一嚇就慫；檢查的時候，有隻貓自己放屁把自己嚇著了，是個蔫屁，不響，要不是聽那邊的人說，鄭歎也不知道，但知道後還是悶笑了好久。

看著各種各樣的貓，鄭歎不禁想著，如果花生糖來的話會怎樣？不過，沒可能的事情還是別深想了。

花生糖一直都是放養狀態，李元霸親自帶著長大的，還愛去挑場子，那個殺傷力太大，小郭他們也不敢將花生糖帶來，來了估計也不得安寧。聽說這次參加會展的貓總價值近千萬，一個不小心把那些冠軍貓們撓傷撓抑鬱了，小郭得賠死。

會場裡，憨態可掬的波斯貓、體態圓胖的英國短毛貓等，瞪著兩隻水汪汪的大眼睛看著來往的人，偶爾對抱著牠們的主人嬌聲叫一個，看那鎮定的樣子，應該不是第一次參加這類的活動。

小郭寵物店裡的王子牠們也被帶去參賽了，許多市民還帶著一家老小來和喵星人一起拍照，邊上一些區域能看到多家動物愛心機構在宣揚動物救助理念和知識，並進行愛心義賣活動，到處都圍著人。

鄭歎被查理帶著，旁邊還有個身材高䠷的美女。

查理一直紅著臉，說話都磕磕巴巴的。雖然早有女朋友了，但面對這樣一位大美女，他還是免不了緊張。

這位美女就是鄭歎明天在互動環節的合作對象，叫金玲，聽說是個模特兒，也是寵物中心的一個客戶，這次被小郭請來助陣的。

鄭歎挑剔的看了金玲一眼，勉強打個八十分，他覺得那裙子要是再往上短一截就更好了，可惜不能太暴露。畢竟來這裡的還有很多小孩子，如果穿得太暴露的話，帶著小孩的家長們肯定會投訴，之前就發生過在名貓展上因為穿著暴露而被人投訴的事情。所以，即便已經到了夏天，在會場裡工作的人還是會注意些形象的。

在與金玲熟悉之後，鄭歎就拋下查理，窩金玲懷裡了。

金玲雖然跟鄭歎接觸的不多，但心思活絡，鄭歎只要稍微一個動作，她就知道該往哪裡走。她早聽說過這隻貓很大牌、脾氣臭，小郭店裡上下的人都隨著牠的意，她也不會去駁這隻貓的意思。多多相處，明天也能更好的合作。

鄭歎對那些名貴貓種賽區的比賽不怎麼感興趣，只是大致掃了一眼，就讓金玲往家貓組那邊過去了。

這次家貓組參展的是小郭他們寵物中心的一個客戶家養的狸花貓，這隻狸花貓首次參加公開比賽，在籠子裡待著有些焦慮。

每隻參賽的貓，裁判都要上手去抱抱，摸牠的骨量，看牠的肌肉狀態，還有頭部、身材、尾巴、四肢的比例與協調性，以及貓的健康程度等。

鄭歎往那邊看的時候，國外的一位評審家正抱著一隻貓，摸著貓身上的毛同時也評價著這隻貓，旁邊的主持人拿著麥克風將評審人員的話翻譯給觀眾們聽。那隻貓也挺有耐心，被人抱來抱去、摸來摸去的折騰也沒有表現出不耐煩的樣子，估計被折騰習慣了。當然，這些評審家們肯定對貓都很瞭解，知道怎麼更好的去安撫一隻貓。

本來在小郭心中，家貓組最好的參賽貓應該是鄭歎，可惜焦家不同意，鄭歎也不想去。不僅要被關在籠子裡供圍觀，而且參加那種比賽的貓絕大多數脾氣比較好，裁判抱手上捏這裡捏那裡，也不會有太激烈的反應。但這些，鄭歎絕對忍受不了。

另一個原因就是，聽說獲得過這種獎項的非絕育貓，基本上會被當作種貓來看待。

鄭歎現在絕對不會想去跟一隻母貓發生什麼關係。

家貓組這邊的人也不少，相比起那些名貴貓種，家貓組的貓讓更多人感覺親近些。名貴貓只是用來看的，養起來也不容易，太精貴，耗心思；而家貓可是人們接觸最多的，比如狸花貓等，都是常見的貓。

鄭歎看了看，這裡比賽的除了一些常見花色的貓以及頗受歡迎的狸花貓之外，還有臨清獅貓被人們關注。

來這裡參加家貓組比賽的獅貓有兩隻，一隻鴛鴦眼的白獅貓，一隻鞭打繡球。

所謂「鞭打繡球」，長得與白獅貓差不多，但尾巴是黑色的，而且頭部還有一塊黑色斑塊，尾巴長，能甩到頭部黑斑那裡，所以被人們稱為「鞭打繡球」。

說起來，這隻貓讓鄭歎想起了以前見過的、被那位馴貓師帶著的名叫桂圓的貓，只是桂圓的毛偏短，而且頭上沒有黑斑塊。

家貓組比賽處，評審裁判中有一位國內的人，看起來頗年輕，長得還不錯，也算個美女。這位美女評審吸引了許多觀眾的注意力，在她評價一隻參賽家貓的同時，還會對這隻貓進行撫摸、挑逗、對話等，貓在她手中也變得溫順無比。

查理翻了翻手上的資料，跟金玲談論起著個美女裁判。聽到他們的話鄭歎才知道，這位名叫龔沁的美女裁判也是獸醫專業的，曾經還帶著她自己的貓參加過不止一次比賽，只是後來因為工作原因沒有時間去照顧貓，後來就沒怎麼養了，但她考取了ＣＦＡ（注：國際愛貓聯合會 The Cat Fanciers' Association 的簡稱，全球最大的註冊純種貓非營利機構。）裁判資格，有時會被邀請來這類活動當裁判，接觸更多的貓。

在查理和金玲談論那位美女裁判的時候，鄭歎往周圍看了看，突然眼神一頓，似乎看到個熟人。不對，是兩個熟人，還有……

鄭歎從金玲懷裡跳下來，往那邊走過去。

金玲見貓跳開，心裡一驚，生怕貓跑丟，但隨即看到那隻黑貓並沒有亂跑，而是往邊上的區域走，便放下心來和查理跟了上去。

在邊上的一塊區域，幾個動物愛心機構在那邊，一些貓主們圍在那裡諮詢，旁邊還有一排排椅子，進來觀看的人以及一些參加活動的貓主們閒下來的時候就在那裡休息。

方萌萌手裡拿著一本動物愛心機構給的小冊子正在翻看，方邵康在旁邊跟人聊著，看來他又在這裡遇上熟人了，被拉著閒聊。

在方萌萌旁邊蹲著一隻貓，身上三色斑塊交錯，並且這隻貓的周邊區域，半徑五公尺內沒有任何一隻貓存在，就算被帶到牠旁邊休息的貓也會炸起毛壓著耳朵對牠嘶叫，叫嚷著讓貓主帶著離開。

鄭歎算了算時間，大米這傢伙，也快一歲了啊。

有時候鄭歎挺羨慕爵爺的優良基因，看花生糖和大米就能看得出來，雖然是第三代了，但論個頭，還是比其他貓要明顯大一圈。當然，來這裡參加比賽的貓也多，尤其是那些體型偏大的貓種，再加上蓬鬆的長毛，看起來很大隻，所以大米這樣的也不算太過突出。不過，大米的毛可沒有那些長毛貓種那麼蓬鬆，去掉毛的話，大米本身肯定還是比那些貓要大一些的。

鄭歎繞過來來去去的人潮往那邊走的時候，也觀察著安靜蹲在那裡的大米。在鄭歎心中，他一直將自己跟李元霸和爵爺歸為同一輩，這樣算的話，花生糖就是姪子一輩，而大米小米就是姪孫了。

大米很好的遺傳了爵爺和李元霸的氣場，看周圍那些貓的反應就知道了，而且大米板著一張臉的時候，直接讓鄭歎想到了李元霸。大米正蹲在那裡，微垂著眼皮，對周圍的一切似乎毫不在意，直到鄭歎走過來，牠才抬起頭看向鄭歎。

鄭歎不知道這小傢伙還記不記得自己，畢竟大米被帶走的時候還那麼小一團。還有，如果這孩子繼承了牠爹愛挑場子的性子的話，會不會就地跟自己打起來？

正當鄭歎思索著要不要再靠近的時候，大米已經湊上來了，嗅了嗅，眼裡一開始的防備減少，多了些親近感。

方萌萌的視線從小冊子上挪開、看向大米，正好看到平時對其他貓都一副冷漠樣子、不耐煩的話還直接上去抽巴掌的大米，正歪著頭往那隻黑貓身上蹭。

方萌萌盯著鄭歎看了一會兒，突然叫道：「你是黑碳嗎？！」

正跟人聊著的方邵康聞言看過來，目光落在鄭歎身上，「喲呵，黑碳，你怎麼來了？」

因為女兒說想來臨州市參加這個活動，方邵康特意將週末空出來，陪女兒坐飛機來這裡。他老婆沒跟著，就是為了讓方邵康多表現表現、多陪陪女兒。女兒要帶大米過來，方邵康也早將各種證件辦齊。

這時候查理和金玲也過來了，方邵康跟他們聊了幾句。

「明天還有比賽？那好，明天我們去捧場！」方邵康一副很期待的樣子說道。

方萌萌也在旁邊點頭。

「方先生，這是您家的貓嗎？參加哪組比賽了？」查理問道。

金玲也好奇，眼前這隻貓總感覺與其他貓有點不同，但又說不上來為什麼，難道是哪個她不知道的貓種？

「這是我女兒養的，不過沒參加比賽。」方邵康沒說太多，既然知道查理是「明明如此」寵物中心的人，他心裡就防備起來了，因為二毛說過，大米牠爹是住在寵物中心的。

在活動會場裡，方邵康有張專門的證件，大米不參加任何比賽，只是被帶進來溜達一圈，然後讓方萌萌和那些貓友們多交流交流，諮詢一下養貓的事情，自由度也比那些帶著參賽貓的貓主們大得多。反正有認識的人，辦理這種證件還是很簡單的。

查理和金玲因為對大米好奇想站近點看看，還打算伸手摸摸的時候，大米抬頭瞟了他們一眼。查理和金玲心裡立刻抖了兩抖：這貓眼神好冷，而且，總感覺這貓不好惹的樣子。

「咳……這貓養著挺費心的吧？」查理收回手，說道。

「不費心，大米很乖的。」方萌萌一說起大米就笑眯了眼睛，伸出嫩白的小手在大米頭上摸了摸。

很多貓板著一張臉時和撒嬌賣萌時給人的感覺是截然不同的，比如對著查理、金玲的大米，和對著鄭歎、方萌萌的大米，一個冷漠，一個溫和；一個難以接近，一個主動親近。

大米抬頭看人的時候，由於會場內這塊區域燈光的原因，大米的瞳孔微微縮起來，配合著大米板起來的酷似李元霸的神情，看起來要犀利很多；可當牠因為興奮而瞳孔放大時，加上牠撒嬌的動作，才更讓人們知道這貓也是能親近人的，那樣更顯萌態。

查理看著這前後差異對比，乾笑兩聲，想了想道：「方先生，您家大米跟我們寵物中心的兩隻貓挺像，我跟您說，絕對沒騙您，一隻貓叫李元霸，另一隻貓是李元霸的兒子，叫花生糖……」

方邵康心裡已經想著要離開了，這時又聽查理一開口就說了兩個二毛口中的「禁忌」名，反正女兒在這裡也玩得夠久，先離開算了。

方邵康牽著方萌萌離開的時候，大米翹著尾巴，也不亂看，緊跟在方邵康和方萌萌旁邊，對周圍的人和貓都是一副懶得理會的樣子。

查理還在原地跟金玲討論大米是什麼貓種，而鄭歎則在感慨，姪孫輩的也比自己壯一圈了！

週六這一天，鄭歎熟悉了這個活動的大致幾個項目和會場的布置。這天過來的人也多，尤其是那些喜歡貓卻礙於各種原因不能養貓的人，過足了眼癮，而且在離開時還商量著明天結伴再一起過來。

回飯店的時候，鄭歎聽著查理他們在議論著這一天的事情，小郭出去拓展人脈了，活動第一天的收穫令小郭還算滿意，拿了三個獎章，不算太好的成績，但也不壞，充門面足夠了。小郭的重點在貓糧和周邊產品上，今天貓糧那裡的銷售狀況不錯，還有幾個聯繫小郭供貨的人。

另外，聽說那位中途上了大巴士的聒噪女人，她的貓這次沒有獲得一個令她滿意的成績，那隻貓還差點跟當時參賽的另一隻貓打起來。不過，對於那個女人來說，雖然沒拿獎遺憾了些，但她對自家貓依然愛護著。這讓鄭歎對她的印象好了不少。

其實來參加這次活動的很多貓主們，就算自家的貓沒有拿到任何獎項也不會怎樣，反正只是過來打一次醬油、跑個龍套而已，得失心並不重，不像那些主要為了繁育方面做種貓廣告的商業為主的人們。在會場的時候，鄭歎就看到好幾個貓主們相互安慰著，有些還安慰自家貓，也不管他家的貓是不是以為沒得獎而情緒低靡，或許他們也是在告訴自己重在參與而已；在他們心中，自家的貓總是最好的。

其他人的談論，鄭歎沒有細聽，只知道這第一天小郭他們的收穫還不錯就好，他得多準備明天的項目。於是，晚上鄭歎和金玲又配合著練習了一下。

其實主要是鄭歎在跑動，金玲只要坐那裡當個合格的花瓶就行了。

小郭晚上回來的時候還擔心鄭歎有什麼心理壓力，沒想一進門發現鄭歎已經趴床上睡了。

相比起鄭歎的淡定，小郭心裡還是有些擔心的，就算平日裡自己的團隊拍廣告時這隻貓表現良好，但明天在會場的人太多，圍觀的那些觀眾，尤其是小孩子們，尖叫嚷嚷之類的很影響貓的情緒，今天就有好幾隻參賽的貓狀態變差。

有時候，貓遲鈍也有遲鈍的好處，像小郭自家店裡那幾隻參賽的貓，真要說心理素質的話，也沒什麼好談的，直白點就是反應慢了一拍、遲鈍一些，性子太溫和。

鄭歎跟其他貓是不一樣的，小郭知道，而且正因為這第一天的收穫不錯，他更希望明天能讓更多的人知道綠翼，知道「明明如此」寵物中心，知道自己一手創辦的這條產業鏈中的產品。

——應該，會有好成績的吧？

晚上，喝多了本應該躺下就睡著的小郭，卻難得的失眠了，直到後半夜才睡下。

◆◇◆◇◆◇◆◇◆

次日，活動的第二天，鄭歎早上起來，神清氣爽的吃完早餐，撈起查理剛打濕的還溫熱著的毛巾擦了下臉，然後跟著小郭一行人離開飯店。

還沒下車的時候，鄭歎從車窗往外瞧了瞧，會場外面圍著很多人，在那裡有很多搭著棚子賣一些寵物日用品相關的東西，旁邊還有一些擺出來展示的各種貓跳臺。

會場的另一個入口處排著長長的隊伍，今天帶貓過來的人很多，因為會場裡面有針對寵物貓的免費美容、防疫、身體檢查等一連串活動。當然，免費的項目有限，要更精細點的肯定得聯絡預約，到時候直接去實體店面，今天的免費項目也就是為了向那些貓主們展示一下而已。

會場內的格局也稍微有點改動，中心部分騰出來一塊地方，給貓咪表演和互動環節使用。

小郭剛到會場就被人拉過去商議事情了，離開時囑咐查理和金玲帶著鄭歎去熟悉一下環境。

鄭歎看著那邊工作人員在核對參加這個活動環節的貓和負責人，順便再次確定一下對出場順序是否有異議，畢竟出場順序也是抽籤的，誰都不能怨誰，而有些因為突發狀況不能及時過來的才會調換順序。

這個環節有十隻貓參加，鄭歎是第七個，九點開始的話，按照十五分鐘一隻貓來算，得到十一點。當然，每隻貓的時間肯定沒有絕對的說法，有些貓可能五分鐘就結束了，有些會持續更久。決定這些的一個是貓的表演，一個是牠們的人氣，能帶動現場觀眾注意、要求合影什麼的，人氣越高，持續時間越久。

鄭歎看了一下查理手上的名單列表，然後不感興趣的移開視線看向其他地方。

這時候，一些參加這個環節的貓主和貓們都陸續到了，鄭歎大致掃了一眼，那些貓看起來很機靈，跟牠們的主人或者訓練者的互動就能看出他們之間的熟悉程度，而且這些貓都沒有套繩套，不過有幾隻穿著小衣服，看起來還挺有那回事。鄭歎還發現，這些貓大部分不是什麼純種的名貴貓。也是，很多名貴品種自身的缺陷也多。

二樓那裡也已經站著一些人了，都期待的看著一樓的會場中央空地。

「ＢＣ，走了！」查理招呼鄭歎，他們要去那邊進行報到簽名，檢查人員需要對著報名時的照片看人和貓的。

因為要公開出現，所以小郭讓工作人員小組都稱鄭歎為「ＢＣ」，報名表上寫的參賽者名字就是「blackC」，品種為家貓。

只有十個參賽者，現場核對簽字不需要多久，金玲帶著鄭歎在那邊晃了下後就在一旁休息。

「開始了開始了！」四周圍著人群裡有人招呼夥伴。

鄭歎往迅速集攏過來的人群掃了一眼，很多人舉著相機和ＤＶ，有幾個爸爸讓自家孩子坐脖子上，小孩子則拿著ＤＶ對著這邊拍攝。

看著這麼多人關注，本來抱著隨意態度的鄭歎覺得自己待會兒的表現絕對不能太廢，既然決定出來參加活動，那就得拿出點本事來，也讓那些拿著相機和ＤＶ的人不會太失望。

第一隻出場的貓，牠主人多花了些心思，貓身上的那些衣服並不會干擾牠的動作，而且出場的時候是站在一顆球上滾著球出來的。

滾球這種動作看起來很簡單，其實並不，鄭歎在寵物中心剛開始試的時候好幾次都沒成功，後來才適應過來的。

「好！」那邊有人拍著手，喝彩道。

不知道那人是不是所謂的暗樁。

那人喝彩鼓掌之後，周圍的人群也都鼓起掌來。

那隻貓滾球之後，還跳圈、鑽圈、障礙跳之類的，雖然這些項目人們在電視上播放的馬戲團表演裡也看過，但現場的感覺不同。

在表演結束的時候，那隻貓站在那人肩膀上朝現場觀眾們作揖，又惹得現場一陣掌聲，對那些拍照開閃光燈的也沒有太大的反應，只是瞇了瞇眼，總的來說還算鎮定。表演結束之後，幾個抽到入場券號碼的現場幸運觀眾過去跟那隻貓和貓的主人合照。

鄭歎看得仔細，周圍有幾個工作人員已經開始對觀眾們說盡量不要開閃光燈了，畢竟不是每一隻貓都能和開場的這隻一樣對閃光燈無動於衷。

接下來的幾隻貓表演大同小異，有些男性觀眾的注意力就放在那些戴著貓耳的貓主人身上。有個貓組合樂器演出賺了不少掌聲，那些樂器與專業的樂器不同，有些偏向於兒童玩具卻又能出聲，而且上面還專門改造以適合貓操作。雖然這個貓組合演奏出來的只是《祝你生日快樂》這樣的曲子，很簡單，演奏中間還錯了幾個調，但人們依然鼓掌鼓得熱烈。

在鄭歎前面那隻貓表演的是單雙槓，單靠兩隻前爪從雙槓這頭挪到雙槓那頭，玩單槓的時候倒是多了幾個動作，對一隻貓來說，能做到這樣已經很不錯了。

之前還覺得表演太簡單了人們會不滿意，但事實表明，是鄭歎想多了，人們對於動物的要求並不是那麼高，就算那些貓只是跳兩個圈、翻兩個觔斗，他們也會覺得這次來得值。

「第七位，來自楚華市綠翼協會的 blackC！」

主持人報名字的時候心裡其實頓了一下，很少有貓叫這種名字，就算是英文名的話，這名字也太古怪了。black 就算了，還「C」？「C」是啥意思？難道還有 blackA、blackB？

周圍觀眾聽到主持人報出名字之後，有人興奮了。

「臥槽，是那個ＢＣ嗎？活生生的ＢＣ啊！沒想到來一趟竟然能看到活生生的ＢＣ表演！」

「以前看牠家的貓糧廣告影片感覺也不錯，但這是現場，不能喊『卡』的，不知道表演得怎麼樣。」

「ＢＣ是什麼？很有名嗎？」

「一看你就不怎麼混ＸＸ寵物論壇，這貓在ＸＸ論壇裡面很出名的，我家用的貓糧就是這隻貓拍廣告的牌子。」

這邊有人在談論「blackC」是誰，而場中已經開始擺設道具了。看著一一擺上來的道具，圍觀的群眾注意力漸漸轉移。

「臥槽！那個道具是什麼東西？牆嗎？」

「那些標著字母的凳子……擺得有些古怪啊，難道要走折線？」

「哇！大美女！」

「這是要上演美女與野獸嗎？」

「……野獸在哪？」

在人們的議論聲中，鄭歎和金玲走進場。

金玲今天的穿著偏小清新，看起來更像一個鄰家小妹，笑起來的時候有種甜甜暖暖的意味，這讓一些現場男觀眾看直了眼。

鄭歎沒有戴任何裝飾物，沒有穿那些小服裝，可謂是赤身上場。

入場的時候，引人注目的肯定是金玲，不過也有關注鄭歎還比較瞭解貓的人看出來，現在出場的這隻黑貓與前面那些貓不同。

貓的腳步看起來本就透著一股從容和優雅，尾巴斜向下垂落，尾巴尖勾起，再配上鄭歎那副沒啥表情的「嚴肅」的黑臉，有人便嘆道：嘿，還真像隻小黑豹子！

金玲進場之後，就在邊上一張高腳椅子上坐下。她旁邊放著一個簡易的架子，而鄭歎則與金玲分開，繼續往場中另一邊走去。

鄭歎與金玲分處於這個場子的兩邊，靠近金玲的那邊有一面高達四公尺多的道具「牆」，牆面呈一個九十度的直角，直直立在那裡，將金玲和鄭歎這邊隔開，從會場二樓看過去的話，金玲正好坐在那個直角牆裡面。現場觀眾們大多能夠看到金玲和鄭歎，但鄭歎和金玲相互看不見，被牆擋著。

牆上並沒有什麼適合攀爬的東西，只是牆面粗糙了一些。

鄭歎來到預計的地方站好，

不管是表演過的還是剩下沒帶著自家貓表演的人，都疑惑的看著場中央。場中那個女人難道不用跟著她的貓嗎？要知道，表演的時候，他們都是時刻跟在自家貓身邊的，就算沒有在身邊，也隔得不遠，像現在這樣遠遠的與貓分開，還直接用東西隔起來的情況，他們真沒見過。

在人們想著這個女人到底想做什麼的時候，金玲接過邊上查理遞去的一把木吉他，手指一撥琴弦，開始彈奏。

周圍的議論聲漸漸因為吉他聲而安靜下來。

清澈的音符散落在會場中的每個角落，在金玲手指中收放自如，自由而隨意，如年輕時代真摯純粹的情感自然流露。再看看坐在那裡的金玲，一身清新的裝束，唇角微勾帶著淡淡的笑意，撥動琴弦的時候，讓人覺得這人彷彿就是一團跳動著的溫暖的火。

毫無疑問，在開場的這一刻，金玲是群眾們關注的焦點。

有些人已經想著，就憑這一曲吉他，即便那隻貓表現得再不好，他們也會鼓掌喝彩加油。而被忽視的白色直角牆壁的另一邊，鄭歎也動了。

在金玲彈吉他彈到某個音的時候，鄭歎跳上第一個標著字母「A」的凳子，然後跳到第二個標著字母「B」的凳子。

鄭歎覺得這種表演簡直弱智至極，拉低他的智商，但顯然，小郭更懂得觀眾們的心思。鄭歎是當局者迷，觀眾們看著鄭歎按照字母的順序跳凳子，會讚嘆這隻黑貓真厲害，因為沒亂跳，證明牠跳的順序是對的，現場擺放這麼多張凳子，尤其沒有指揮者在旁邊引導時還跳得如此正確，這也算是一個看點。

事實也的確如此，人群裡已經開始有人看出來了，還有小朋友跟著鄭歎的跳動背誦著拼音字母表——他們對拼音比英文熟悉，只要有一個小朋友起頭，其餘被家長帶來的小孩子們不服輸的就開始表現了，所以在現場能夠聽到孩子們稚嫩的「啊」、「啵」、「齜」、「滴」、「呃」、「佛」、「咯」之類的聲音。

孩子們只看到場中的黑貓跳動的順序，而一些人則看出了更多的東西。

「那隻貓在踩節拍！」有人輕呼道。

周圍的人聞言，盯著場中的黑貓看了一會兒，發現那隻黑貓每跳到一張凳子上就會原地踩幾下腳步，之前沒注意，只覺得黑貓是在調整，現在看來，好像另藏玄機？

「還真是的！」

「這貓還懂音樂？」

「不是吧？應該是訓練時就這樣訓練的，只是現場配個樂而已。」有人自認為猜出真相。

鄭歎沒理會周圍人的反應，前面階段跳了幾張凳子，只是個簡單的開頭而已。

由於場地大小有限，走直線的話，沒多少表現力，所以凳子按照字母的順序沿折線擺放。在跳過開頭幾張凳子之後，鄭歎跳到某一張凳子上，這張凳子旁邊放著一個架子，架子上擱著一個長長的紙盒。鄭歎打開紙盒，從裡面叼出一枝玫瑰，玫瑰已經做過處理，皮刺都去掉了，被剪得長短恰到好處的枝上還包著一層乾淨的紙。

鄭歎叼起那枝玫瑰回到旁邊的凳子上，踩踏著步子，等下一個節拍開始。

周圍原本抱著看熱鬧心態的人已經漸漸不再去注意金玲了，而是專注在場中的黑貓身上，好奇黑貓接下來要做什麼。

鄭歎叼著玫瑰，有節奏的邁著貓步走過一段單槓之後，後面兩個相鄰字母凳子之間的距離就拉開了，鄭歎直接跳的話當然也能跳，但按照小郭的計畫並不是這樣。

吉他曲子的節奏漸漸開始加快，鄭歎一開始踩踏三下步子等踩節拍的，改為踩兩下，而且後面的凳子距離拉大，在兩張凳子之間有一塊支起來的與地面垂直的板子，鄭歎跳起來時就是藉助中間那塊豎著的板子，再跳到下一張凳子上——一如曾經李元霸教鄭歎翻窗戶的那技巧一樣，藉助中間的物體使力、變向，只要控制好力道和方向，便能穩穩的落在目標地點。這些鄭歎在拍廣告的時候也做過。

有張凳子估計沒固定好，鄭歎跳上去的時候搖晃了一下，周圍的人心也跟著往上竄了一竄，看著黑貓穩穩的落到另一張凳子上，才將憋著的氣呼出來。

既然是「跑酷」，自然跑起來才酷。

隨著大家的注意力漸漸集中到鄭歎身上，吉他曲的節奏也越來越快，原本每跳一次都要在凳子上等節拍的鄭歎已經不再等了，速度加快後，在人們眼中便開始「跑」了起來。

除了踩凳子之外，鄭歎還跳過蒙了一層薄紙的紙圈，再從一個格子架跳上另一個格子架，速度很快，如果不是看到那個紙圈中間的破洞，人們肯定看不出那隻黑貓剛才從紙圈中間過去了。

圍觀的群眾們只覺得場中那道黑影越來越快，如一道颶風，在場內吹過。四周沒有多少議論聲，人們的視線都追著那一閃而過的迅捷黑影，生怕錯過一個環節。

成功經歷中間的那些障礙物，跳過最後一張凳子，鄭歎已經來到那面白色的牆壁前。

黑與白，鮮明的對比。

就在人們思索著這隻黑貓是不是要翻牆，是不是要找什麼快捷方式繞過去的時候，鄭歎並沒有停下，也沒有減速，卻是直接跳起，在直角處往上爬，瞬間就從牆根爬到頂部了。

「臥槽！蜘蛛俠？！」

「不對，是蜘蛛貓！」

「這貓翻牆太跩了！不行，我要跟牠學學！」

雖然周圍又有人開始議論起來，但大家的視線並沒有從場中挪開，他們看著那隻熟練地翻過高高的牆壁的黑貓，牠叼著那枝玫瑰，跳上金玲旁邊的那個架子上，如帶著黑夜一起降臨。在黑夜的映襯下，火焰才會更顯明亮、更奪目。

而這時候，歡快的吉他旋律逐漸和緩漸小，最後的結束音似乎還在場內迴響。金玲的視線從吉他上移向旁邊的黑貓，臉上淡淡的笑意加深，抬起手臂，將貓嘴裡叼著的玫瑰接下來。

表演結束，金玲朝周圍鞠躬致謝，而鄭歎也垂頭朝周圍點了兩下。

周圍掌聲不斷。

有些人在感慨這隻黑貓真聰明，有些人在感慨人家怎麼訓練貓，還有些人琢磨著怎麼訓練自家貓用這套法子去追人。

金玲心裡鬆了一口氣，別看剛才她臉上瞧著很淡定，其實心裡擔心得要死，平時訓練和現場表演是截然不同的，她在大學期間參加過不少演出，所以心理素質過硬，但這隻黑貓呢？她看不到另一邊的情形，但看樣子，一切都順利。

鄭歎一點都沒有得意的樣子，與前面表演的貓一樣不知道成功了似的。其實他是覺得剛才的表演真是低級得很，想他貓身人心，還要被人用貓的標準來表揚，真是……聽著都丟人。

這個環節不會排名次，所以也沒有多少競爭壓力。不過，拉人氣這也是很重要。

在主持人讓金玲抽出幸運觀眾之後，便有人過去合影。

一個媽媽帶著自家孩子來這裡，合影的機會肯定讓給自家孩子，不過那小孩好像有些害怕，咬著手指站在鄭歎眼前猶豫了一下，然後才在她媽媽的鼓勵以及金玲的保證下靠近鄭歎。

鄭歎蹲在那個一公尺來高的架子上，那小孩的視線剛好能跟鄭歎齊平。

見小孩僵硬的站在那裡，鄭歎伸手掌搭在那小孩頭上，然後頭與那小孩的頭靠一起看向鏡頭。如果是人的話就能搭肩膀了，能做出一副哥倆好的姿態，可惜，貓手太短。不過鄭歎今天心情還不錯，任務完成，其他的就都不計較了，順便拉一下人氣也不錯。

會場請的攝影師也是專業的，抓拍到了剛才的畫面，將拍到的照片給那對母子看了看，母子倆都很滿意，那小孩還要再照一張，攝影師也同意了。

這次小孩不怎麼怕了，站在鄭歎旁邊，一臉嚴肅，抬手做出一個奧特曼放大招的姿勢，而讓周圍觀眾發笑的是，小孩旁邊的黑貓也立起來做了類似的姿勢，雖然不是標準的十字形，但樣子在那裡，足夠了。

看了第二張照片，小孩樂呵呵直笑，照上癮了，嚷嚷著還要繼續照，可是後面還有等著拍照的人，而且現場已經有一些小孩子也嚷嚷著要過來合影了，幾位家長過去找旁邊的負責人交涉，得知下午還有機會，只不過現在是免費合照，之後就得花錢了。當然，照相這點錢這些家長們還是花得起的，勸了自家孩子之後也就暫時離開了。

剛才那個小孩子被他媽媽勸走，走之前還委屈的嘟囔著「姿勢還沒擺完」，不過在得到下午繼續拍的保證之後，便抱著兩張照片滿意的離開了。

◆◇◆◇◆◇◆◇◆

在鄭歎忙著與那些被抽到的幸運觀眾合影的時候，首都機場，幾個人提著行李出來。

「哎，你們準備直接回家嗎？」

「當然，好久沒見到家人了，自然先回去再說。」

「我機票都訂好了。」

「我在京城有親戚，車放在他們那裡，準備明天開車回楚華市去，誰要是同路的話，我一起載回去。」

「焦明生不是也在楚華市嗎？焦明生呢？」

「他去打電話給家裡呢，這次他專案完成提前回來還沒跟家裡說。」

這幾人都是在國外做訪問交流或者參加一些合作研究專案的人，也有直接出去鍍金的，這次回來恰好幾人一起。

幾人正談論的時候，他們口中的焦明生焦副教授、鄭歎他貓爹，掛了電話走過來。

「我先不回楚華市了，要往臨州那邊去一趟。」焦副教授說道。

「去臨州幹嘛？」有人問。

「去接兒子。」

◆◇◆◇◆◇◆◇◆

「要注意的都記住了？」

「記住了。只是老闆，真的有必要搞這麼複雜嗎？雖然上午嚷嚷著要去拍照的人很多，但很多人都只是說說而已，下午一般沒多少人會過去吧？」工作組的人拿著一本本子將小郭剛才說的幾點要注意的事情記下，也提出了自己的擔憂。

「這你不用管，有什麼事老闆我頂著。」小郭倒是沒有什麼擔心的樣子，拍了拍員工的肩，讓他們布置場地準備下午的拍照活動。

等員工們都走了，小郭才閒下來吃了幾塊西瓜。雖然從昨天開始就一直忙活著，身體累心也累，但收穫不小，尤其是上午的表演，雖然他沒過去看，但聽查理和其他人說了，十隻貓裡面，就他們家出來黑貓最受歡迎。

一想到查理描述當時的情形，小郭就好笑。當時嚷嚷著要過去拍照的人太多，被抽到的幸運觀眾想著擺姿勢，照完之後沒想到這隻貓這麼配合，又覺得有新的點子，想趁這機會再照幾張，於是所耗的時間就拉長了。一般是前一組表演完，趁前一組拍照的時候下一組抓緊時間擺道具，可鄭歎後面的那組道具都擺好老半天了，旁邊拍照的卻還沒結束，氣得後面的人連灌了好幾瓶礦泉水。

雖然下午還有時間拍照，專門讓大家去找明星貓合照，而且週六獲獎的貓一隻都沒離開，主辦方也安排好地方給大家拍照留影用，機會多的是，但當場拍照是免費的，等到下午時段就得花錢了。有的人不在乎那點錢，但也免不了有人愛貪小便宜。

小郭讓人統計了一下主動與這邊聯繫預約下午拍照的人，大概有十來個，還有一些人屬於猶豫中，沒有確定下來，但小郭不會放過這個大好的宣傳機會。

不過……

小郭瞄了一眼自己的手機，之前接到焦副教授的電話，說已經回國了。貓爹回國的話，以後要找那隻貓幫忙幹啥，估計阻礙會更大一些。總之，他得抓住這次機會多撈點人氣。

鄭歎趴在休息室睡過午覺之後，便被拉過去準備應付拍照。剛才小郭跟他說，焦爸回來了，下午會過來這邊。除夕那天焦爸打電話說，快的話下半年才能回來，沒想到現在就回來了，聽說買了下午一點京城到臨州的機票，兩個小時航程，三點能到臨州，只是不知道焦爸什麼時候能到會場這裡來。

知道焦爸要過來，鄭歎本來不錯的心情更好了，連帶著對那些要求合影的人們態度也好了一些。上午照相的人很多，還有一些小孩子，好在那些孩子並沒有揪鄭歎的鬍子，還算安分，希望下午的也會順利。

上午的比賽並不排名次，但是下午的合影拍照就直接體現出來了誰更受歡迎。

小郭中午讓人布置了場地，現在看著拍攝地點挺專業化的，負責拍照的也是團隊裡專業的攝影師，這是跟鄭歎合作多次的老人了，相互也熟。

一開始過來拍照的幾個年輕人，尤其是幾位年輕男士，提出要跟金玲合影，金玲也沒拒絕，這下子，在外面徘徊的一些年輕人們心癢了，趕緊排隊過來付款合影。正因為這樣，目的在貓的人和目的在金玲的人一加起來，排隊的人就多了。

這便是小郭的高明之處。

比貓咱不輸，比妹子咱照樣不輸，兩手都要抓，兩手都要硬！

不過，每個過來跟黑貓合照的人，小郭都讓人告訴他們，這貓不能亂摸，尤其是頭，亂摸的話，被抓被咬概不負責，只要聽他們的安排，一切肯定安然無恙。

對很多瞭解貓的人來說，覺得貓就該多摸摸多撓撓下巴親近親近，但現場的人告訴他們這隻黑貓不一樣，真要解釋也解釋不出個所以然來。不過，合過影的人都知道，這貓也就看著不好相處，還長著一張黑臉，其實拍起照來還挺友好的，比如主動配合擺姿勢。

二十塊錢一張照片，照片雖然不大，但會製作得精美一些，而且照片的背面還印有綠翼的名字和寵物中心的名字及地址，小郭是不會放棄任何一個宣傳機會的。

人就是這樣一個心理，大家都擠上去做的事情，他們就算不怎麼感興趣，也會想湊湊熱鬧。有些只跟名貓、冠軍貓合影的人，有空餘時間也過來排隊了。

旁邊有一些道具服，快輪到的人可以過去挑選道具服。有個六、七歲的小男孩開心的跑去挑了一件，然後站在試衣鏡前照鏡子，估計是覺得自己穿那套衣服實在太帥，把自己帥尿了。

是的，真尿了。

鄭歎聽到周圍人笑的時候，看過去才發現，試衣鏡前那小屁孩癟著嘴，然後「哇」的一聲哭出來，褲子上已經濕了，包括道具服在內，一大塊濕濕的尿漬。

有時候鄭歎覺得，其實小孩子的心思也挺古怪的，他們不說的話，你並不一定能猜對他們真正在想什麼。

照相的人很多，對鄭歎來說，這其實不算多麻煩的事，只在那裡擺個姿勢就行了，還得到了幾位女士的香吻，只是這些「女士」的年齡跨度太大，從八歲到六十八歲都有，鄭歎一個不小心就發現腦門上被「啵」了一下；還有個兩、三歲的小孩子在「啵」到鄭歎的腦門前，就在鄭歎頭上留下一串哈喇子，不知道這小屁孩當時在想什麼。

查理見狀，趕緊過去用紙巾擦了擦，又用濕毛巾擦了幾遍。看著鄭歎沒當場發飆，查理心裡鬆了一口氣。

期間主辦方有人過來圍觀了拍照現場，還有攝影的人。主辦方聯絡了小郭，讓他在活動結束儀式的時候將貓帶過去合影，合影的貓都是這次得了獎的貓，鄭歎是唯一一隻未得獎的家貓，另外三隻家貓都是家貓組的一、二、三名，不過論會場人氣，鄭歎還是甩牠們好幾截。

下午四點多的時候，活動已經臨近尾聲，拍照的人漸漸少了，除了已經交錢排隊的，後面再過來的人都被告知已經結束。

「哎，這位先生，不好意思，拍照已經結束了，您要是有意向的話，到時候可以光顧我們寵物中心，家裡有貓的話也可以看看我們的自產品牌，質量絕對有保證！」

照相區邊上的人將走過來的人攔下，只是還沒等他說完，後面就有工作組的人過來了。

「咦？焦老師，您怎麼在這裡？來接貓的？」過來的人是小郭他們寵物中心的老熟人，也是為數不多的知道鄭歎在焦家的人之一。

之前的那人一看大家都認識，也就不說話了，讓焦副教授直接進去。

鄭歎在跟人合影的時候瞥見站在邊上的焦爸，不過焦爸示意他繼續「工作」，鄭歎也就沒過去，不過已經沒多少心思在拍照上了。

等拍完最後一張，焦爸走過來像抱小孩那樣將鄭歎提起來往空中拋了兩下，「胖了。」

鄭歎：「……」不愧是搞研究的，手一抖估計都能精確到小數點後三位。不過，鄭歎自己過年長肥一圈之後確實沒完全減下來。

焦爸並沒將鄭歎直接帶走，他已經聽說了，鄭歎待會兒得在閉幕式上去臺上跟那些得獎的貓一起合影，照片會放在相關組織的活動紀錄上作為留念。

參加閉幕式的人比開幕式時少了很多，只有一些相關單位和那些貓的主人在場內。

鄭歎站在臺上，那裡有一個階梯型擺設，得獎的貓們被擺放在上面。貓不像狗那麼聽訓，所以得抓緊時間，不然等牠們不耐煩的時候或者要開始幹架的時候就麻煩了。

鄭歎的位置在後排靠中間一點，旁邊蹲著一隻長毛大塊頭，牠本來準備往中間擠擠的，但對上鄭歎看過去的眼神，不自覺的往反方向挪了挪，似乎覺得還不夠安全，再挪點。

焦爸在臺下瞧著好笑，也拿出相機拍照。

那些貓主們的心情，就好像是自家孩子參加表演或者競賽獲獎後站在獎臺領獎時臺下家長的心情一般。

焦爸旁邊站著的人見到焦爸的動作，問道：「你家貓也在上面？」還沒等焦爸回答，那人繼續道：「我兒子就在上面，幼貓組的冠軍，嘿嘿，這小傢伙不大點就顯現出冠軍氣質了！」

焦爸順著那人指的方向看過去，臺上只有三隻幼貓，不知道哪隻才是那人所說的貓。

正當焦爸看著臺上猜測時，就聽旁邊那人朝著臺上嚷道：「黃上，快看這邊，我是爸爸！」

焦爸：「……」

那邊三隻幼貓就一隻是薑黃色的，估計就是那小傢伙。那隻叫「黃上」的小貓不知道聽到沒有，典型的加菲貓扁臉有些嚴肅，但眼神溜溜的往周圍瞧，確實挺有靈氣。

第七章

焦爸回家

閉幕式之後，焦爸先帶著鄭歎出去了，晚上再去小郭他們訂的飯店會合，明早一同回楚華市。

之所以單獨帶著鄭歎離開，是因為焦爸進會場之前碰到了在外面帶著孩子和寵物的方邵康，方萌萌說要跟鄭歎合影，方邵康又不想跟寵物中心的人接觸，所以才讓焦爸有空的話帶鄭歎出來一趟，然後大家一起吃個飯啥的。

在方萌萌拿著方邵康的相機替鄭歎和大米拍照的時候，焦爸跟方邵康在一旁聊天。

「這次回來很快能去掉『副』字了吧？提前恭喜了。」方邵康道。

「謝謝。不過，『副』字去掉後，要面對的挑戰也大了，現在能人多。」焦爸笑著搖頭。

「那倒是，現在國內就算是名牌大學，也有很多是戰略型科學家。」

方邵康說「戰略型科學家」的時候帶著明顯的諷刺意味，這個焦爸懂。方邵康並不是指錢學森（注：中國空氣動力學家，被譽為「中國航天之父」和「火箭之王」。）那種有立體型戰略眼光的一類人，而是諷刺如今越來越多只講戰略不講研究、靠著後臺撈國家的專案發大財的那類人。

在外面沒與方邵康他們聊太久，鄭歎和焦爸回了飯店跟小郭他們會合，第二天隨車隊一起回楚華市。

這次小郭的收穫相當豐富，撈了不少。心情不錯的小郭一直在跟焦爸聊天，把鄭歎快誇出一朵花來，鄭歎沒理他。

既然焦爸已經回來，查理也就沒繼續待鄭歎旁邊了，他還能藉著這機會多休息一下，伺候貓可不是件容易的事情，好在小郭許諾加他工資。

回到楚華市的時候已經傍晚了，大巴士經過楚華大學附近時，鄭歎和焦爸下車，也沒往其他地方溜達，直接回社區去了。焦爸回來的時候並沒有帶多少東西，就兩個包，一身簡單的行頭。他的大部分行李全都辦托運，所以行動也方便，不用其他人幫忙。

還在大巴士上的時候，焦媽就連著打了好幾通電話，算著時間做飯。難得的，經過一年多之後，一家人又能在一起吃晚飯了。

焦遠吃飯的時候心不在焉，眼睛總往他爹的包那邊瞟，就想看看到底帶了些啥禮物。

鄭歎吃飯也心不在焉，他倒不是在意禮物，而是突然想起來焦爸回來後他不能偷偷上網了。焦爸可不是焦媽，焦爸那心思細著呢！鄭歎回想了一下，雖然每次上完網之後都清理了痕跡，但也不敢保證是不是完全清理乾淨了，他壓根沒想到焦爸會提前回來。

一頓飯吃得各懷心思，飯後焦遠和小柚子去看禮物了，鄭歎蹲旁邊聽小柚子和焦遠議論禮物，耳朵卻支著注意主臥室那邊的動靜。

此刻焦爸已經打開電腦，坐在電腦前估計在跟一些同事們聯絡。鄭歎抬頭往那邊看了一眼，側面看的話，也沒發現焦爸有什麼異樣，焦爸也沒問電腦的問題，這讓鄭歎心裡舒了一口氣：應該是沒發現，沒發現，沒發現就好。

「我先去生科大樓那邊一趟。」焦爸起身對正收拾客廳的焦媽說道。

「這都晚上了還過去幹什麼，監督學生嗎？」焦媽打趣道。生科院很多學生晚上還是會留在實驗室的，到十點以後才回宿舍去。

「沒，有份資料要掃瞄一下給人發過去。」焦爸說道，他對學生可沒那硬性規定，只要能拿得出成果，時間都由他們自己安排。

「哎，對了，到時候請你學生們吃一頓吧，現在都五個學生了。」

「嗯，以後會更多。」焦爸嘆道。

今年又有兩個學生到焦爸手下，現在本科畢業班的都已經畢業離開了，讀碩士的很多人倒是還在學校裡。新進來的兩個，一個家裡比較遠，一個家就在楚華市；前者是本校的，後者是外省學校來的，一女一男。

由於研究生複試的時候焦爸不在，報他的學生又多，光看那些學生們複試前發給焦爸的郵件就能看好久。不過焦爸那時候正忙著，沒時間仔細看，統一回覆的幾句話，同時託生科院的另一位老師把關，還有易辛他們也幫忙把關了，畢竟若一個小團隊裡面成員不和、鬧矛盾，焦爸可不願意看到，他也相信易辛他們看人的眼光不會太差。

說起來，焦爸還沒見過那兩個新進來的研究生呢。

鄭歎也沒見過那兩人，只是在那段時間聽焦媽跟人打電話時粗略提過幾個字眼。不過，焦爸說的「以後會更多」是不是意味著焦爸要開始多招人了？以前只招一個，今年招了兩個，明年就招三個了？

◆◇◆◇◆◇◆◇◆

此時，楚華大學生科院——

雖然教師辦公室大多數都已經熄燈沒人了，但學生自習室和實驗室都是亮敞的，裡面的人還不少。當然，這不一定是說這裡每個學生都多麼的勤奮刻苦。自習室裡有空調、有網路，還不用擔心電費，更有甚者在自習室裡找對象，待在裡面還能談個小戀愛，多舒服。不過，那些被導師管得嚴的，還在自習室安插了「耳目」的地方，就不那麼和諧了。

總的來說，從外表看——不看那些學生電腦螢幕上的畫面——還是很激勵人的一幕。

焦爸的辦公室內，易辛和蘇趣正在聊天，同時坐在裡面的還有其他老師手下的兩個跟蘇趣關係好的博士生。至於曾靜，現在正在實驗室帶新來的小學弟和小學妹做實驗。

桌子上放著一顆大西瓜，留一些給曾靜和兩個學弟學妹，其他的四個男人正在裡面分享。吃西瓜時嘴也沒停下，最近那兩個博士生怨氣太濃，好不容易找到個機會跟人發洩，在教師辦公室裡說話，只要門窗關嚴實，外面基本上聽不見，而且現在這時候很多老師都不在院裡，他們也不怕被誰聽到。

「哎，你說疙瘩劉這人到底怎麼長的？我要是他爹早掐死他了。」

「可人家爹把他當寶呢！不然能讓他抖成這樣，成天得瑟。」

蘇趣坐在旁邊靜靜的吃西瓜，他不主動搭話，眼前三位都是學長，而且那兩位批的是他們自己的導師，與他無關，他就更不好插嘴了。

抱怨的這兩人都是那位「疙瘩劉」的博士生。易辛跟他們一樣，也是博士生，屬於直博，也就是當同屆的同學讀研三的時候，他直接讀博一。所以，在這裡，易辛和發牢騷的兩位是同一級的博士生，這也是蘇趣不亂插嘴的原因。

「上週五開組會，疙瘩劉上去講半天廢話後冷場了，也不知道在想什麼，點了小學妹要她講個笑話。講他大爺的笑話啊！有哪個導師在開組會的時候讓人講笑話的？不好笑還不滿意，鄙視人！他媽的！說得好像他自己有多幽默風趣似的！」坐在靠牆角位置的那人發洩似的在西瓜上狠狠咬了兩口。

「這有什麼，前段時間他去聽報告，出來的時候臉色不太好，剛好逮到我，讓我笑一個，我笑他妹啊笑！」另一位博士生也憤憤道，這事說起來就氣憤，「早知道這樣，當初就不該報疙瘩劉的博士！」

他們口中的「疙瘩劉」本名劉閣達，被院裡很多學生私下戲稱為「疙瘩劉」，這個名字還是從劉閣達劉教授手下的學生嘴裡傳出來的。該教授四十來歲，父母都是圈內有名的人，能主持大型專案的那種高等級別的人物，而疙瘩劉自己沒多大真本事，但掛在院網站上個人簡介下面一大串閃瞎狗眼的名譽：各種高影響因素文章、手下各種大專案、各種頭銜……報疙瘩劉的學生無一不是被這些騙進來的，因為導師手裡攥著大專案，發錢給學生才痛快，也容易出成果來裝點自己的個人檔案，畢業時能找個好去處，可惜……

人品真他媽賤！

水分真他媽多！

這是很多人心裡所想的。大家都被那一串榮譽展示騙了。

院裡很多老師也看不慣疙瘩劉，覺得這人沒多大本事，成天見不著人，只拿錢不辦事，占著茅坑不拉屎，霸著一些職位不發揮作用，手下學生一個個都做不出成果，但人家照樣能拿下各種百萬工程……沒辦法，人家父母太神，拚不過。

這也是方邵康帶諷刺意味說的「戰略型科學家」，只想著怎麼費心思撈專案賺錢，至於研究……呵呵，不是有家裡的老爸老媽嗎？到時候去那邊掛個名就行了，或者直接把成果納到自己名下。

「要是在畢業時他能多說幾句好話，平時我賣笑也忍了，我現在就擔心畢業答辯時他落我面子。前陣子一個碩士學弟答辯時，當著那麼多評審老師的面，疙瘩劉毫不留情面將那學弟批得毫無面子，當時我學弟那臉啊，都綠了。哎，你們說，有哪個導師會當著院裡其他老師的面將自己的學生批得跟屎一樣的？！」

「被批我倒不怕，跟著他這一年，我臉皮厚了不少，只要畢業時他別故意卡我、不讓我畢業就行。」

聽著這兩位學長的抱怨，蘇趣覺得自己的導師真是太好了。

易辛跟蘇趣想的一樣，「雖然我老闆在院裡沒多大的權，還只是個副教授，但人有真本事，對我也和善。我跟你們說，就算是現在他來這裡看到我們在他辦公室吃西瓜吐一地西瓜籽，也不會罵人的。」

易辛的話剛說完，辦公室的門就開了。

原本易辛以為是曾靜進來——辦公室鑰匙只有他、蘇趣和曾靜有——沒想到一抬頭就看到本應該在大洋那頭的導師站在門口。

焦爸看著一地的西瓜籽沉默三秒，掃了一眼辦公室裡的幾人，然後又意味深長的看向易辛，看得易辛一身冷汗。

大塊頭蘇趣趕緊將手裡的西瓜扔垃圾簍，也顧不上抹嘴巴，站起來結結巴巴道：「老老老……老闆！」

坐邊上那兩個博士生並不認識焦副教授，但聽到蘇趣這麼叫，現在也明白了，趕緊將蹺著的腿放下，叫了聲「焦老師」之後就立刻溜了。

「這個……您回來了啊，我立刻把這裡收拾乾淨！」易辛趕緊招呼蘇趣收拾東西。

「不用這麼急，我拿份資料就走。」

易辛看著自己導師真的掏鑰匙打開抽屜拿了份資料之後就離開了。

在焦爸離開之後，蘇趣嚥了嚥唾沫，看向易辛，「學長，怎麼辦？」

易辛苦著一張臉以頭撞桌，「啊——完了完了，我肯定會被扣工資的！我在老闆心中的完美形象崩了崩了啊！」

三樓實驗室，曾靜正在配置培養基，突然發現有個瓶子忘了拿，又不想再過去，便喊道：「柯恆，幫忙把實驗臺上的檸檬酸鈉拿過來！」

很快，一瓶檸檬酸鈉放在曾靜手邊。

「謝了，小學弟不錯啊！這次找東西沒用太長時間，到時候姐姐請你吃飯……焦老師！」

曾靜剛才垂著頭稱量樣品，沒注意旁邊站著的人是誰，現在抬頭才發現竟然是自家老闆，差點驚得將手裡的瓶子甩出去，心裡罵道：臥槽！老闆什麼時候回來的？學長居然沒通知！

曾靜不知道，易辛現在也自身難保。

易辛幾人一直提心吊膽的，卻發現焦副教授一直都沒什麼直接的表示，回來之後該幹嘛就幹嘛，開了一次組會讓易辛、蘇趣和曾靜三人匯報一年來的工作成果，然後讓新進來的柯恆和戴彤介紹一下自己。

戴彤是本校本院的人，焦副教授對她有印象，總的來說這孩子還不錯，夠勤奮。當初她是準備直接出國的，後來因為一些事情耽誤，於是和其他人一起考研究所，報名焦副教授這組。正因為出自本院，她對院裡的各個老師才會有更多的瞭解，看得出她是真的想做出些成果。

而柯恆雖然唸的是外地的大學，但他本身就是楚華市人，這次考研究所就直接考回來了。組內幾人裡面，就他一個對焦副教授不瞭解，所以在易辛幾人擔心被焦副教授叫過去談話的時候，他也跟著提心吊膽，生怕留個不好的印象。

組會結束的時候，焦副教授問他們哪天有時間，去家裡吃個飯，師母親自做菜。幾個學生商討了一下，敲定個週六的時間。

其實焦媽本準備讓焦爸請學生們去外面吃，可焦爸覺得沒必要在外面，就這麼幾個人，雖然家裡地方不大，但再裝五個人也裝得下，不行的話擠擠就好。在家吃還省錢，不用講那些排場。

◆◇◆◇◆◇◆◇◆

週六下午六點，這時候的太陽也不那麼辣了，地上的樹蔭也多，這時候很多人才漸漸出門去吃飯。

東教職員社區不遠，一行五人往社區那邊過去，三人騎著車，另外兩人蹭車，而為首的易辛車上沒載人，掛了幾袋水果。去老闆家吃飯總得買點東西，最實惠的就是水果了。

「哎，學長，上次你說師母為人不錯，那麼焦老師家裡的其他人怎樣？比如孩子、老人之類的。」柯恆問道。

易辛簡單將焦家的兩個孩子說了一下，「其實焦老師家裡人都挺好的。哦，差點忘了，你們兩個誰怕貓？焦老師家有隻叫黑碳的黑貓。」

柯恆和戴彤齊搖頭，他們這科系沒多少人怕小動物，手底下喪生的小白鼠都不知有多少隻。

「說起焦老師家那貓啊，我跟你們說……」一談起這個，蘇趣的話就多了，他最有感觸，那時候能被選上也是託那隻貓的福。

「喂，看前面。」正在騎車的曾靜打斷蘇趣的話，抬下巴朝一個方向點了點。

幾人順著曾靜指的方向看過去，一隻黑色的貓慢悠悠沿著人行道旁那幾棵樹的樹蔭下走著。

「那就是焦老師家的黑碳。」易辛說道。

「我叫牠，牠能應嗎？」柯恆問。

「那不一定，這貓有點特別。」易辛沒把話說死，但心裡想著：估計不會回應。

「黑碳！」柯恆喊道。

他們騎車總比步行要快一些，離前面的貓也越來越近，雖然柯恆的叫聲不大，但前面的貓絕對能聽見。

可惜，前面的貓鳥都沒鳥柯恆，依然慢悠悠往社區那邊走，步子都不頓一下的。

「學長，你確定那貓是焦老師家的那隻？」柯恆疑惑。他家那裡的貓如果叫對了貓名，雖然不一定會理你，但總會有些反應，比如停下來看看周圍之類的。可前面那隻壓根沒聽見似的。

「絕對是，牠脖子上那貓牌能證明。」易辛確定道。

鄭歎只在學校裡閒晃的時候是不摘貓牌的，他剛去社區周圍溜達了一圈，想著焦媽說六點半吃飯，才在這時候回來。剛才那人的叫喚聲，鄭歎當然聽到了，但平時在學校裡走，認識鄭歎的人也有，被叫得多了，鄭歎也懶得理會那些叫著玩玩的關係不怎麼好的人了，更別提聽都沒聽過的聲音，他就更懶得理了。

易辛幾人騎著車進社區的時候，已經走在了鄭歎前面。停好車，易辛帶著幾個學弟學妹來到B棟樓，再次跟幾人囑咐了一下要注意的地方：「多聽少說，這樓裡可是有不少重量級的人物，給人留個差印象就不好了，除了丟導師的面子，我們自己也不會好過」。

來到電子鎖旁，易辛也不急著按鈴，等在電子鎖旁邊，還讓開了刷卡的地方。

柯恆幾個就看著剛才那隻黑貓慢悠悠走到電子鎖這裡，漫不經心的掃了他們一眼，然後來到刷卡的地方，跳起——

「喀！」電子鎖的鐵門開了。

「快進去啊，愣什麼呢！」易辛拉了拉愣在那裡的柯恆和戴彤，跟著前面的黑貓走進樓。

「我去！不愧是老闆家的貓！」柯恆嘆道。

易辛比了個「噓」的手勢，走到三樓的時候看到蘭教授他家的門開著，心裡一陣忐忑，好在直到上五樓都沒見蘭教授出來。來一趟老闆家也不容易，他這顆小心臟總是撲通撲通的，擔心這擔心那。

雖然一開始很緊張，但看著焦家的人確實和易辛說的一樣待人很和善，幾人漸漸放下心了。客廳不大，每次來客人的時候，兩個孩子都會在焦遠房裡擺小桌子吃飯，鄭歎沒在客廳湊熱鬧，去房裡跟兩個孩子搭伙了。

吃飯的時候，焦爸沒有說關於幾個學生實驗方面的事情，也沒有問太多，而是跟幾人說了下這次去國外參加專案研究的感悟，順便跟幾人說說國外的研究標準和實驗室的情況。

在外面，雖然報酬很豐富，但競爭和壓力也是相當大的，就像很多歸國的年輕教授們喝多了的時候所說的實在話：在國內能混日子，在外面可難混。這也是很多人回國發展的原因之一，說出去自然是回報母校、回報國家。當然，國家確實高薪聘回一些有真本事的人，也替他們創造了很好的發展條件，但不是誰都能有那本事的。既然選了這條路，就得利用所學的知識來為自己開路，在生存壓力下，很多事情都與初衷漸行漸遠。

為什麼學這行的都想往國外跑？因為出去轉一圈鍍鍍金回來，也能讓自己的履歷好看點。

如今國內的競爭壓力漸大，很多大學在聘用老師的時候就加了一條「要有出國經驗」，評職稱搶位子撈專案，哪個都不容易。最明顯的一點，國內的年輕教授越來越多，而其含金量卻在驟減。雖然說白了很難聽，但這確實是事實。

再比如評職稱，如今已經漸漸成為了「權學交易」、「錢學交易」，甚至成為各種拚課題曬經費的遊戲，每年大學教師職稱評審季節時，總能聽到一些僅僅因為研究經費而無緣高級職稱的各種抱怨。所以，要在這條路走下去、要往上爬、要適應這裡面的規則，並不是一件簡單而單純的事情，這道理很多人只有走到那一步了才明白。

這其中很多的事情，焦爸只選擇性的說了一些，說太明白了怕這些學生們失去積極性。焦爸還問了幾個學生暑假的安排。其實，很多科系的研究生是沒有暑假的，就算學校網站上寫了暑假時間，但其實大家都知道暑假什麼的基本上不存在，尤其是像楚華大學這樣的學校、易辛他們這樣的科系。

焦爸對學生還好，學生想回家的寫張請假單，說明具體時間就行，畢竟學生在學校，他這位導師就得負責到底。

另一邊，鄭歎在房間裡支著耳朵聽客廳幾人的談話，前面談的那些東西鄭歎沒什麼興趣，而飯後師徒幾人說的話，則提起了鄭歎的好奇心。

不光是鄭歎，房間裡的焦遠和小柚子也聽到了。

焦爸暑假會隨著今年那批去野外實習的人一起出去，楚華大學生科院每年大一升大二的暑假都會被帶出去參加野外實習。

在小柚子還沒來焦家的時候，焦遠當年還小，焦爸那時候帶學生去實習基地，順便將焦遠帶去，焦遠心裡一直惦記著啥時再去一次，一等就等到現在。此刻，聽到焦爸說又要去野外實習基地，他心就開始癢癢了，琢磨著到時候帶些什麼東西。

等易辛他們離開之後，焦遠就迫不及待過去問焦爸，是不是這個暑假也會帶他們出去玩。

焦爸只回了一句話：「看你們的表現。」

所謂的「表現」，焦遠和小柚子心裡明白，這應該是要看期末考成績了，就算不能考進前幾名，也不能太難看。

於是，焦遠床底下角落裡那幾本辣妹封面的雜誌和幾本厚厚的黃色封面的小說不見了。鄭歎還打算著趁家裡沒人又不能亂上網的時候去翻一翻的，結果撲了個空。

焦遠這孩子雖然帶著青春期的各種躁動，但真要決定做好一件事，肯定會認真對待，所有干擾源全部清理乾淨。鄭歎要看那幾本雜誌和小說的話，至少要等焦遠考完試。

鄭歎對那個野外實習確實很好奇，但無奈焦遠和小柚子最近忙著準備期末考，其他話題都不怎麼聊，他得晚上聽主臥室那邊的牆角才能瞭解一些事情。

焦爸這次不是帶隊老師，他只是想藉著這個機會帶家裡人跟著出去轉一圈，反正暑假楚華市很熱，孩子們關在家裡也做不了多少事情，還不如帶出去玩玩。雖然跟著實習團隊到時候肯定會很辛苦，但這就是焦爸讓兩個孩子過去的原因之一——總得多鍛鍊鍛鍊，也長長知識。

院裡組織野外實習時間是從七月中旬到七月底，算上來回路上的時間，大概為期兩週。院裡包了幾輛大巴士，由於焦爸要帶著一家人跟去，還外加一隻貓，索性沒跟其他人一起坐大巴士，自己開車跟著。也有學校的其他老師自己駕車跟著，畢竟隊伍裡面還有一部分外校的人，他們這些本校的老師們總得注意點，省得因為貪小便宜而落人口實。

自行駕車跟去的幾位老師中，有個帶了一隻金毛犬，以往也有老師帶著寵物犬跟去。而帶貓的，從實習基地建立起，焦家這是唯一一個。

第八章

拐跑黑碳的紅毛貓妹子

車裡，後座上，鄭歎跟兩個孩子坐一起，聽著焦遠不停對小柚子講以前跟著焦爸去野外實習基地的那次經歷。因為期末考考得不錯，焦遠說話都有了底氣，考前那陣子低壓環繞的氣氛也終於散得一乾二淨了。

其實焦遠那時候還小，就算當時見到了很多事物，到現在回想起來也不一定能記得清楚多少，畢竟那時候的接受能力有限，懂得不多，只惦記著到處瘋跑著玩去了。串聯起記憶的，其實就是一組當年照的照片和幾個在焦爸指導下完成的標本。

標本中有植物的，也有昆蟲的，不過那些帶著不方便，全放家裡了，焦遠就帶著本相冊，單單這本相冊就能讓焦遠一直閉不上嘴巴。

從楚華市到實習基地，開車約莫七個小時左右，所以焦爸和焦媽是輪流開車，不然太疲勞。一行人中途休息了一會兒，讓那些學生們上個廁所啥的，至於那些暈車的就苦了，臉煞白煞白，好在帶隊的幾個老師都有經驗，除了塑膠袋之外，還準備了一些藥物。

鄭歎睡了個覺醒來的時候，往車窗外一瞧，發現周圍很多山，旁邊焦遠正和小柚子拿著地圖在看，手上還拿著個小手電筒，有時候過山洞他就把手電筒打開，完全是為了過這把癮而已。這裡距離焦爸他們所說的實習基地已經很近了。

所謂的野外實習，其實最主要的目的就是帶那些剛過完大一的學生們出來看看，親近一下大自然。大一開的課程有植物學和動物學等，有的課程還涉及到了生態學，出來實習這也是讓他們親身經歷一下，辨認一些動植物等。當然，出來也不純粹是玩的，參加野外實習的學生在事後還得寫報告。

不過，對焦遠和小柚子來說，基本上就是來這裡過暑假。鄭歎也是。

在楚華大學校園裡溜達，雖然學校裡綠化很好，占地面積在全國大學裡面也算大的，但總的說起來也就是那麼一小塊地方，鄭歎也有流落在外的經歷，但那時候到的地方也沒這麼多山，山地和平原地區感受總是不同的，流浪和度假的感覺也是大相逕庭。

下午三點左右，眾人到達了目的地。

楚華大學的野外實習基地建在山上，上山的時候鄭歎注意了一下，山上很多地方都修建得很好，路面和一棟棟規劃好的房子都透著一股現代化的山城氣息，並不像很多人想像的那種山野生活。當然，這也僅僅是少數山上的景象而已，往遠處看，大多仍是原始山林。

七、八月這時節，楚華市的氣溫能飆到四十度以上，在路上打顆雞蛋能很快就熟了，可在實習基地這地方，打開車窗就能明顯感覺到比楚華市的氣溫要低好幾度。

來之前聽說實習基地裡面沒有裝電風扇，一些學生還在擔心到時候會不會被蒸熟了，領教了楚華市的夏天，猛一聽到沒有電風扇和空調免不了各種擔憂，但當這些學生們從大巴士裡出來，再走進實習基地安排的宿舍之後，頓時就放心了。

活動規劃時早就做過統計，所以這邊已經分好了房間，焦家這邊四個人有一個小的套房，這是為一些帶隊老師們準備的。每個房間裡面有四張床，焦家的人就直接占了一間，這樣鄭歎行動也方便點，不用總待在背包裡。

房間裡都已經打掃過了，還算乾淨，畢竟是老師們住的地方。至於學生們的地方，條件比不上老師這邊，學生們是上下鋪的床，四張床八個床位，同樣帶獨立浴室，即便比不上老師們那邊的房間，但條件也還過得去。

安裝好蚊帳，焦媽將帶來的床單鋪好，四人依次洗了個澡，先好好睡個午覺，等在基地的食堂吃過晚飯之後，焦爸帶著孩子們去禮堂那邊聽講座。

晚上的會議主要是動員會，解說一下實習要注意的各種事項，強調組織紀律，對學生們進行一個簡單的培訓。在來之前，學生們就瞭解過這方面的事情，雖然他們還是很多東西都不明白，但只要跟著帶隊老師，一切都簡單。

帶隊老師們一般會帶一個藥箱，以備不時之需，現在的孩子們可精貴得很，真出了什麼事情他們可擔當不起。

鄭歎也被帶進禮堂了，焦爸希望大家都聽一聽，別到時候出什麼岔子，畢竟這裡可是山區，這地方還是自然保護區呢，大夏天的會遇到什麼真的很難說，蛇蟲鼠蟻之類的肯定不會少。

鄭歎窩在背包裡面，焦家幾人都坐在靠邊上的地方，沒誰會注意到背包裡的鄭歎，鄭歎也沒有明目張膽觀察周圍，聽了一會兒臺上的人講話之後就昏昏欲睡了。

跟楚華大學的師生們一起過來的還有外校的人，他們在這裡沒有實習基地，所以每年都會以湊人數的名義跟著楚華大學的人過來。

晚上，在這個陌生的地方睡覺，鄭歎沒有什麼不適應的，房間裡都是熟悉的人的氣息，他就趴在小柚子床頭，白天睡多了，晚上精神不錯，這地方很安靜，仔細點還能聽到很多平時聽不見的某些動物的聲音。就像今天聽報告的時候那人所說的，這裡就是被自然包圍的城市。

或許城市裡很多人覺得親近自然是個特別不錯的體驗，空氣清新，夠安靜，但實際上真要讓那些人過來，他們未必能夠承受得了。

今天剛到這裡的時候，有幾個男生在周圍溜達了一趟，也沒出基地的範圍，回來的時候喝空的飲料瓶子裡就裝著一隻黑色的大蟲子，鄭歎沒見過，他們問了幾個同學都不認識，只說可能是鞘翅目的什麼蟲子，便拿去問主攻昆蟲方向的老師了。女孩子中有幾個見到的差點尖叫起來，估計她們以後絕對不會往昆蟲這方向發展了。

所以，由此可看出，山林生活不是誰都能過的。

◆◇◆◇◆◇◆◇◆

次日，帶隊老師們沒有急著帶學生出去，而是帶著學生去了離實習基地不遠的陲山市自然博物館。

鄭歎待在背包裡面被焦爸帶進去，按理說是不能隨便帶動物進去的，但現在是一批大學的學生和老師，門口的警衛和博物館的管理人員都沒怎麼管，他們還跟幾個帶隊老師說了一會兒話，看起來是認識的。而館內的負責人，也只是著重去注意不讓那些學生們搞破壞就行。

鄭歎待在背包裡面，從拉鏈縫隙往外瞧。背包被焦媽改過，多了一層紗網部分，外面的人不仔細看的話很難發現背包裡裝了什麼，而背包裡的鄭歎卻能夠從紗網看到外面，也不用擔心藏在背包裡太悶。

鄭歎對那些植物標本其實沒有多大的興趣，那些學生們顯然也是，直到來到動物展區。

動物園裡看到的大部分動物都能在這裡見到，還有很多是動物園裡沒見過的，只是這裡的都是標本，沒有任何生氣，眼裡毫無光彩。

看著那些栩栩如生卻早已沒了生氣的標本，鄭歎突然感覺背脊發涼，不知道那些動物被做成標本的時候到底在想什麼，或許牠們在那之前早就沒命了。

那邊有幾個老師和博物館的人正在向學生們講解。

「動物標本的主要種類有浸製標本、剝製標本、骨骼標本、乾製標本和玻片標本等。浸製標本是將動物體處死之後，不作解剖，按原來的樣子，整體放人浸製液中保存的標本。剝製標本一般常用於脊椎動物，比如鳥類和哺乳類，需要剝取這些脊椎動物的皮，剔除皮上的肌肉，皮的內表面要塗上防腐劑，然後填充假體，安裝義眼，縫合整形做成標本……」

鄭歎從紗網看出去，前面那位老師講解完之後，便讓另外一個人繼續，後面那人是負責製作標本的。

之前負責講解的是楚華大學生科院一位教動物學的老師，還有幾個教植物學的，他們的研究內容涉及到的一部分樣本就是來自陲山市的一些區域，他們自然跟這邊的人熟悉。

那位標本製作員帶著學生們來到一個角落，那裡放著一些工具。

「也就是你們來我才拿出來給你們看，別人過來我還不給呢！」

那位標本製作員獻寶似的對學生們解說那些工具，同時說一下標本製作這個行業。

「……往近點的說，現在人生活水準好了，養起了寵物，還建立了深厚的感情，但當寵物死亡後，主人會感到極大的痛苦，但如果把死亡的寵物製作成形態真實、結構完整的標本，不僅可以寄託主人的哀思，還能保存得更久……」

——放屁！

如果能說話，鄭歎估計會直接罵出來反駁。

鄭歎看了看旁邊的焦家幾人，焦遠對剛才那人的話一臉的嫌棄，小柚子也蹙著眉，明顯不贊同那人的話。角度原因，鄭歎看不到焦媽和焦爸的表情。

那位標本製作員繼續說著，介紹那些解剖刀、鑷子、剪刀、鋼絲鉗、剉刀、榔頭、鋸、釘子、鉛絲、針線等等工具的作用，化學製劑很多不怎麼安全，他沒有拿出來，只是在跟學生們講述的時候會提到一些，比如二氧化砷（砒霜）、硫酸鋁鉀（明礬）、苯酚、來蘇爾等。

「標本的製作大多採用部分假體、部分填充的方法。大致的過程有剝皮、防腐、假體製作、填充、義眼製作、縫合和整體修飾等過程。剝皮的時候，剖開腹部，把整個軀體分塊取出……」

聽著那人的話，鄭歎待在背包裡渾身發冷。

在那位標本製作員的言語中，他覺得這個職業是讓死亡重生的美麗職業，他喜愛這個職業。而在鄭歎眼中，標本製作員就是他如今的「天敵」之一。

雖然知道自己這品種不值啥錢，不是什麼珍稀保護動物，還有焦爸在護著，但是從博物館出來後，當晚鄭歎還是免不了做了噩夢，一晚上把自己嚇醒好幾次。

◆◇◆◇◆◇◆◇◆

抵達實習基地的第三天，已經分好組的學生們跟著各組的帶隊老師離開實習基地。

焦家四人和其中一隊一起，那隊的兩個帶隊老師跟焦爸的關係不錯，往山上林子裡走的時候還聊聊以前帶隊的經歷。

出去野外，每個人都穿著長袖長褲和便於登山的鞋，戴著遮陽帽。山上的林子裡昆蟲很多，蚊子也多，別看大白天的，進林子之後就知道那些蚊子的厲害了。所以，學生們背包裡都帶著一些防蚊蟲的藥劑。

鄭歎倒沒覺得什麼，一個是他現在披著一身貓皮，充當一層防護；另一個就是他已習慣了，平時也總在一些林子裡竄，覺得就這樣也沒啥，在身上穿一些其他的東西反而太礙事。

帶隊的老師一邊走，一邊指著一些植物向學生們介紹，覺得有做標本價值的就採點裝起來，回去後一起做成標本，至於那些在楚華市都很常見的植物，他們懶得費力。

到野外實習的第一天，帶隊老師也沒打算直接將學生們帶到很偏的地方，而是沿著盤山的路往上走。水泥路修得很平整，這應該主要是旅遊用路，在人煙漸少之後，一路上他們也沒怎麼見到車輛行駛，反倒是走段路就能看到一、兩隻螃蟹膽肥的待在路中間。人家是螳臂當車，牠這是螃臂當車，雖然這裡沒車，但人多。

焦遠跟著那些學生們每次一見到路上的螃蟹都跟打了興奮劑似的拿著瓶子就衝上去，焦遠也不用伸手直接去抓，有個學生在後面趕螃蟹，焦遠就拿著廣口瓶放在螃蟹的前面，等著螃蟹自己爬進去。不過，機靈點、動作快些的螃蟹就不那麼好抓了，螃蟹爬得比蝦快，有些一不注意就讓牠們從路邊沿坡滑到下方的溪流裡去了。

有隻螃蟹往鄭歎這邊爬，鄭歎抬爪子快速將牠往小柚子那邊掀。小柚子也有準備，她不怕螃蟹，拿著瓶子就往上面一扣，接著其他學生自然會過來幫忙，這種討好老師的機會他們可不會放棄，幫幫老師家的孩子，或許期末考的時候能讓老師放自己一馬，不被當。

一路走過去，一行人也抓到不少螃蟹了，除了少數幾人用自己的瓶子裝著一、兩隻螃蟹外，其他抓到的螃蟹都放進一個袋子裡先裝著。

又走了一段路，一行人偏離主路往山上爬。這周圍還算是有些人氣的，有時候能看到一、兩戶住在山上的村民，只是不同於之前基地附近那些修建很好的住宅，這些村民的房子都是很簡單的瓦房。

沿路走，帶隊老師除了對學生們講一些看到的植物之外，還會說說認識的昆蟲類。焦爸也對兩個孩子說一些東西。

「咦，那裡有隻貓！」焦遠指著一處地方說道。

鄭歎沿著焦遠指的地方看過去，那裡確實有一隻貓在跑動，而且很快就離開了眾人的視野，藏進那些灌木叢裡面，反應慢一些的人看過去時已經不見貓影了。那隻貓估計是被這邊一行人的動靜嚇跑的。

「那應該是野貓。」其中一個帶隊老師說道，「這地方有很多野貓，有些是家貓回歸野外，幾代繁殖下來，也就成了野貓。」

說完覺得不放心，那老師又向學生們囑咐道：「你們在山上看到那些野貓要注意點，那些貓跟你們家養的寵物貓可不同，脾氣暴躁是一方面，麻煩的是牠們可沒打過疫苗，成天在山上跑也不知道攜帶了多少病菌，以後看到還是遠離點的好。」

眾人看了看焦副教授家那隻不用繩套卻一直跟著也不鬧事的貓，再想想剛才見到的那隻一點動靜就不見影的貓，果然就是家貓和野貓的區別嘛。

「本來貓的野性就很足，牠們的存活能力也強，回歸野外的話，活下來的不少。可惜的就是那些鳥了，前兩年還有鳥類保護協會的人專門來捉貓的，沒多久又有愛貓的組織過來聲討，唉。」另一位帶隊老師說道。

鄭歎心裡感慨：果然，愛貓和愛鳥的組織就是不對盤。

估計覺得這個話題對學生來說不是什麼好話題，搞不好還容易引起矛盾，之前那位帶隊老師沒繼續了，轉而道：「你們說，我們這次有沒有可能會發現一隻白化動物？」

「嘿，想得美！白化動物哪那麼好發現？就是野考隊的人也不能保證次次都能遇到，好多都是偶然才發現的。這個機率太低。」另一位帶隊老師笑道。

「你也說了是偶然事件，誰也說不準會不會啥時候就遇到一隻，指不定還是紅化動物呢！」

「做夢去吧你！真能遇到紅化動物，別說鋪天蓋地的報導，就連我們院裡幾位上司都能抖起來。可惜，那些都只是『根據數據顯示』，雖然也曾有科考隊見過紅毛蝙蝠之類的，去年這附近一個村有人還說看到了紅毛野豬呢！可是，沒有真正夠說服人的有力證據，國外那些人壓根不承認有紅化物種，在國際性的權威雜誌上也只能說『迄今尚未發現全身紅毛的紅化哺乳動物』，哪怕是捉到一隻紅毛老鼠，也將是世界上的重大事件和特大新聞。」

因此，所謂的「紅化動物」，也只是「據說」和「傳說」了。

焦爸想到什麼，笑道：「以前有人還戲言，真要發現自然狀態下的貨真價實的紅化動物，就只可能在陲山市這個地界上。」

白化動物經過長期的人工精心選育和保護培育也能得到，比如實驗室常用的小白鼠。人工誘變和培育確實能創造很多東西，但真正自然狀態下的生物，才更有研究價值，在圈子裡研究這方面的人都知道白化和紅化動物的研究價值，紅化動物更甚。

後面這幾句話他們是低聲說的，也就旁邊兩個帶隊老師還有焦爸他們聽到，而在不遠處樹蔭下休息的那些學生們並沒注意這邊。

鄭歎在旁邊支著耳朵聽他們聊天，據這兩個帶隊老師說，陲山市這地方發現過不少白化動物，哺乳動物也多，比如白化的松鼠、狐狸、熊等等。

曾經有人覺得，白化動物的出現，是由於人類的發展和活動範圍的擴大，致使動物的生存空間逐漸縮小、種群數量減少、近親交配而出現的退化現象，但也有人覺得，陲山這地方的白化動物既然在古代就有了，又比世界上其他地方的數量多且集中，不大可能是一種純粹的白化現象，可能有其他的未知原因。

說到未知原因，鄭歎就腦洞大開了，比如神祕組織、外星人什麼的。不過也只是想想而已，真要有人說是外星人的原因，鄭歎還不一定相信。

就像焦爸說的，地球上未被認識的生物物種比已認識的要多得多，人的知識雖然在進步，但未解之謎也有不少。也許，等文明發展到一定程度，這些謎底也就能解開了……就是不知道貓身人心這個謎能不能解開。

鄭歎剛才還在想，如果真的發現他們所說的紅化物種，會不會被立刻製作成標本？隨後才知道，若真的抓到了，肯定會被當成極珍貴的物種對待。物以稀為貴，的確如此，更何況，對這些研究人員來說，紅化動物的價值是其他動物無法比的。

小白鼠鄭歎殺過，小紅鼠倒真沒遇見。鄭歎也挺期待遇到一隻紅化的動物，那樣也算是不枉此行了。

第一天去野外，回來的時候學生們都累得進屋就趴床上，也沒前兩天那樣的有精神。聽說其他組還遇到過一條蛇從樹上直接掉下來的情況，差點砸到下方的一個學生，現在那學生還驚魂未定。又聽說，還有個組有學生被樹上不知道是什麼物種的、如蚊子大小般的蟲子砸手背上了，雖然那隻蟲子很快掉落地面爬走，但那個學生的手背很快就腫了起來，跟豬蹄似的，據說得在基地待幾天不能出門。

但是，鄭歎感覺這一天過得還行，吃完晚飯還有心情出去溜達。

◆◇◆◇◆◇◆◇◆

兩個孩子都洗完澡睡了，鄭歎在焦爸的注視下，跳出窗戶，翻出基地的圍牆，往外面的水泥路走。

周圍都是兩、三層的別墅式住宅，看樣子住這周圍的人不少都是有點家產的。

在邊上遠眺，入眼的只有一片高低不等的山，有人居住的村鎮地帶才會看到燈光，但那只是一小片一小片的，相比起入眼的夜色下的山林區域，光亮區小得可憐。

正沿山上走著，鄭歎突然嗅到一股淡淡的氣味，以人的嗅覺恐怕很難嗅出來，鄭歎也不過是仗著貓鼻子才嗅出點。

這種氣味讓鄭歎感覺很不好，他直覺想起在博物館見到的那些標本。他知道，現在很多人裝飾家裡時，很喜歡在家裡裝飾野生動物的標本，比如鹿頭之類的。這地方就有不少這樣的例子，但鄭歎總感覺有點異樣。

雖然好奇，但他也知道這地方自己並不熟，還讓他感覺到一股寒意，不能冒險，因此鄭歎決定離開。

可沒等鄭歎走多遠，他就發現一道影子嗖地閃過。

夜色中，那個影子悄然接近剛才鄭歎看向的那棟住宅。在接近那邊的時候，那個傢伙還朝鄭歎這邊看了一眼。

對上那雙眼睛，鄭歎感覺渾身的毛都炸起來了。

那是真正在自然的優勝劣汰、適者生存規則中存活下來的傢伙，不是成天待在家裡不愁吃喝的寵物。

那是一隻貓，但卻與一般的貓不同。縱使沒有爵爺那種體型，也與花生糖差不多，而且牠讓鄭歎感受到了不弱於爵爺的那種威脅力和壓迫感。

離鄭歎不遠處的一戶人家的小院子裡趴著一隻貓，一隻普通的家貓，鄭歎剛才往這邊走的時候還聽到那隻家貓叫喚過幾聲，有點狂傲的意味。或許對牠來說，這塊地方本就是牠的地盤，見到鄭歎，牠還挑釁的叫幾聲，這證明牠的膽子不算小。

可是現在，那隻家貓已經縮在角落裡面，眼睛瞪得滾圓，看著夜色下的那隻奇怪的貓。或許牠知道那是誰，也或許不知，但毫無疑問牠的眼裡滿是恐懼和瑟縮，就像是面對大自然中食物鏈金字塔高一層的生物一般。

這種感覺很奇怪。

如果鄭歎不是因為自己的特殊情況的話，估計會跟那隻家貓一樣縮在某個角落裡，默默不敢叫喚，連動都不敢亂動。

那隻貓難道和爵爺牠們的來歷一樣？

因為有爵爺的事例在前，鄭歎首先想到的便是這種情況，畢竟這周圍也有一些基地，就比如楚華大學的實習基地，還有那些總待在這個地界上搞研究的人，誰知道那些人會不會弄出什麼奇怪的研究。

夜色下，鄭歎看不清那到底是什麼毛色，那隻貓也只是往鄭歎這邊看了一會兒，就繼續往前走了。對方的速度很快、腳步很輕，如果不是鄭歎這幾年鍛鍊出來的警惕心和直覺感的話，未必能夠發現牠。

那棟透著讓鄭歎很不爽的氣味的住宅處，院內周圍只有一些低矮的修建好的灌木叢和草地，樹的話還有些距離。雖然只有兩層，但每層樓的高度比鄭歎在楚華市見過的普通住房要高出一些，所以真論高度的話，這裡的兩層樓抵得上楚華市那些住房的三層樓高了。

鄭歎靜靜站在旁邊，看著那隻貓跑過去之後直接朝牆面跳起，不知道爪子勾住了牆上哪些地方，還是什麼都沒有藉助只是憑助跑而攀上牆，鄭歎只感覺那邊牆上影子一閃，那隻貓就已經到了二樓的一扇打開著的窗戶前，想來類似的攀爬運動沒少做。

那隻貓站在窗臺上看著裡面，耳朵警惕的注意著周圍聲響，尾巴動了動，然後跳了進去。

牠要做什麼？

鄭歎很好奇。而讓鄭歎更好奇的是這隻貓到底是什麼來歷。三年來鄭歎見過不少貓以及其他動物，也知道動物之中，即便是同種族，智商也存在著差異，而這隻貓讓鄭歎覺得，不只是攻擊力極具威脅那麼簡單。

那隻縮在院子角落裡的貓已經沒在那裡了，估計進屋尋找安全感。鄭歎本打算隨便溜達一圈就回基地去的，現在卻有些猶豫了。

這邊的人晚上也不怎麼出來，基地那邊的還熱鬧些，而這裡，就真的顯得很安靜了，只有住戶家裡的電視節目的聲音才能讓人感受到些許人氣。

焦爸說陲山這個地方透著神奇，鄭歎一直沒感覺到它神奇在哪裡，至於那些傳言傳說，鄭歎只當故事聽；而現在，他雖然沒感覺到有什麼神奇的事情，但卻終於有了些另類的感覺。

好奇心，這是每隻貓都無法踹掉的習性。鄭歎在繼承這隻貓的身體的時候，或許連帶這個習性也繼承了下來。

鄭歎還在琢磨這莫名的詭異感，回神時卻發現自己已經朝那棟住宅走了好幾步。

嗅著空氣中傳來的淡淡的氣味，鄭歎抖了抖毛，就當將雞皮疙瘩都抖下來了。

來到那棟住宅院落前，鄭歎從柵門的空隙鑽進去，在那隻貓爬牆的地方停住，嗅了嗅，陌生的貓的氣味。除此之外，還有標本的藥物氣味、殺蟲劑的氣味，以及讓鄭歎感覺不太好的錯綜複雜的氣息。

牆面不算光滑，鄭歎爬上去。

即便鄭歎一直自我感覺良好，但也不得不承認，自己爬牆的能力確實比不上剛才那隻貓，速度沒那隻貓那麼快，也比不上牠的靈活。

好不容易爬到二樓那扇窗戶的窗臺，鄭歎沒有立刻進去，而是待在窗臺上注意裡面的動靜。很安靜，安靜得彷彿裡面沒有活物一般。如果不是親眼見到那隻貓跳進去，如果沒有嗅到這房間傳出來的氣味的話，鄭歎肯定會認為這裡面沒有任何活著的東西。

就算沒有活著的，卻不代表沒有其他動物。

房間的門關著，裡面也沒有開任何照明設備，看看天空再看看房間，會覺得其實天空比房間要更亮一些。

夜間的風吹進房間，氣流繞著房間轉了一圈帶著裡面那些複雜的氣息又流了出來。窗戶邊的窗紗隨著氣流擺動，舞動的白色窗紗在這種情形下更增添了一份詭異感。當垂落的窗紗再次被氣流掀起的時候，鄭歎看到了房間裡的情況。

房間裡有很多動物，但卻都不是活物，除了站在一張桌子上靜靜蹲坐在那裡的鄭歎剛才見過的那隻貓。

這是一個擺放動物標本的房間，裡面放著很多動物標本。當然，畢竟面積有限，不可能比得上博物館那麼多種類以及有大型動物，這裡面的動物標本大多都是小體型的，比如一些鳥類、小松鼠、兔子等。

博物館的那些動物標本基本上是動物園、林業等部門捐贈的，比如某些因疾病而亡的珍稀動物等，這個鄭歎後來才知道。聽焦爸說，現在陲山自然博物館那邊用於儲存動物屍體的冰櫃裡凍著幾百隻動物，博物館的標本製作員要逐一將它們解凍並製作成標本。

只是，對很多私人收藏者來說，他們更偏向於健康狀態的動物所製成的標本。有些標本製作員不喜歡那些死去的動物，因為有的動物屍體腐爛程度稍高，剝離皮毛時的氣味讓他們無法忍受，所以更傾向於新鮮宰殺。

而這個房間裡的這些動物標本，鄭歎直覺，它們是在健康狀態被殺掉的。

或許是因為製作這些標本的人不太專業，相比起博物館的那些標本，這些標本從製作和保存上來講都要遜色很多，現在鄭歎還嗅到了毛皮腐爛的氣味，估計再過個一、兩年，這裡面的一些標本會直接廢掉。大概這位主人家並不在意這點，標本腐爛了、廢掉了，直接再做新的就行了，舊的扔掉還能為新標本騰出空間。

鄭歎不想去細看那些被做成標本的動物，他將注意力主要放在那隻蹲坐在靠裡的那張桌子上的貓。

在那隻貓的對面，擺放著一個貓標本。製作成標本的貓應該不是普通的家貓，只是體型跟普通的貓差不多。

鄭歎經歷過會展活動，自然認得出來幾個貴重的貓種，但這隻並不是記憶中的貴重品種，莫非是生活在山裡的野貓？

就像那些學生們談論時所說的，在野外，只要沒有生殖隔離，是不是什麼情況都可能發生？通俗點說，也就是雜交。比如狼狗，比如超級貓之類的，除了人工選擇引導培育之外，自然選擇可一直在發生，尤其是陲山這個物種豐富的地方。

既然能夠被費勁做成標本，應該是與家貓有區別的，就是不知道有多大區別。鄭歎站在窗臺上，看得不太清楚，無法細緻去觀察。

不過，那個貓標本，不論是從體型還是外觀差異上看去，它和那隻貓應該沒有親緣關係吧？

那隻貓就那樣靜靜蹲坐在那裡，只在鄭歎翻到窗臺的時候耳朵動了動、朝窗臺看了一眼，然後便再次盯著那隻標本貓看。面對面，眼對眼，兩者之間的距離相隔十公分左右。

鄭歎有種很荒謬的感覺，他覺得那隻貓不像是在憂傷什麼，更像是在沉思，像一個思考者。

鄭歎知道自己這種想法很可笑，但轉念一想，平時生活圈周圍其他人看自己的時候大概也是這種感覺，覺得這種本應該低能低智商的生物突然聰明起來不能接受。

鄭歎也跟大部分人一樣，低估了這個星球上的智慧物種。或許，牠們未必能有人類那樣的智商，但也未必像人們所想的那麼低。

那隻貓就那樣坐在那裡，維持這樣的狀態看了約莫半個小時，然後就離開了。離開時牠掃了鄭歎一眼，似乎對鄭歎有些詫異，畢竟這周圍的其他貓一見到牠就縮邊上了。

等那隻貓離開後，鄭歎跑房間裡盯著那個貓標本看了看，但總覺看著標本背脊發涼，所以大致瞟了幾眼、又在這個房間裡走了一圈之後，鄭歎就離開回基地去了。

接下來兩天，鄭歎白天跟著實習小隊去野外，晚上出去走一圈。每天這個時候鄭歎都會在這裡見到那隻貓，每天那隻貓也會做同樣的事情，鄭歎無法知道牠到底在想什麼。

◆◇◆◇◆◇◆◇◆

這日，下午五、六點鐘，實習小隊一個個回來了。在食堂吃過飯，焦遠跟小柚子去找那些學生們處理今天回來的時候在山裡溪流中抓到的螃蟹，之前捉到的那些由於全放在一個袋子裡，等下午回來就發現袋子裡面的螃蟹已經自相殘殺得差不多了，還有幾個空殼，是被同類吃掉的。

鄭歎沒跟著去，約莫到時間之後，就打算出去再溜達，今天那隻貓應該也會準時過去吧？

哪知，沒等鄭歎抬腳踏出窗戶，就聽到消防車的聲音。鄭歎聽著消防車的行駛方向，好像就是自己每天溜達的那邊。

等來到那棟住宅前，鄭歎發現，昨天還好好的房子，現在卻著火了，著火的正好是那個陳放標本的房間！消防車到的時候，火勢已經蔓延，不過很快就被控制下來了。

周圍的住戶平時這時候都不見人影，現在都出來圍著議論。

鄭歎往周圍看了一眼，沒發現那隻貓，走了兩步，突然若有所感的抬頭看向一個方向，那邊是一片樹林，沒有住戶，樹枝太繁茂，鄭歎也看不到什麼。當鄭歎準備扭頭回去的時候，樹葉後面一雙發亮的眼睛閃了閃，鄭歎知道那是光線的原因，卻仍舊忍不住背後的毛豎了豎。他知道，此刻，待在樹上的傢伙正看著自己！

鄭歎回到基地之後，一晚上都在想那隻貓到底怎麼回事。

據那些圍觀的人說，那家戶主白天會將窗戶打開透氣，晚上再將窗戶鎖上，畢竟放著那麼多製作手法不專業的標本，門關久了氣味重不說，很多氣體還有害。

鄭歎當時翻到窗臺的時候也觀察過，那戶主家的窗戶可不是普通那種一砸就碎的。焦爸他們也說過，山裡的野貓一般都是清晨和傍晚出來活動，所以那隻貓才會選擇晚上那個時候在戶主關窗門前過去，而牠白天不出來活動，也就這個時候能有機會。

人們各種猜測，卻沒有任何一人說到貓身上。

之前那個房間裡到底發生過什麼，誰都不知道，鄭歎直覺應該與那隻貓有關，但他不知道那隻貓究竟是怎麼辦到的，理論上說，野生的動物很多都怕火，難道那隻貓不怕？

鄭歎想不明白。

次日，鄭歎依舊跟著實習隊伍出去，隊裡幾人也在議論昨天某戶失火的事情，最後判定為意外事故，原因扯了一大堆，聽著都有可能，但鄭歎持懷疑態度，這意外也太巧了。

鄭歎還沒想明白，走中途的時候又嗅到了熟悉的氣息，往周圍看了看，入眼的全是一片樹林和雜草地，就算有小型動物藏在裡面，只要牠們不動，這邊的人也發現不了。

現在太陽當頭，也沒有進入真正野生的地帶，野生哺乳動物到現在連隻老鼠都沒見著。

不過……

鄭歎再次辨認了一下空氣中傳來的氣味，確實是那隻貓。

按理說，以那隻貓的野外生存技術，不會離實習隊伍這麼近才對。

周圍的人並沒有異樣反應，一直走過那個地方，漸漸遠離。沒走太遠，帶隊老師就讓大家停下來休息一會兒。

鄭歎沒待在那裡，往回跑了。

「黑碳，別亂跑！」焦媽說道。

「牠大概是要去拉屎了吧？」焦遠說道。

周圍人一副恍然大悟狀，大家也就沒在意了，包括焦家的幾人也是這個想法。不過，焦爸皺著眉往鄭歎離開的方向看了一眼，拉屎也不用往回跑吧，這傢伙又發現了什麼？

鄭歎跑回去剛才那個地方，循著氣味往那邊找過去。

就算鄭歎特意放輕腳步，但周圍的野草太多，走在裡面會發出輕微的沙沙聲，聽力敏感的動物應該能察覺到。

鄭歎慢慢往那邊過去，支著耳朵注意周圍。在野外，他可不敢托大，小心駛得萬年船。

風向有些變了，氣息中夾雜著一絲血腥味。

鄭歎靠近之後，那邊的灌木叢後面發出壓低的警示吼聲。

是那隻貓沒錯，只是不知道牠到底發生了什麼事情，而這樣的警示聲是在告誡鄭歎，再往前走的話，牠就不客氣了。

鄭歎停下來，看了看腳邊，撈過來一個小土塊，往那邊扔去。

那邊驚了一下，警示聲更大了。

鄭歎耳力不錯，在小土塊砸到那邊的時候，他還聽到了鐵鏈的聲音。

在來基地的當天晚上禮堂開會的時候，臺上的人就跟大家說過，山上可能還有一些沒有撤掉的捕捉動物的陷阱，比如鐵夾子之類的東西，讓大家小心些，盡量別往野草叢密集的地方走，聽說以前出過事。

雖然知道對方被陷阱困住，鄭歎還是警惕著，換了個方向，往那邊靠近，在靠近的同時也注意著那隻貓的動作。

很快，鄭歎看到了那裡的情況。

那隻貓腿上有個不算很大的鐵夾，這個陷阱設置得也不算精明，還能看到一條不太粗的鐵鏈繞在旁邊一棵樹上，不像鄭歎以前見過的釘在地上的那種。而這邊一小塊地方的草都不厚，那隻貓是拖著鐵夾藏著草叢裡的，由於鐵鏈長度限制的原因，牠只能將一半身體藏在草叢裡面。隱匿方面，這隻貓做得還不錯，只是被這個陷阱拖累了，讓那一身顯眼的顏色暴露出來。

鄭歎在離那隻貓不遠的地方觀察牠，那是一隻紅色斑紋的貓，身上的花紋跟大胖那種狸花貓的花紋差不多，但毛要稍微厚一點，體型大一些。

鄭歎見到這隻貓，第一個就想到了焦爸那次跟幾個老師談到的紅化動物，但他不太確定，畢竟這地方的奇異物種太多，說不定只是貓中的某個特殊品種。鄭歎知道自己變成貓之後運氣不錯，但也只是偶爾不錯而已，他可不確定自己真的遇到了焦爸他們口中那個找隻老鼠都能當熊貓對待的紅化動物。

不過……鄭歎昨天還覺得這隻貓的智商應該不錯，現在卻懷疑了，這麼拙劣的一看就是山上小孩子做出來的陷阱，這隻「身經百戰」的貓是怎麼栽進來的？

夾在貓後腿上的鐵夾很新，而且並不算大，根據鄭歎這幾天在基地周圍溜達聽牆角所知道的，這就是小孩子們試著抓兔子、黃鼠狼的玩具，而真正的山裡的獵人們才不會只用這種小玩意兒；再說，這周圍的很多村民早就被通知在某片區域內不准設置這類陷阱，以前出的事故中差點夾斷腿的就是獵人們設置的那種大鐵夾。

再仔細觀察那隻貓，剛才只顧著看牠一身紅毛，現在鄭歎才發現這隻貓半邊鬍子捲了。以鄭歎親身經歷過的事情來看，估計跟昨晚上的火災有關，不然牠的半邊鬍子怎麼被燒成這樣？

鄭歎推測，是不是這貓以前沒被燒過鬍子，乍一被燒，感知才弱了一點點，不適應之下，路過這裡的時候來了個陰溝裡翻船？

不管怎麼說，這傢伙被夾住是事實。

那隻貓緊盯著鄭歎，鄭歎往那邊挪一步，牠就吼幾聲，估計是被夾住，誰都不相信了，對誰都警惕，不像前幾天見到鄭歎的時候那種不親近也不疏離的態度。

看貓腿上的鐵夾，雖然不大，但材質過硬。有時候東西品質太好也是個麻煩。

鄭歎倒是想試試幫忙掰夾子，可他靠近之後還沒抬爪子，那邊就一爪過來了，要不是鄭歎後撤得快，鐵定會被抓到。

果然，野外的貓脾氣就是暴躁，翻臉就不認人了。

估計這隻貓困在這裡的時間久了，有些疲勞，鄭歎試了幾次之後，這傢伙的動作稍微緩慢了點，可剛微微放下心，鄭歎就差點被牠的爪子撓到，一氣之下，鄭歎反過來抽了牠一巴掌。

估計實在撐不住，挨了鄭歎這一巴掌後，那隻貓趴地上了，不過眼睛還是死死盯著鄭歎。

鄭歎準備最後試一次，再不讓碰就扔下不管了。

等鄭歎爪子碰到鐵架子時，那隻貓腿縮了縮，但卻沒有像之前那樣朝鄭歎揮爪子，雖然依然盯著鄭歎，但眼裡的威脅少了很多。

現在才意識到老子好心？！鄭歎心裡罵道。這傢伙之前被夾住估計是連自己一起恨上了，現在發現自己似乎是想幫牠，這才沒有揮爪子。

雖說是村裡孩子們的玩意兒，但還是讓鄭歎費了些功夫，這夾子與鄭歎以前見過的焦爸他們老家那邊下的防老鼠夾子不太一樣。

鄭歎掰開鐵夾子後，那隻貓快速將腿挪開，遠離那個夾子，沒顧上舔傷口就大聲吼了幾下，與一般家貓的叫聲不同，沒有那麼尖銳，也比不上那些大型的貓科動物那樣霸氣，但也算得上氣勢十足了。

鄭歎看著這情形，突然感覺這傢伙更像一個剛出來混社會被坑了一次後發洩怒氣的年輕人。

那邊焦家的人已經在喊鄭歎了，估計是看鄭歎拉屎拉這麼久沒見影，又聽到某種疑似野獸的叫聲，這才急了。

鄭歎看了看那隻貓的傷口，傷口剛才流著血，現在好些了，看牠的動作，似乎也不太要緊，至少骨頭沒斷。

覺得沒大事之後，鄭歎就往實習隊伍休息的地方跑去了。

見到鄭歎回來，實習隊伍才繼續出發。剛才聽到一聲吼叫，帶隊老師懷疑有什麼野獸，他們也不怎麼敢再繼續待在這裡。

「黑碳剛才是不是跟野獸打架去了？」焦遠邊走便問道。

「不是吧？我們家這貓又不是警長，沒那麼好鬥。」焦媽說道。

雖然覺得不太可能去打架，但保險起見，鄭歎被焦家四人拎起來檢查了一下。

「牠爪子上有血。」小柚子用沾水的紙巾幫鄭歎擦爪子的時候發現有疑似血跡的液體。

幾人緊張的捏著鄭歎的爪子看了半天，沒發現有傷口，走動時候也一切正常。

「估計又欺負什麼動物了吧。」小柚子說道。

「我們家這貓能欺負野獸？」焦媽懷疑，她覺得野外的動物都凶，就算是一隻野貓，那也是野獸，不是貓。家貓跟野貓比起來，當然是野貓更凶。

不過，見自家貓真沒受傷，焦媽也就不再說什麼了。

只是，焦家的人放心放得早了些。

當天晚上，焦家四人都沒出去，在房間裡聊著這幾天的收穫，鄭歎正準備翻窗出去，焦家的人已經習慣這傢伙每天出去溜達兩個小時了，還準備囑咐點什麼，就聽到外面一聲類似於貓嚎的聲音，雖然有些微的不同，但應該就是貓了，總有那麼幾隻貓的叫聲與別的不同，這個在楚華市不少見。

別人聽不出來，鄭歎還是能聽出來的，是那隻紅紋貓！

貓的叫聲本就多種多樣，不同心情、不同情境下的叫聲也不同。

雖然語言不通，但鄭歎覺得，那隻貓的目的應該是自己，便抬腳翻窗戶跳了出去。

「黑碳出去約會了吧？」焦遠嘿嘿笑道。

「瞎說什麼，看你的書！」焦媽輕拍了焦遠的頭，斥道。

就算養了這麼久的貓，也不可能根據一聲貓叫就判斷出叫出聲的是公貓還是母貓，只是焦家人更偏向於相信，他們家的貓約妹子去了。然而，他們不知道，他們家的貓「約妹子」一約就是幾天。

◆◇◆◇◆◇◆◇◆

鄭歎翻窗戶之後就往聲音傳來的方向跑去。

那隻貓只叫了兩聲，然後就沒再叫了，估計是基地的警衛人員出去看情況，畢竟基地裡的都是一群「天之驕子」、名校老師、還有幾位重量級的研究員，出了什麼事情他們可承擔不來。

鄭歎翻出基地的圍牆之後，往周圍看了一眼，有一隊基地警衛人員走過，他們沒看到什麼可疑的野獸，不過看這樣子，一時是不會放棄的，他們還會在附近走幾圈，以防萬一。

鄭歎想了想，往那隻貓經常去的那棟房子周圍過去，那邊應該是那隻貓常走的地方，說不定能遇上。

那棟房子的戶主不知道是被送醫院去了還是暫時搬走了，房子還是被燒毀的樣子，著火的房間周圍都被燒成黑色，聽說裡面的標本全毀了。

正想著，鄭歎察覺到什麼，往一側的草叢那邊看過去。

那邊，那隻貓正往鄭歎這裡過來，不過走動的時候還是警惕的望望周圍。

不知道這傢伙被燒掉半邊鬍鬚之後有沒有適應過來，牠這次是運氣好碰上鄭歎，但也不可能每次都運氣爆棚。

那隻貓朝鄭歎走了幾步之後，就停在草叢邊上，看著鄭歎，然後側頭轉身，甩了甩尾巴，走了兩步之後又看向鄭歎。

——這是讓自己跟上去？

鄭歎看看周圍，附近似乎也沒看到人在外走動。

抬腳跟上去，鄭歎想知道這隻貓要帶自己去哪裡。

——莫非是找寶藏？

鄭歎想了想陪小柚子看電視的時候那幾部片子，裡面不都說動物會報恩嗎？還有只活了幾十歲的鸚鵡告訴一個窮苦小孩某個年代海盜的藏寶地點。

——寶藏啊……

——想想都有點小激動。

那隻貓見鄭歎跟著，腳上也加快了。

從住戶極少的那一面下山，然後往一個方向繼續走。鄭歎不知道那邊是什麼，但每次鄭歎有些猶豫是不是要繼續跟著的時候，那隻貓就停下來示意鄭歎趕緊跟上，眼神還帶著鄙視，似乎對鄭歎這種拖後腿的蔫巴樣很看不上眼。

平時只有鄭歎鄙視別人、別的貓，現在卻被一隻貓鄙視了。鄭歎深呼吸，繼續跟上去，不過在跟著的同時，也看著周圍，記記路。

貓的很多野生習性很值得鄭歎借鑑，比如蹭氣味、尿尿標記等。

現在荒郊野外的，周圍也沒人，鄭歎就不在乎那麼多了，想尿的時候就找個有地標意義的地方尿點，沒人盯著他也不害臊……好吧，前面那隻紅毛斑紋貓似乎是母的……但貓就是貓，總比被人盯著要好得多。

等鄭歎意識到時間問題的時候，突然發現，天空已經開始亮起來了。

也就是說，他在外面跑了一整夜。

——現在回去還來不來得及？

鄭歎看了看身後遮住視野的林子，焦家的人估計著急了吧？但既然都已經走這麼遠了，現在轉身回去的話，那不是說這一夜白跑了？

所以鄭歎還是決定繼續跟著。

山林裡白天下過一場雨，鄭歎和那隻紅毛貓找了個地方躲雨。

那隻貓喜歡待樹上，好在這時節樹上枝葉茂密，也能擋雨。鄭歎不太習慣，找了一株不知道是什麼的大葉子植物，扯下幾片葉子上去擱樹枝上搭成個簡易的遮雨裝備，雖然比不上雨傘的效果，但好歹比直接待樹上要好多了。

跑了一整夜，鄭歎現在又餓又累，中途只吃了幾顆果子。在外面鄭歎不敢亂吃東西，很多不認識的植物他不敢隨意下嘴，來基地這段時間跟著實習隊伍出去的時候也認識了一些能吃的果子，將就一下還行，但畢竟貓是食肉的，沒肉補充能量，鄭歎不知道接下來還能堅持多久，旁邊的紅毛貓可沒告訴他還要跑多遠。

說實話，鄭歎現在後悔跟來了，雖然這一路上做過標記，但心裡總是忐忑不安，在野外真的迷路了怎麼辦？雖說也能根據太陽來辨認方位，可鄭歎不是真正的野生貓，也做不到萬無一失。希望不遠了吧，不然他就直接返程。現在回撤，應該還來得及。他這寶貴的貓生不想葬送在這片一個人影都沒有山林裡。

聽著周圍雨水擊打葉片的聲音，還有一些其他動物的叫聲，鄭歎瞇起眼睛，準備打個盹休息一下，突然耳朵一癢——旁邊那隻貓正在幫鄭歎舔毛。這算是貓與貓之間關係好的表現，社區裡幾隻貓之間有時候也相互舔毛，只是鄭歎一直不怎麼適應這種方式。

扯了扯耳朵，鄭歎將頭微微避了避，那隻貓也沒再舔了，而是為牠自己梳理起來。貓一天花在舔毛上的時間確實不少。

兩隻貓挨著蹲樹上休息，下午的時候，鄭歎睜開眼，雨已經停了，陽光已經衝破雲層灑向這片山林。四周的鳥又開始嘰嘰喳喳叫起來。

紅毛貓跳下樹，衝進一旁的林子裡面，沒多久就回來了，回來的時候還叼著一條成人拇指粗的蛇，那蛇還活著。

叼著蛇過來後，紅毛貓看向樹上的鄭歎，等鄭歎跳下樹，牠就將蛇扔鄭歎眼前，這意思是讓鄭歎吃。

鄭歎看著地上的蛇，這蛇也不知道有沒有毒，他不認識。蛇被扔地上之後估計想開溜，而抓蛇的那隻紅毛貓耳朵動了動，也沒顧得上這條蛇，輕腳朝一個方向跑過去，看那樣子估計又發現獵物了，還是比這條蛇更具有吸引力的獵物。

鄭歎收回視線，再次看著地上那條蛇。他現在餓了，以前不吃生食，但是在這座山林裡面，光吃果子是不可能有足夠的體力去跑動的，這樣更危險，連逃跑的體力都沒有的話，那無異於找死，更別提回去了。

那條蛇還是沒能逃掉，被鄭歎砸爛了蛇頭。

心理上不怎麼接受這類生食，但胃裡卻接受得徹底，等鄭歎真正下嘴吃的時候，那隻紅毛貓已經回來了，嘴上叼著一隻鳥，比鄭歎在楚華大學校園裡面見到的喜鵲還大點兒，還沒斷氣，被貓叼在嘴裡還撲騰著翅膀，不過很快牠就不再撲騰了，進了紅毛貓的胃。

近距離觀看一隻野生動物進食並不是一件多愉快的事情，頗為血腥。

為了補充體力，鄭歎盡量吃些蛇肉，也沒再看那隻貓吃鳥的凶悍樣。

這條蛇鄭歎沒吃完，只吃了一半，第一次嘗試這種，心理原因，沒完全適應，不過既然有了第一次，就有第二次、第三次。鄭歎決定下回自己抓隻獵物吃，總不能全靠那隻紅毛貓。

而那隻鳥，現在就只剩下地上的一點骨頭和一地帶著血跡的、被強扯下來的羽毛了。

周圍有其他的野獸過來，估計是嗅到了氣味，鄭歎和紅毛貓很快就離開了那裡，重新找了個地方休息。吃完之後那隻紅毛貓又開始花時間舔毛，嘴邊還有進食的時候沾上的血跡，但舔毛之後很快就恢復原樣，帶著慵懶，與剛才的凶悍截然不同。

鄭歎找了幾片葉子擦了擦，剛下過雨，很多葉子上以及一些石頭凹坑裡都有水跡，讓鄭歎擦下血跡還是可以的。

休息了一會兒之後，繼續趕路，越走鄭歎就對方向越迷糊，之前鄭歎還有點把握能回去，可現在……要是沒那隻紅毛貓帶路的話，鄭歎肯定會迷路。

就在鄭歎琢磨著什麼時候返回時，他看到了一隻紅色的大傢伙。

隔著一條溪流，溪流對面有一隻大體型的野豬，鄭歎估計那傢伙可能有三百多公斤，而山林裡人們見過的野豬一般是一百五十到兩百公斤而已，就一、兩百公斤的野豬也能給人們帶來不小的麻煩，何況是這種大體型的傢伙。

不過，讓鄭歎更好奇的是這隻野豬的毛色，陽光下，那一身紅毛就像燃燒的火，鮮豔奪目。

鄭歎覺得自己現在應該有危機感，遇到一隻野豬不是啥好事，但這種感覺很奇怪，他覺得那隻野豬並沒有要攻擊自己的意思，畢竟溪流很淺，人站進去連膝蓋都不會沒過，對面的要過來很容易。

那隻紅毛貓朝對面低吼，溪流那邊的野豬看著鄭歎和紅毛貓，然後仰頭努了努嘴，帶著一股高傲感衝林子裡去很快消失不見，只能從一些聲音來判斷那隻野豬往哪個方向去了。

等野豬離開之後，鄭歎依舊沒打消回去的心思，但動動耳朵，朝草叢裡發出細微聲響的那邊看過去的時候，鄭歎見到了一隻貓，那隻貓身上也有紅色的斑紋，只是還有其他雜色，紅色所占的比例不算很多，體型與跟帶鄭歎過來的貓差不多，這兩隻還撲騰著玩鬧了一下。

隨後，鄭歎又見到了草叢裡探出頭的幾隻貓。

鄭歎現在意識到，那隻紅毛貓恐怕不是要帶自己去找寶藏，而是帶自己來牠的老窩。

既然已經快到了，鄭歎也不急著回去，他要往回走還得靠這隻貓，不然不認識路。

那隻紅毛斑紋貓的老窩，或者說，這片被牠們圈定的地盤裡，有十來隻貓，每隻貓身上或多或少都有些紅色的斑紋或者斑塊，而真正領著這些貓的，是一隻體型跟爵爺差不多的、全身赤紅沒有斑紋不帶一絲雜色的大貓。

一般來說，貓並不是群居動物，而這裡不同，牠們生活在同一片地方，只是各有各自的窩，不會擠在一起，除了玩鬧之外，牠們睡覺甚至吃東西都會爬樹上去。很奇怪的一群貓。

對於鄭歎這個外來者，有幾隻貓表現出排斥和警戒，其他的都是不親近也不疏離的態度，領頭的那隻全身紅毛的大貓除了狩獵之外，大部分時間都趴在高高的樹上。

這些貓應該都是有親緣關係的吧？鄭歎猜想。

那隻紅毛斑紋貓似乎很希望鄭歎待在這裡，但鄭歎畢竟不是一隻真正的貓，如果是一直生活在山林中的貓，留在這裡是個不錯的主意，可鄭歎更習慣人類社會，更不會想跟一隻母貓發生點什麼。

鄭歎在這裡待了一天之後就待不住了，因為那些貓沒一隻有出這片區域的意思，就算有貓出去，鄭歎也不敢隨意跟上，他可不知道對方走的方向是不是他回去的方向。而帶他過來的那隻紅色斑紋的貓，回來之後就一直留在附近區域，昨天晚上牠跑出去的時候，鄭歎還滿懷期待的跟了上去，結果發現牠只是去覓食，壓根沒有再往外走的意思。

鄭歎趴在一根樹枝上琢磨著，得想個什麼法子回去。來實習基地這邊他沒有戴項圈，也沒戴著什麼信號追蹤器之類的，或許即便帶著也沒用，聽帶隊老師說，野考隊的人在他們的記錄裡面說過，在陲山市這片山林地帶很多地方根本檢測不到信號，指南針也沒用，大概是地質和磁場的原因。這也是為什麼這片廣袤的山林地帶一直沒有被人們拿下的原因之一。

鄭歎急著走，一個是怕焦家人擔心，還有就是，他感覺自己在這裡不怎麼安全……聚集在這裡的貓數量不多，但母貓占多數，而且一隻隻都剽悍得很，每隻站出來都比鄭歎至少壯上一圈，就連這裡最小的那隻、估計還沒成年的貓，也比鄭歎稍微大上那麼一點點，性子略微凶殘。別說鄭歎接受不了跟一隻貓發生什麼，退一萬步講，就算能接受，那也不會是個愉快的體驗。

想想都能抖三抖。

正想著，樹下傳來聲音，那邊幾隻貓又為了一隻老鼠打起來了。

鄭歎來到這裡，除了看到那隻全身赤紅色毛的領頭貓之外，還看到了紅毛野豬，以及紅毛老鼠。那幾隻貓正搶著的就是那種紅毛老鼠。昨天一隻近二十公分的紅毛老鼠被那隻領頭貓叼樹上去當晚餐了。後來又有幾隻被那些貓逮到的小紅毛鼠，估計是那隻大老鼠的幼崽，看來那隻領頭的大貓掏了個老鼠窩。

不大點的小紅毛老鼠，那些貓像看到珍饈一般搶食，甚至為了搶一隻小老鼠而打起來。昨天那隻紅色斑紋貓就跟另外一隻貓打起來了，勝了之後立刻將那隻不大點的紅毛老鼠吃掉，生怕一個不注意就被其他貓搶了。

從昨天到現在，鄭歎吃了幾顆果子、一顆鳥蛋、一條溪流裡面抓的魚。果子是看到一隻貓啃過兩口，鄭歎見沒毒，就吃了那棵樹上的幾顆果子，味道還行。而鳥蛋是那些貓在抓鳥的時候，掉草叢裡的鳥蛋沒貓要，鄭歎就撈過來了；對那些貓來說，鳥蛋只是玩具，無聊的時候撥弄兩下當球玩玩而已，至於吃，牠們沒興趣。

吃魚的經歷，鄭歎想了想，或許是貓本身對魚腥味的忍受力，他在吃的時候有些難以下口，但吃完也沒覺得噁心反胃，內臟和魚頭則沒吃，那個鄭歎真下不去口。抓到魚之後，鄭歎還將魚用爪子剖開去掉內臟、用溪流的水沖了好幾次，溪流的水很清澈，至於寄生蟲、微生物之類的，鄭歎現在也不可能去在意那些，顧不上，還是先填飽肚子再說。

那些貓也吃這裡的魚、喝這裡的水都活得好好的，長得又壯又健康，鄭歎相信自己應該也能承受。

看著升起又開始下落的太陽，鄭歎心一橫，決定出去試試，就算回不到基地那邊，但這片林子又不是亞馬遜叢林，沿著一個方向走，多小心一點，總能出去的吧？大不了再來個十天半個月或者幾個月的流浪生活，能回去就好了，等在這裡不知道啥時候才能等到那些貓出遠門，要是牠們不再出遠門的話，那自己不是要一直留在這裡？

決定好之後，鄭歎從樹上下來，看了看周圍，有幾隻貓在玩鬧，那隻紅色斑紋貓正趴樹上睡覺，而那隻領頭的貓看著空中飛過的鳥，張了張嘴巴，估計想著晚上再去哪裡覓食。

——要不要打聲招呼？

鄭歎心裡嗤了一聲，語言不通，打個啥招呼。

——記得來的時候好像是從那邊過來的，有溪流、見到大野豬的那裡，那就沿著溪流走吧。

鄭歎確定方向之後就抬腳往那邊走。

走的時候，鄭歎感覺到那隻領頭貓看著自己，牠沒有阻止，也沒有其他動作。

走了大概五十多公尺，鄭歎聽到後面一聲叫喚，是那隻紅色斑紋貓。牠已經從樹上下來，往鄭歎這邊跑過來。或許是意識到鄭歎要離開，牠過去阻止和挽留，可是還沒等牠接近，那隻領頭貓就跳下來一巴掌抽了過去，不讓那隻斑紋貓跑向鄭歎。

那隻紅色斑紋貓壓了壓耳朵，似乎很不樂意，牠覺得鄭歎是隻不錯的貓，會是個好夥伴，就直接領回來了，怎麼能離開呢？

阻止那隻紅色斑紋貓、確定牠不會過去之後，領頭貓朝鄭歎的方向走去。大一輪的體型讓鄭歎有些壓力，不過鄭歎沒感覺到對方有什麼惡意和威脅。

領頭貓在經過鄭歎旁邊時頓了頓，看了鄭歎一眼，然後繼續走，走了點遠，回頭再看看鄭歎。

鄭歎心裡一跳，這是要帶路的節奏啊！趕緊跟上去，跑了兩步後鄭歎停下來回頭，那隻斑紋貓仍舊站在原地，確實沒有跟過來，但一直看著這邊。

如果是一隻生活在這座叢林中的貓，留在這裡確實不錯，可惜鄭歎志不在此，也不是一隻真正的貓，他其實還想幫那隻斑紋貓做個舒服點的、能避雨的窩，但後來發現，真要搭起來也顯眼了點，如果有人來這裡估計會發現，以鄭歎的能力還做不出太隱蔽的窩。既然這些貓在這裡生活得好好的，肯定也有牠們的生存技巧，鄭歎就不多事了。

如果能順利離開，大概以後都不會再來這裡了吧。鄭歎想。

最後看了紅色斑紋貓那邊一眼，鄭歎抬腳跟上前面那隻領頭貓。

◆◇◆◇◆◇◆◇◆

和鄭歎想的有些不一樣，那隻領頭貓帶著他經過的地方，他沒有記憶，和昨天來時記憶中的景物不一樣，中途那隻領頭貓還逮到一隻紅毛老鼠，估計是和之前那些小紅毛鼠是一窩的，只是沒想到會被這隻大貓撞上。

那隻紅毛鼠的尾巴被領頭貓踩著。相比起領頭貓的腳掌，紅毛鼠實在是不夠看。

鄭歎瞧著，領頭貓似乎也看不上這麼點紅毛鼠，今天那些貓在搶小紅毛鼠的時候，這隻大貓瞟都懶得瞟一眼。

兩隻貓掌撥弄著玩了玩那隻紅毛鼠，領頭貓就不感興趣了，將已經半死不活的紅毛鼠往鄭歎那邊撥。

鄭歎垂頭看了看滾到爪子前這隻在地上翻著肚皮只有喘氣的動靜卻不見其他動作、像是快嚥氣的紅毛鼠，沒動。這幾天他吃過蛇、吃過魚，可是真沒吃過老鼠，殺倒是殺過，下得了爪但下不了嘴。

領頭貓繼續往前走，鄭歎沒理會擱地上的紅毛鼠，打算跟上去，沒想那隻領頭貓見鄭歎沒動紅毛鼠，又轉回來將紅毛鼠往鄭歎腳邊撥。

這是不吃老鼠就不帶路的意思嗎？

可是鄭歎真的不想吃這個，至少現在他下不了口。

兩隻貓就這樣站著，槓上了。

鄭歎無奈，總不能雙方一直這麼對著瞪吧？偏偏眼前這隻貓還一副「不知好歹」的眼神看著自己。

怎麼辦？

鄭歎往周圍看了一圈，視線落在一株藤蔓植物上，過去扯下一段藤蔓，去掉藤蔓上的葉子，然後用那段藤蔓將地上那隻紅毛鼠捆了起來，多出來的一小段藤蔓用嘴叼著。弄好之後，鄭歎朝眼前的貓抬了抬下巴：這樣行了吧？

領頭貓看了看鄭歎，又看看那個被捆得跟蠶繭似的東西，鄙視了鄭歎一眼之後，就抬腳往前走了。

被鄙視不要緊，只要肯帶路就好，反正大家以後橋歸橋、路歸路，眼不見、心不煩。鄭歎心裡想著。

不過，繼續跟著走了一會兒，在前面那隻貓沿路吃了幾隻不知道是什麼的昆蟲之後，鄭歎心裡越來越懷疑，難道這隻大貓其實是想出來覓食？

既然暫時沒有更好的辦法，鄭歎仍舊跟著牠繼續走，大不了等這隻貓覓食完畢再跟著回林子那邊去。而被捆得跟蠶繭似的紅毛鼠隨著鄭歎的跑動被甩來甩去。鄭歎也懶得理會牠的死活，剛才被那隻領頭貓玩成那樣，估計很快就嚥氣了吧，反正他沒準備吃這紅毛鼠，到時候扔了就是。

約莫半小時後，鄭歎跳上一棵樹，爬到高處，看了看落日，感覺消失一天一夜的方向感又回來了，頓時心情舒暢。這裡不是他來時走過的地方，偏離了一些，但不遠，鄭歎覺得自己能找到來時的路。

而那隻領頭貓，在將鄭歎帶到這裡之後就轉身回去了。或許牠知道，像牠們這樣的貓，不能隨意跑遠，更不能出現在人類的生活區域，所以牠要守在這片地方，這個一直沒有人類進入的地帶。至於那隻斑紋貓，出現在基地那裡估計只是個意外。

長得平凡有平凡點的活法，長得特異有特異的活法，鄭歎無法適應牠們那樣的生活，而牠們也無法適應鄭歎所希望的生活。

第九章

珍稀的紅化老鼠

看著暮色下望不到邊的山林，鄭歎深呼吸，準備連夜往基地那邊趕，至於那隻已經半死不活的紅毛鼠……

——嗯？！

鄭歎垂頭發現，那隻被他綁得跟木乃伊似的紅毛鼠正精神抖擻啃著藤蔓，兩顆門牙那麼一動，藤蔓就被咬開一個口，藤蔓相比起這隻紅毛鼠的牙來說要粗很多，而且鄭歎之前還覺得這藤蔓挺結實的，沒想到這隻紅毛鼠跟咬豆腐似的輕易咬開了一個大口子，眼看就要咬斷了。

剛才還沒動靜呢，一轉眼就這樣了。

察覺到鄭歎看著牠，已經從藤蔓中擠出半個頭的那隻紅毛鼠凶狠地朝鄭歎露了露牠的兩顆小白牙。

鄭歎現在是明白了，這隻紅毛鼠齜牙也是看對象的，要是那隻領頭貓在，這傢伙只敢裝死！

鄭歎看著露出凶光的紅毛鼠，瞇了瞇眼。

——老鼠不怕貓？

——一隻不大點的小老鼠在一隻貓眼前擺凶？

——這隻團起來還沒雞蛋大的小老鼠，牠憑什麼跩？

說實話，鄭歎第一次碰到這種情況。所以，原本打算那隻領頭貓離開之後就將這隻礙事的老鼠扔掉的決定更改了。

這隻小老鼠身上的藤蔓還綁著，沒有被完全咬開，更囂張的是，這隻紅毛鼠在瞪了鄭歎兩眼之後，又開始繼續啃咬了，一點都沒有將鄭歎放在眼裡的意思。

——還真是肆無忌憚。

鄭歎抬手打算給這隻猖狂的紅毛鼠一點教訓。

之前將這隻紅毛鼠用藤蔓捆著，現在走了這麼久，紅毛鼠已經自己將頭從「繭」裡擠出來，同時在「繭」的下方，那條小尾巴也露了出來。鄭歎手掌一彎，將紅毛鼠的鼠尾巴夾著提起來掄圈，轉了二十來圈之後，鄭歎才停下來。

紅毛鼠半天沒動靜，似乎已經被轉暈了，鄭歎抬手準備撥拉兩下看看這隻老鼠是不是被轉傻了，沒想到手剛快碰上的時候，那隻紅毛鼠突然伸脖子咬過來！要不是鄭歎收手快，再加上這隻紅毛鼠確實被轉得動作受到了點影響的話，估計會被咬到。看紅毛鼠咬藤蔓就知道這傢伙的牙齒和咬合力頗具殺傷力。

——竟然還有膽子和力氣咬？

不過，這時候鄭歎也不打算再掄圈惡整牠了，直接摁斷牠的頸椎算了，現在重要的是趕路，他可沒時間陪一隻老鼠在這裡耗。

可是，鄭歎爪子剛抬了一半，那隻已經快將藤蔓咬斷的紅毛鼠突然一頓，警惕的看向周圍，伸著脖子往樹下瞅，而且透著一股小心翼翼的感覺，似乎發現了什麼危險東西。

鄭歎不知道這隻紅毛鼠是真的發現異常情況，還是又在打什麼鬼主意，以防萬一，鄭歎還是要警覺一些，如果真有異常的話，得注意著點早些應對。

於是，鄭歎迅速將紅毛鼠摁住，不讓牠動，然後看向樹下。

突然被鄭歎摁住的紅毛鼠吱了一聲，掙扎著，卻無法從鄭歎的掌下挪開。鄭歎可是一點都沒有可憐牠的意思，再稍微用點力就能直接將牠摁死。

紅毛鼠這時候才感覺到眼前這隻貓也是個危險物，或許在牠的記憶中，只有對那片區域的貓有著很深的畏懼感，而對鄭歎這隻氣味上十分陌生的動物並沒有任何記憶，估計還感覺到鄭歎壓根沒有要吃牠的意思，所以之前牠才那麼猖狂。牠從出生以來的經歷告訴牠，比牠體型大的不代表就危險，比牠體型小的不代表沒有殺傷力。

可惜這次，牠失算了。這隻貓確實沒有要吃牠的意思，但也不好惹，還有足夠的能力一掌摁死牠。所以牠叫了一聲之後就停下來，掙扎了一會兒後又安分了，但眼睛滴溜溜往周圍看，估計想著怎麼逃。

鄭歎沒有去注意踩著的紅毛鼠，他專心盯著下方，支著耳朵聽周圍的動靜。就在他覺得紅毛鼠又在耍他的時候，突然聽到一點細微的聲響。

正準備找紅毛鼠麻煩的鄭歎立刻集中注意力去注意那點聲響。

簌簌的與地面和周圍草叢摩擦的細碎聲響漸漸往這邊過來。鄭歎屏息看向那邊，心裡一陣緊張，他已經能猜出那是什麼了。

一條碗口粗的蛇從那邊草叢裡出來，那體型吞鄭歎這樣大小的一隻貓沒任何困難！在城裡，鄭歎也見過這麼大的蛇，不過那是一些人專門養的，而且那時候鄭歎還沒變成貓呢，根本不覺得有多害怕，但現在，在這座滿是危機的叢林裡，鄭歎全身的毛都差點炸起來。

好在那條蛇的方向並不是鄭歎所待的這棵樹，而且那條蛇已經吃過東西了，蛇身能夠看到明顯的一段突起。

看看周圍，鄭歎猜測，這條蛇應該是打算去不遠處的那片濕地。

蛇離開之後，鄭歎又等了一會兒，才從樹上下去。

這次，鄭歎不打算直接將這隻紅毛鼠放掉或者處死了，他又找了一條藤蔓將紅毛鼠捆起來，這次多花了些心思，捆一圈打兩個結，再捆下一圈，重複幾次，這樣就算咬斷其中一段藤蔓，也不會讓牠立刻跑掉。

是的，鄭歎打算留著這傢伙預警。

這片堪稱保存完好的原始森林，有著眾多險象環生、人跡罕至的地方，古老神奇的山林裡各種生物進行著繁衍生息，綿綿不絕，無數生命世代在這裡活動，原始的蒼茫讓人感覺深不可測。這一、二十年來國內外都組織過考察隊進來這片流傳著各種傳說故事的山林，一些大學和研究所等也組織過野考隊，一進入就是一、兩個月甚至更久，但還是有很多人們無法達到的地方、無法發現的奇蹟，同時也說明，這裡存在著無數無法預測的危機。

鄭歎承認，他小看了這片山林。

在鄭歎原本的意識中，充滿各種危機的森林，不都是亞馬遜叢林那類似的地帶嗎？陲山市這地方有什麼好怕的，就算是跟著那隻紅色斑紋貓進林子裡，鄭歎也沒遇到凶險和危機。但現在，他突然發現自己想得太簡單了。生活在這片林子裡的野生動物，有很多是特意隱藏起來的，他未必能在第一時間發現牠們，更別說還有那些未知的危險。

鄭歎不認為自己比那些科考人員聰明，他在林子裡的生活經驗也比不上這隻小老鼠，既然沒那高智商也比不上這些林子裡的原住民，更沒有第二隻紅色斑紋貓來帶路，於是鄭歎選擇了帶著這隻紅毛鼠，說不定還能用上，就算用不上，可以作為備用口糧，遇到危險的時候還可以作為分散危險物注意力的誘餌。

回基地的速度比進林子的速度要慢多了，這個過程中，鄭歎要警惕四周，時不時停下來聽一聽周圍的動靜，還要帶著這隻紅毛鼠，一旦發現這隻紅毛鼠快將藤蔓全啃斷的時候就再換根藤蔓捆著，好在這裡植物多，藤蔓也不少，鄭歎專找那種耐啃的，還有些帶毛刺的，讓紅毛鼠啃藤蔓的工程增加阻力。

聽說這裡有很多在世界上其他地方早已滅絕的植物，植物學家們口中的「活化石」，或許那些植物學家們在這裡見到肯定會尖叫，但鄭歎一點興趣都沒有。

中途鄭歎見過一棵很大的樹，鄭歎不知道那是什麼樹，以前也沒見過，估計是因為太老了，樹幹上有個空洞，洞裡有很多蛇爬進爬出，鄭歎跳上另一棵樹判斷行走方向並觀察四周的時候瞧見，遠遠往那邊看了一眼，就迅速跑了，他可不敢去找死。

要說收穫，鄭歎倒是撿到了一塊琥珀，那是他去溪流邊喝水的時候撿到的，以前聽人說撿琥珀都在礦區或者海邊，沒想到能在這裡撿到。那塊琥珀跟顆鵪鶉蛋差不多大，裡面有一朵小花，不知道是什麼花，如果是千萬年前的品種，還真有收藏價值，鄭歎找了一段藤蔓將那塊琥珀纏繞起來，然後套在脖子上，這樣不容易丟，他打算回去後送給小柚子。

戴著一塊琥珀，鄭歎倒沒感覺怎麼樣，這玩意兒輕，不妨礙行動。

趕路的時候鄭歎就吃了些果子，抓了條蛇。他不知道哪些蛇能吃、哪些不能，反正恰好看到跟上次吃的蛇一樣的品種，就宰了，比那隻斑紋貓抓的還小了一點點。鄭歎為了趕路，再次硬著頭皮吃了些。最後，他把吃剩下的餵紅毛鼠，反正就這些東西，牠愛吃不吃。

紅毛鼠似乎被餓狠了，來著不拒。嚙齒類很多都是雜食的，這隻紅毛鼠能吃肉、能吃素，也省了鄭歎很多事情。

一連走了三天，第三天黃昏時分，鄭歎加快了步子，因為他嗅到了人的氣息。等天空暗下來的時候，鄭歎已經在基地所在的山上跑動了，只是這時候光線暗，很多人都沒注意到鄭歎。

雖然已經很疲憊了，但見到基地，鄭歎心裡很興奮，腳上也沒慢下來，反而更快了，甚至都忘了嘴裡還叼著捆了紅毛鼠的藤蔓。

◆◇◆◇◆◇◆◇◆

基地的宿舍，焦爸關上房門，走出宿舍樓，出來走走，抽根菸。

這幾天他們因為貓的事情心情都很差，兩個孩子更是連著好幾天都沒跟實習隊伍出去了，說是要在房裡等著，窗戶也沒關，就想著什麼時候那隻貓又回來了。焦爸在野外尋找，還花錢雇了一些村民幫忙尋找，焦媽挨個問那些住在山上的住戶，都只說前幾天見過一隻黑貓，然後就沒再見過了。

其實周圍很多居民以及基地一些老師和警衛人員們心裡，已經認定那隻貓被什麼野獸拖走吃掉了。在這裡也發生過這種事情，甚至還有丟掉大狗的，過段時間就會聽到在野外哪個地方發現了殘骸，骨頭上都是不知道什麼動物的牙印。

基地裡出來巡邏的幾個警衛人員見到焦爸，過來打招呼問問他家找貓的事情。這幾天他們總看到這位焦老師出來抽菸，聽說家裡大人小孩因為丟貓都快急死了，外面還貼著尋貓啟事呢。

「焦老師，您家的貓還沒找到？」一個看起來挺年輕的人問道。

焦爸搖了搖頭。

「您別擔心，說不定什麼時候牠就自己回來了，以前我們家那裡有隻貓消失一個月都自己回來了。」

「是啊，別擔心，您走走就回去休息吧，可別出去，昨天山上有人半夜出去被蛇咬了，好在不是劇毒蛇。」

幾個警衛人員你一句、我一句說著，突然其中一人指著焦爸身後不遠處的圍牆叫道：「那是什麼？！」

鄭歎剛翻過圍牆，就發現一束光照了過來，於是趕緊跳下去，打算往住的那棟樓跑，沒想到落地的時候藤蔓突然斷了——那隻紅毛鼠也將藤蔓咬得差不多，隨著鄭歎落地時藤蔓扯動的力道脫離出去，牠打算逃掉，卻被鄭歎一巴掌按住了。

焦爸搶過其中一個警衛的手電筒跑過來的時候，正好看到鄭歎，以及鄭歎一巴掌摁在草地上的那隻正吱吱叫喚著的小老鼠。

看到鄭歎，焦爸這幾天一直懸著的心終於放下了。能回來就好，他還真擔心這貓兒子被什麼野獸叼跑了。

不過，等焦爸走近，藉著手電筒的光仔細看向鄭歎摁在地上的那隻老鼠時，皺了皺眉。

晚上的光線不好，會影響人眼對顏色的判斷，但即便如此，手電筒的光照到那隻老鼠身上的時候，反射出來的那一抹紅光讓焦爸心中一跳，他剛放下的心又懸了起來，心率也加快了。

——這個是……

後面那幾個警衛人員都趕過來。

「哎，這就是焦老師他家的貓吧？」

「應該是，尋貓啟事上好像就是這隻。」

「就這隻！絕對沒錯！」

「喲，還叼了隻老鼠呢，這是回來領賞？」最先發現鄭歎翻牆的那人看著吱吱叫喚的老鼠。

另外幾個警衛人員也將注意力轉移到老鼠身上。

「我怎麼感覺，這老鼠毛是紅的？」

「好像還真是紅的，染的吧？看是不是誰家養的寵物鼠。」

幾人討論了起來。

剛才光線不好，發現鄭歎的那人只看到鄭歎嘴裡叼著個東西晃來晃去，沒等他看清楚，鄭歎就從圍牆上跳了進來，現在也自然覺得鄭歎是直接叼著這隻老鼠進來的，沒有去注意掉落在草地上的藤蔓。

焦爸深呼吸幾次，對鄭歎道：「別鬆爪。」然後他看向那幾位警衛人員，視線掃了一圈後，對其中那個年輕的警衛人員道：「你的飯盒能借我一下嗎？」

「……哦，能！」那年輕人正好奇看著紅毛鼠，聽到焦爸的話，趕緊將手裡的飯盒遞過去。

下午他女朋友送了一飯盒綠豆湯過來，他喝完之後就準備巡邏時帶回去，還能利用在外巡邏時間小甜蜜一會兒。一個飯盒，也不值什麼錢，借就借吧，反正這幫老師們到時候肯定會補償的。

焦爸也顧不上飯盒裡面的綠豆味，打開飯盒蓋子露出個口。

「哎，焦老師您是要抓老鼠吧？我來，抓老鼠我會，我以前跟著人去野外的時候還抓過田鼠吃呢。」那個年輕人將手裡的手電筒遞給旁邊的同事，蹲下來伸手抓。

「你……」焦爸話還沒來得及說，那人就伸手過去將貓爪下的紅毛鼠抓了過來。

焦爸趕緊將打開個小口的塑膠飯盒遞過去，「小心點！別……」

焦爸想對那個警衛人員說「別把牠捏死了」，畢竟在學校帶實驗的時候，學生們做實驗抓著那些小白鼠一不小心就將牠們的脖子掐斷了，看著這隻比學生們做實驗還要小很多的小老鼠，再看看那個自告奮勇過來幫忙、動作一點不顯謹慎的警衛人員，焦爸那個急啊！

沒等焦爸將話說完，那人已經很快的將紅毛鼠扔飯盒裡面去了，雖然動作粗魯了點，事辦得確實不錯，唯一遺憾的是，他手上被咬了一口。

「謝謝啊，不過你還是趕緊去醫務室檢查檢查，傷口不能忽視，報我的帳。」焦爸扣好飯盒蓋之後對那年輕人說道。飯盒的蓋子上有小孔，所以不擔心裡面的老鼠悶死。

年輕人一聽，嘿，免費的治療，不去白不去，醫務室那邊二十四小時有人值班，最近有幾個過來實習的醫學院學生，聽說長得不錯。年輕人心裡蕩漾著，跟同事打了聲招呼之後就直接往醫務室去了，有理由中途蹺班，還能去看美女，多好的事。

警衛們離開之後，焦爸小心拿著飯盒，然後看向還在原地東張西望的鄭歎，「還準備去哪裡鬧晃呢？」

語氣很平靜，但鄭歎總感覺周圍有股低壓。抖了抖，估計是山裡夜晚降溫的原因吧。

鄭歎跟著焦爸回到宿舍樓那邊，他是直接翻窗戶的，反正就住在二樓，容易翻。

小柚子坐在桌子旁拿著筆發呆，桌子上攤開的暑假作業也沒心情寫，如果再往前翻幾頁就能看到每頁都有一隻鉛筆畫出來的貓。

正想著，紗窗嘩的一聲被拉開。小柚子和正在折騰螃蟹發洩鬱悶的焦遠都看向窗戶。

「黑碳！」

「媽，黑碳回來了！」

焦媽剛洗完衣服，剛才她已經接到焦爸的電話了，焦爸還有點事，晚些回來。她看到桌子上的那隻黑貓，這幾天抑鬱的心情終於好了，心裡想著：這貓啊，就跟人一樣，一段時間不管牠就恨不得上房揭瓦，這次還直接玩失蹤，整得大家跟著擔驚受怕。

禁足是必須的！接下來的時間裡，這隻貓別想再出去！

焦媽嘴裡數落著鄭歎的不是，下禁足令，同時還仔細看了看鄭歎身上有沒有受傷，然後找了大臉盆去放洗澡水給鄭歎泡澡。

鄭歎風塵僕僕的回來，他甚至感受到身上有跳蚤在活躍，確實得好好洗洗。

——咦？好像少了什麼……

——那塊琥珀呢？！

鄭歎這時候才發現套脖子上的那塊琥珀不在了，上山的時候還有的，估計是穿過基地周圍灌木叢的時候掉了。明天去找找。

等鄭歎洗完澡，包著毛巾坐在凳子上等著毛乾了睡覺，焦爸回來了，神色有些著急，裝紅毛鼠的塑膠飯盒沒帶著，不知道放哪裡去了。

「怎麼了這是？」焦媽問道。

「黑碳身上沒受傷吧？」焦爸問。

「沒啊，剛吃了一頓、洗了個澡，看起來精神還不錯。」焦媽說道。

「那就好。」焦爸鬆了一口氣。

原來，出事的是那個被紅毛鼠咬了一口的年輕警衛人員，從被咬傷到現在不過一個小時，那個年輕人的手就腫得跟個饅頭似的，人也昏昏沉沉的，幸好這邊儲備的藥物比較全，他過來治療得也及時，要不然真可能就一命嗚呼了。焦爸知道後立刻回來看看情況，見鄭歎沒事，他叮囑了幾句之後又離開了。

鄭歎聽著焦爸剛才的話冷汗直冒，他現在才知道自己一直叼著個多危險的傢伙，還好那時候在叢林裡沒有被那傢伙咬傷，不然現在已經成了山林裡那些野獸或者其他昆蟲的糞便。

焦爸離開之前說今晚可能會很晚才回來，甚至可能不回來睡。

不只是焦爸，其他幾個帶隊的老師，睡下的或者沒睡下的，都往一處趕過去，搞得那些出來打電話的學生們心裡惶惶的在猜測到底發生了什麼事。

◆◇◆◇◆◇◆◇◆

基地一個房間內，眾多老師們擠在這裡，原本這裡只是一個臨時休息室，大家嫌這裡離廁所太近，大夏天的待這裡不舒服，很少有人過來，可現在，大家都不在意了。

有些男老師聽到消息沒顧得上換衣服，穿著背心、四角褲就跑了過來，被其他幾個老師笑話也不在意，就盯著桌子上籠子裡那隻全身紅毛的老鼠。

現在紅毛鼠窩在籠子正中間，抱著一顆花生米啃著，眼睛還看著籠子外面的人，倒是一點都沒有害怕的意思。或許在牠心裡，這些氣味陌生的生物，比那隻貓要好多了。那隻貓可是差一點就殺死自己，而這些陌生生物好像也沒什麼威脅。

之前鄭歎失蹤，有些老師沒少在暗地裡嘲笑焦爸帶什麼不好，帶隻貓過來，這不是找事嗎？帶隻狗都比貓要聽話，貓就是個惹事精，什麼時候安分過？

可現在，這些人快嫉妒死了，尤其是那個帶了隻狗的老師，雖然這狗幫著抓了不少獵物，但也遠比不上這隻紅毛老鼠有價值。

「焦老師，你家那隻貓這次得好好表揚啊！」一個穿著白背心的老頭戴著老花眼鏡湊上去近距離觀察紅毛鼠，周圍的老師們也不敢跟他擠，有不少老師當年就是這老頭帶出來的。

焦爸笑著沒說話，心想著：是要表揚，但也得禁足。不過，說起來，那貓真能惹事，誰能想到牠消失幾天後再出現時叼隻紅毛鼠回來？原本他們還以為會帶隻母貓呢！

是不是紅化鼠，焦爸現在還不確定，有待鑑定，但可能性極大，具體是哪個種屬的紅化個體他也看不出來，對於這個他可沒研究過。之所以這次在還沒完全弄清楚之前就公開而不是藏著掖著，是因為他心裡太清楚了，這事藏不住，那些警衛人員已經看到了，到時候一說總得暴露。

在將這些老師們叫過來之前，焦爸還打過幾通電話，以防到時候事情往不好的方向發展。這個其他人都不知道。

「這小傢伙一定得好好養著……不行，我打通電話讓專人過來負責。」那老頭說道。

「這個就不麻煩王教授您了，我們已經安排了人照料。」說話的是個中年人，是楚華大學的一位教授，在楚華大學帶隊的這批年輕老師們中是話語權最大的。雖說很多時候他得讓著那老頭，但這件事他絕對不能讓步，那老頭現在是研究所的人，而這紅毛鼠必須得放楚華大學自己的地方，用自己的人！這也是剛才通電話的時候謝院長給的指示。該爭的時候就得爭，反正責任謝院長自己擔著，明天一早謝院長就到了。

「哎，又不是你的，你急什麼？我說，小焦啊，你放心，我找的人絕對夠專業，專業養鼠二十年。」老頭也不管那人的話，對焦爸道。

他們這些上司和前輩們在那裡吵，焦爸可不敢亂插話，只能周旋於幾位上司和前輩之間。得，這稱呼直接從「焦老師」到「小焦」了。

焦爸晚上回房了一次，拿個裝著貓砂的盒子進來，讓鄭歎尿尿或者便便就直接拉在那裡面。

——這是要尿檢和便便檢查？

鄭歎盯著那個盒子，像對待敵人一般。在家時他從不用這種東西。

焦爸嘆了嘆氣，對鄭歎道：「他們就想看看你吃了些什麼東西而已。」

說白了，那些人只想知道鄭歎有沒有吃掉其他紅毛鼠，如果有某些未消化的皮毛骨頭之類的就更好了，能發現不少值得研究的。

鄭歎臉上抽了一下，再抽，再抽……

——研究便便……這些科學家真重口！

——他媽的早知道這麼麻煩，直接把那隻紅毛鼠扔外面多好，帶回來幹嘛啊？！

鄭歎後悔，但現在後悔也沒用了，那時候只顧著趕路回來，壓根沒想到紅毛鼠身上，等回神的時候，已經翻牆進基地了。

「對了——」焦爸將盒子放好後對鄭歎道：「如果明天讓你帶路，你一定要記得耍無賴，就算知道路怎麼走，也要裝傻。裝傻不用我教你吧？」

◆◇◆◇◆◇◆◇◆

焦爸囑咐完離開後，一晚上就沒再回來，聽說好像是被那些上司和老前輩們拉著商討，那隻紅毛鼠還沒完全鑑定品種，但現在儼然被那些相關領域的研究者們當作寶貝了，而焦爸這個「最先發現紅毛鼠的人」理應有話語權，在那邊被人拉著一直走不開，一晚上都沒法睡。

那些人雖然平日裡早睡早起規律生活，可一旦碰上他們感興趣的事情就興奮了，年輕時在實驗室裡熬通宵也是常有的事情，現在年紀大了，熬不住，不過這一次，他們破例了。所以，他們不離開不休息，焦爸也別想休息。

大早上鄭歎跟著焦家三人起來，焦媽給兩個孩子和鄭歎買了早餐，正吃著，一個看起來二十多歲的人進來。

「顧老師您好！」那人笑著說道，視線快速掃了一眼房間內，在鄭歎身上停留了一會兒，然後又挪開，似乎在尋找什麼。

「是小李吧，我已經知道了，那個就在洗手間。」焦媽帶著那人往洗手間走。

鄭歎正啃著雞蛋，看到那人一邊戴手套、一邊往洗手間走，就知道他的目標是什麼了。大清早的大家正吃飯，那人卻跑進來搬屎，這是有多迫不及待啊！科學家果然是一個奇特的人種。

那個叫小李的戴好手套，拿著那個盒子走出來的時候見到焦遠和小柚子都看著他，顯得有些不好意思，他也知道自己這時候來得不對，但沒辦法，上面發話了，他只能執行。當初還說過為科學獻身呢，丟點面子算啥。

「媽，我們吃完早餐帶黑碳去看獸醫吧，聽說野外有很多寄生蟲，要是吃了什麼不好的東西……」焦遠說道。

不過，焦遠的話還沒說完就被焦媽打斷：「吃你的飯，這個用不著你操心，吃完後去寫暑假作業。」頓了頓，焦媽補充道：「黑碳出不去，得等你爸回來再說。」

焦媽倒是想帶著鄭歎出去看看獸醫，可焦爸已經跟她說過了，那邊幾位現在正打黑碳的主意，根本帶不出去。

看著椅子上正啃雞蛋的貓，焦媽心裡嘆氣，養隻貓比養孩子還讓人操心！怎麼就這麼能惹事呢？她對什麼紅化物種、什麼遺傳新發現一點都沒興趣，倒是希望這貓能安分點，可惜……唉！

快中午的時候，焦爸終於回來了，與焦爸一起的還有幾個四、五十歲的人以及兩個老頭，鄭歎認識其中幾個，打頭的就是楚華大學生科院的院長。以前這人在生科院周圍見到鄭歎也沒什麼反應，不嫌棄也談不上親和，不像是個喜歡貓的，可現在這人臉上掩飾不住的笑意，從進門起就盯著鄭歎，點頭道：「好貓啊，這是隻好貓！」

鄭歎：「……」他對這個誇讚實在欣喜不起來，要是把「貓」換成「人」還行。被發好人卡也比被發好貓卡來得強。

不得不說，焦爸料事很準。

這些人過來，就是為了讓焦爸帶鄭歎出去，看能不能透過鄭歎找到紅毛鼠的地盤，以發現更多的紅毛鼠，一隻不夠分啊！

有人還想把鄭歎套上繩套或者關在籠子裡帶出去，被焦爸拒絕了。

鄭歎跟著他們往外走，陪同的人中很多都是圈子內某個研究方向的大人物，不過鄭歎沒一丁點榮幸感，也沒時間去看其他人，他正琢磨著待會兒怎麼裝傻，怎麼更自然的、更符合一隻正常的貓那樣裝傻。

一行人走路上也能引起不小的回頭率，基地裡一些年輕老師或者在這邊工作的研究員等平日裡也難得見到這群人的其中一位，結果現在一見就是一堆，站那裡叫名字都叫不過來，還因為緊張，說話都磕磕碰碰的。不過現在這些大人物們也沒心情跟這些老師和研究員們說話，都盯著前面那隻貓呢。

來到路盡頭，鄭歎停下來，再往前走就沒路了，全是樹林草叢。

「哎，怎麼不走了？」

「焦老師，你家這貓怎麼停下了？」

幾個急性子開腔了。

於是，焦爸當著眾人的面開始跟鄭歎說話，讓他接著帶路。

鄭歎打了個哈欠，想了想那時候在社區裡阿黃犯錯之後是怎麼應付的，然後依照記憶中阿黃的樣子，頭一歪，身體一斜，倒地上，然後開始在地上若無其事的打滾。

焦爸：「……」

眾人：「……」

焦爸是在感慨鄭歎這裝傻的功夫不弱，平日裡肯定沒少幹。

而其他人則湧起一陣失望感，雖然他們確實沒抱多大期望，但畢竟有希望不是？現在看到這樣子，就感覺那希望更渺茫了。他們不知道，其實這一人一貓在他們眼前演戲呢，當然，這擱誰身上都不會相信。

鄭歎現在明白了——自己就是一隻貓，一隻貓能光明正大耍無賴、大大方方裝傻，沒人會懷疑！這是他第一次在眾目睽睽之下打滾，反正長得黑臉皮厚，不怕被笑話，要是以前他絕對做不出來，但現在打滾總比以後被盯上的好。

那邊有人忍不住了，讓焦爸繼續對鄭歎「下命令」找老鼠，就算現在找不到，告訴他們一個方向也行啊，他們就想知道這隻貓到底記不記得、知不知道在哪裡捉到那隻紅毛鼠的。

既然這些人想跟著走，那就跟著吧，鄭歎決定成全他們。打完滾起身抖抖毛，繼續若無其事往前走，一路上逗鳥玩昆蟲，趁現在還在外面，多玩一會兒，因為回去就得禁足了。

他是沒事，但苦了後面跟著的人，走了一圈，這些人都氣喘吁吁的，幾個年紀大的早被人攙扶著了。他們也知道自己體力絕對不行，但就是想親眼看看到底在哪個方向，多跟著走幾步，堅持不住了再讓手下的人跟過去，就算這次找不到，到時候有野考的人出去，還能讓人往那個方向找找，不然山林地帶範圍這麼大，每年消耗那麼多人力物力財力也沒多少新發現，沒頭蒼蠅似的到處竄能找到啥啊？說不定還將命丟在裡面！

焦爸還在一旁勸說，讓他們別指望鄭歎了，還是回去得了。可是這些人一個比一個性子倔，直到……

「這條路好像是之前帶學生出來採集標本的時候走的。」焦爸說道。他剛才不知道鄭歎要帶路帶去哪裡，現在終於明白了，這隻貓就是想折騰這幫人，再往前走一段便能發現要繞回去了。

「……還真的是！」有人對這附近比較瞭解，剛才他們就覺得有些不對勁，只是沒出聲。一些人還抱著僥倖心理，等鄭歎將他們再次帶到臨近公路的地方時，他們終於洩氣了。

也是，你能指望一隻貓去按照你的意願做什麼？如果貓這麼厲害的話，早被某些行業的人用作訓練了，何必都去訓練狗？說不定這貓還真是瞎碰上的。

「這就是命啊！」一個坐在石頭上喘氣的老頭拍打著腿嘆道，倒也沒多少遺憾和不甘，他活了這麼大的歲數，見過不少事，當年在這地方還見過引起一時轟動的白化熊、白化鼴鼠等，也跟著國際上組織的野考隊進深山去考察過，還帶回不少「活化石」的標本，現在又能看到一隻疑似紅化的老鼠也該知足了。

有多少為了錢而進去的人再沒能出來，偏偏很多時候發現一些新物種或者一些瀕臨滅絕的動物的人，都是偶然情況下才發現的。就像剛才那老頭感慨的，這就是命。

一群人累得要死，就算是走公路上山回基地去也累，於是最後打電話叫車過來接。

焦爸回去之後跟領頭的幾人說了一下，然後把鄭歎帶出去看獸醫，消失了這幾天，檢查一下總放心點。

看獸醫的地方離醫務室那邊不遠，鄭歎還看到那個幫忙抓紅毛鼠的年輕人。聽說昨天的情況很凶險，好在治療及時挺了過來，沒想到現在就能精力旺盛的找妹子聊天。

那個年輕人在醫務室裡正跟幾個妹子說著當時捉老鼠的事情，唬得幾個女學生一驚一乍的，現在他也知道昨天抓的老鼠是隻稀罕物，逢人就炫耀，那老鼠還是他抓的呢！飯盒也是他的！

「什麼，不信？不信你看我的傷口！一般老鼠咬的能腫成這樣嗎？！」

果然是好了傷疤忘了疼，鄭歎鄙視之。

檢查後，獸醫確定鄭歎的身體狀況都還好，開了點驅蟲藥給鄭歎吃。

從獸醫那裡出來，鄭歎見這裡離自己上次翻牆的地方比較近，想了想便往那邊過去，琥珀的事情他還記著呢，丟了就太遺憾了。

焦爸也沒多說，跟著他往外走。

那邊有個灌木叢，昨天鄭歎為了走近路就是從那邊橫穿過來的。

鄭歎鑽灌木叢裡面，沿著昨天走的路線尋找，突然聽到灌木叢裡面嗖嗖的動靜，往那邊瞧過去，發現灌木叢裡還有一隻貓，一隻家貓，不知道誰家養的。

此刻，那隻家貓正彎著爪子玩著什麼，鄭歎仔細一看，可不就是自己丟的那塊琥珀嗎？！

鄭歎衝過去就給了那隻貓兩巴掌，那隻貓弓著背叫了兩聲，但覺得自己的戰鬥力不及對方，在鄭歎準備抽第三巴掌的時候迅速逃走了。

鄭歎仔細看了看那塊琥珀，還好用藤蔓裹著，不然肯定會被抓咬出很多劃痕。

將被藤蔓裹著的琥珀往外面撥，鄭歎決定還是先交給焦爸，這東西他也拿不了。

「焦老師，您家的貓在幹嘛呢？」一個警衛人員看著這邊問道。

焦爸在別人不注意的角度將鄭歎撥出來的東西握在手裡，然後站起身對警衛人員道：「牠剛在打架呢，這傢伙就喜歡欺負其他貓。」

那個警衛人員顯然也看到剛才從灌木叢逃出去的貓了，對焦爸的話也沒懷疑，今天一大早就有人讓他注意著點那個姓焦的老師以及那隻黑貓的動靜，可他也沒發現什麼異常的地方。不就是貓嘛，那些人至於盯這麼緊？

焦爸看似隨意的換手提袋子，將那個藤蔓纏著的琥珀裝進放了驅蟲藥袋子裡。

鄭歎心裡感慨：焦狐狸一隻！

回去後，焦爸找了個藉口休息的機會，在房裡將自家貓兒子撥出來的東西從藥袋子裡拿出來看了看。他在拿到這個的時候並沒有確定到底是什麼，也不知道是不是什麼珍貴物品，但以往的經驗告訴他，這貓這麼做總有牠的理由，所以，為了以防萬一，他還是小心謹慎的將東西藏了起來，現在有空才拿出來看。

焦爸將藤蔓小心的撥開，露出裡面的琥珀。

藤蔓剝下來放在一旁，並沒有扔掉，這種植物在植物誌裡面找到了，確實是那座山林裡面的東西，焦爸能確定他家貓兒子的的確確去過山林裡，就是不知道有什麼奇遇。

至於這塊琥珀，焦爸對鑑定這方面並不怎麼瞭解，他以前只自己做過人造琥珀，天然的也有幾個，是別人送的，其中還有一個聽說價值幾萬的蟲珀，不過那個蟲珀裡面的蟲子完好程度只有百分之八十；而裡面是植物的，他只見過人造琥珀，天然的沒有接觸過。

由於在基地，又不想被其他人發現，焦爸只能用最簡單的一條鑑別方法來鑑別這塊琥珀是人造的還是天然的——琥珀在紫外線下能發出熒光。當然，現在造假技術越來越高，人造的也有能發出熒光的，因此焦爸也只是初步鑑定一下。

鑑定結果發現，這塊琥珀在紫外線下有熒光，而且裡面那朵小花熒光很亮，藍得發紫。焦爸甚至還查了近兩年由一些植物學家新編纂的珍稀植物誌，根本沒找到類似於裡面這朵小花的。

如果這塊琥珀是真的，焦爸有種預感，這裡面的小花很可能是千萬年前甚至上億年前的植物，一種並未被人們發現過的植物。一旦鑑定為真，這足以讓那些植物學以及古生物學家們興奮起來，他們對紅老鼠什麼的可沒興趣，畢竟研究方向不同，而遠古植物就不同了，還是一朵完整的小花，裡面的花蕊能看出很多問題；紅化的老鼠，有第一隻就可能有第二隻，而這塊包含著一朵完整小花的、記載著千萬年甚至上億年前自然奇蹟的琥珀，很可能是世上獨一無二的。

對生物學家或地質學家而言，琥珀的價值在於它的歷史演變過程，於收藏愛好者和投資者來說，具備稀有內含生物或植物的琥珀，稱得上是一件奇貨可居的至寶。

焦爸完全可以將這塊琥珀拿出來。紅毛鼠的事情，到時候幾位教授同時著手研究，絕對能夠直接在《自然》雜誌上發表，焦爸作為「發現者」也是鐵定要在上面掛名的，這對他以後評職稱申請專案經費等都有巨大好處，如果再加上這塊琥珀的話，鐵定是錦上添花。

當年某古生物研究所教授發現古植物後，研究成果以第一作者在《自然》雜誌上發表，焦爸也能這麼做。在楚華大學這個從老師到學生都競爭激烈的地方，以焦爸這個年紀的老師能在《自然》和《科學》這兩大世界頂級學術刊物任意一家發表論文和成果的實在不多，可想而知焦爸能夠得到的好處。

紅化老鼠可以算是一個大自然中的閃光點，蟲珀亦是大自然在不經意間創造的奇蹟。大自然總是在不經意間創造出一個又一個奇蹟，而能發現這些奇蹟的人，總會被人們稱為「有大機緣者」。

——大機緣者啊……

焦爸看了看正四仰八叉躺床上補覺的貓，無奈的揉了揉額頭：一隻貓都能惹這麼多事！

鄭歎已經被盯上了，要是再爆出琥珀的事情，就更麻煩了。紅毛鼠的事情可以說偶然，貓抓老鼠，天經地義，但是琥珀呢？被人發現，焦爸只能說是自己收藏的。不過焦爸沒打算將琥珀暴露出來，他希望現在那些人的注意力全部放到紅毛鼠上，盡量忽略其他事情。

「黑碳，這塊琥珀先放我這裡。」焦爸拿出一個小盒子，盒子裡面放著鄭歎找到的琥珀。

鄭歎一聽，不行，這個是要送給小柚子的！便準備伸手將盒子搶過來。

「我暫時幫你保管著，回去了還給你，不過你要保證，藏好點，別亂扔。」焦爸又道。

鄭歎想了想，也行，反正他現在也帶不走，放焦爸那裡也保險些。鄭歎不傻，他能從焦爸的神色和言語中感覺到那塊琥珀也不是個簡單物品，至少對於某些人來說是這樣。與其自己拿著或者讓小柚子拿著，還不如讓焦爸幫忙管。

接下來的幾天鄭歎很安分，他也知道盯著自己的人很多，有些自以為藏得隱蔽的傻瓜其實早被鄭歎發現了，所以鄭歎覺得，接下來還是聽焦爸焦媽的話，安安分分待在房間裡的好，反正那些學生們的實習時間馬上就結束了，再過兩天就要返程回楚華市。這幾天時間，鄭歎還忍得住。

焦遠和小柚子這幾天都在外面跟著那些學生們學做標本，動物、植物、昆蟲的都有，鄭歎對那個不感興趣，他倒是更傾向於聽聽那隻紅毛鼠的事情。

聽說那隻紅毛鼠引起轟動了，估計鑑定結果已經出來，就是焦爸所說的那個紅化物種。昨天照相的時候鄭歎還被叫過去湊熱鬧了，今天早上焦遠拿著一份當地報紙給鄭歎看，上面大篇幅報導了「紅化巢鼠」的事情。

是的，那隻紅毛鼠被某幾位專業人士鑑定為「巢鼠」，但與小體型的巢鼠不同的是，這隻紅毛巢鼠成年後絕對比普通巢鼠要大得多。

鄭歎不在意牠是紅毛巢鼠還是紅毛米老鼠，他就盯著報紙上那幾張彩色照片以及報紙上關於他的報導看。

報紙上關於紅毛巢鼠的文字很多，可涉及到鄭歎的只有那麼簡單含糊的兩行字，只說了這隻紅毛巢鼠是楚華大學生命科學院焦明生副教授養的貓偶然抓到的，然後……就沒有然後了。鄭歎將報紙翻來覆去找了半天，也沒見到其他關於自己的文字。

而報紙上唯一那張有鄭歎身影的合照裡面，鄭歎只挨著焦爸站在一行人邊上，很不顯眼，更沒有誰會根據這張照片而認出鄭歎就是貓圈裡小有名氣的「blackC」，長著一張大眾臉，報出名字才知道是誰，不然全國那麼多黑色的家貓，誰知道你是哪根蔥？

一開始鄭歎還真有些氣悶，不是說立功了嗎？這算啥？

但後來仔細想了想，這應該是焦爸的意思。

出名，還是自由，鄭歎想明白之後顯然選擇後者。就如當年他意識到一隻貓是沒有貓權且不受法律保護，被人宰了也只能認命的事實。

相比起鄭歎的低調，紅毛鼠可是花了大篇幅來報導，那幾張一看就是專業人士耗費大功夫拍出來的照片，相當吸引眾人注目。

巢鼠的尾巴很靈活，還具有纏繞性，尤其是那張牠用尾巴繞著上方的樹枝然後身體垂落下來、抱著一顆堅果的照片，看起來很機靈可愛，而且那一身紅毛也能加分不少。只是照片背後，誰能想到這其實是隻極危險的傢伙呢？

鄭歎真正意識到這隻紅毛鼠的價值是在回楚華市之後。

這個夏天，楚華大學注定不會安靜。

◆◇◆◇◆◇◆◇◆

按照以往的慣例，大學生都回家，部分研究生也向導師申請請假回家，學校周圍一些商鋪關門，再加上夏季的高溫影響，大白天在校園裡走動的人應該是很少的，可是今年不同。人們對於紅毛鼠的關注超乎鄭歎的想像，要說這裡面沒有炒作的因素，鄭歎打死也不相信。不過，這不妨礙他看熱鬧。

鄭歎蹲在一棵梧桐樹上，看著一輛輛掛著各省車牌號的車開往生科院的方向，校園裡還有一些生科院暑期留校工讀的人，這時候他們也客串嚮導了，戴著印有楚華大學生科院字樣的帽子，雖然天熱得要死，一個汗流浹背開瓶礦泉水就能一灌到底的狀態下，還笑得很開心。

為啥？

長臉了唄！

看看這幾天往生科院跑的人，不是某知名大學的教授就是某研究所的研究員，還有一些國外慕名而來的專家教授們，以前楚華大學名氣是大，但也不會有現在這樣的關注度，現在可是楚華市一年中最熱的時候！

而且，現在有一些國內或者國外的研究機構向楚華大學生科院購買紅毛鼠的毛、血液，以及其他來自於紅毛鼠身上的東西，這讓一些學生們樂了。尤其是易辛他們，當初鄭歎還聽易辛抱怨過，因實驗需要，從國外購買細胞或者菌種，對方發貨倒是很快，但是在國內海關卡得太久，就算事先已將各種審批表、許可證等相關資料準備齊全交由報關公司幫忙代理，卻前前後後在海關花了太長時間，細胞狀態變差，回來養著養著就失敗了，得再次訂購。

談起這些，易辛他們就是一把辛酸淚，可現在想到，到時候國外的人也要從他們這裡購買關於那隻紅毛鼠的東西，心裡就一陣爽快。

鄭歎聽說，那隻紅毛鼠一根毛的價錢抵得上楚華市的一棟房子了。

《楚華晚報》上有篇報導說起這件事的時候，還戲稱這隻紅毛鼠「一滴血萬兩金」。

鄭歎還聽說，那隻紅毛鼠被當寶貝似的養著，連取血都是小心小心再小心，以保證紅毛鼠的健康狀態。

晚上焦爸從生科院回來。

「今天謝院長專門挑選出院裡培育出來的兩隻雌性小白鼠，說是放進去跟那隻紅化巢鼠培養培養感情，估計想著以後培育出優秀的二代鼠吧。」

謝院長可寶貝那幾隻小白鼠了，當初花了大價錢引種過來培育的，平日院裡一些老師想買幾隻，謝院長都不鬆口，這次著實慷慨。

「然後呢？」焦媽好奇的問道。

鄭歎也支著耳朵聽。

「然後啊……」焦爸慢悠悠喝了口綠豆湯，說道：「然後那兩隻小白鼠進去不到一分鐘就英勇就義了。」

鄭歎：「……」這真是一個悲慘的故事。

就如鄭歎想的那樣，那隻紅毛鼠看起來確實機靈可愛，但在這背後隱藏著的是凶悍的本性，以及欺軟怕硬的本質。

以那些研究者們對待那隻紅毛鼠的方式來看，這段時間那隻紅毛是壓根沒有遇到任何威脅。吃好的、喝好的，連磨牙的木頭都是專門定做的，硬度是經過多次計算測量後，選擇幾種適合牠磨牙的木材。就算咬死了謝院長精心培育的兩隻小白鼠也沒誰會把牠怎麼樣，反而還去聯繫其他研究機構培養的小鼠來商討對策，以實施「可持續發展」戰略，說不定以後會有國際外援。

總之，以後那隻紅毛鼠有福了。

◆◇◆◇◆◇◆◇◆

聽聞院裡關於這隻老鼠的事情上做出的任何新的決策都得開會，需要得到幾位權威人士的同意才能執行，也正因為凡事順著牠，這傢伙最近得瑟大發了。

聽焦爸說，這傢伙敢直接對那些研究人員齜牙，誰的面子都不給，總搞破壞，有恃無恐，喝水喝不完就跳水槽裡面玩水，現在還挑食，啥都得吃新鮮的，不然絕食。事實上，到現在為止，這傢伙也沒真正絕食成功，飼養人員總是換著法子伺候著。

鄭歎看過焦爸近期拍的兩張照片，那隻紅毛鼠比鄭歎當初抓牠的時候要大了一圈，也明顯富態了。

有些鼠類就得戰戰兢兢活著跑下水道偷吃，比如家鼠，而有些則是被人精心伺候，比如這隻紅毛鼠。真是鼠比鼠，氣死鼠。

鄭歎有次去焦爸辦公室那邊翻窗戶的時候，剛好被開車打算出去的謝院長碰上，不過謝院長沒斥責，反而對鄭歎笑得親切非常。

回家之後，鄭歎從焦爸那裡得到了答案。

最近謝院長憑藉紅毛鼠撈到不少專案和各方支持，而焦爸也是受益者之一。雖然紅毛鼠已經不是焦爸的「私有財產」，但焦爸也從中受益不少，有那幾位大人物點頭，焦爸這個「副教授」的「副」字很快就能去掉了。而且焦爸現在申請專案也容易了很多。

俗話說得好，朝中有人好辦事。

有時候，成不成功，只是某些人一句話的事情，即便是在這個人們看作是「淨土」的、帶著光環的圈子裡，其實早已經在悄然發生著變化。

為此，有次袁之儀過來的時候還對焦爸感慨：「你這貓養得值啊，太他媽值了！」

每次袁之儀來焦家這邊必做的一件事情就是——拜黑碳。用袁之儀自己的說法，那不是在拜貓，是在拜財神。

現在鄭歎已經對袁之儀這種做法麻木了，反正他覺得袁之儀就是一搞笑分子。

「你家這貓真神！老焦我跟你說，自打我拜這招財之後，公司一直處在一個積極向上發展的趨勢。嘿，我給你看我的收藏。」

喝過酒的袁之儀話特別多，拿著手機出來翻相冊硬要給焦爸看。

鄭歎湊上去瞅了瞅，手機裡有個相冊名字就是「招財」，那裡面全是黑貓——鄭歎以及袁之儀辦公室、家裡擺放著的黑色的定製版招財貓。

「你別把牠說得那麼神，也就是湊巧遇到一些事情而已，屬於偶然小機率事件。」焦爸擺擺手說道。

袁之儀正打算辯解，這時焦爸的手機突然響了。

焦爸對袁之儀做了一個「先接電話」的手勢，掏出手機看了看，手機螢幕上顯示的是陌生號碼。焦爸沒有急著接聽，而是等了一會兒，如果對方很快就斷開，他就不打算理會了，這種事情常碰到，接聽之後要麼是推銷，要麼是打錯電話，要麼是騙子，還有一部分是因為最近紅毛鼠的事情過來詢問的，不管是哪種他都不想接。

沒想到這次電話一直響，對方有種「你不接我就一直打」的意思。

焦爸這才按下通話鍵，也不急著介紹自己，「喂？」

鄭歎支著耳朵聽電話裡的聲音，他也懷疑是紅毛鼠的事情，最近紅毛鼠風頭還沒過去。只是對方好像並沒有談及紅毛鼠，而是說其他的事情，鄭歎聽得不太清楚，只聽到了幾個詞。

「……對，我是……是的……牠是我家養的貓……」焦爸說著看了看沙發上鄭歎的方向。

而原本正口渴打算喝點水的袁之儀耳朵立刻豎了起來，連水都不喝了，保持端著杯子的動作，定在那裡聽焦爸打電話，眼神還不時往鄭歎的方向瞟。

「方便，我晚上就在家，地址在東教職員社區B棟五樓……行，那待會兒見。」

焦爸掛掉電話，一臉疑惑的看向鄭歎，心裡琢磨著自己離開這一年裡，這隻貓又做了什麼大家都不知道的事情？

「誰的電話？」袁之儀問道。

「那人說他叫嚴何，問我的名字，以及黑碳是不是我家的，然後說待會兒會過來一趟，有事商量。」焦爸沒聽過對方的聲音，這是第一次跟那個叫「嚴何」的人說話，而對方要談的事情很顯然跟自家貓有關。剛才他也有懷疑是不是關於紅毛鼠的，但對方從頭到尾提都沒提任何與紅毛鼠相關的東西，可除了這些之外，又能談什麼呢？還親自過來商量，那語氣彷彿給了自己多大的便利似的？

袁之儀臉色正了正，「總之不能將這隻招財賣出去！」

「廢話，還要你說！」焦爸將客廳的東西清了清，然後跟袁之儀商量著待會兒該怎麼辦。

「……嚴何這名字有點耳熟啊。」袁之儀也不打算馬上離開了，決定再待一會兒，看看來者到底是為了啥，順便幫兄弟撐撐場子，雖然他現在只算個不怎麼出名的公司老闆，但是這幾年下來應酬多了之後，也有他自己的一套看人方法，「放心，我待會兒幫你試探試探，有啥事我們一起擔著。」

鄭歎心裡更疑惑，他仔細回想了一下近幾個月所做的事情，好像也沒做什麼傷天害理、人神共憤的事情，應該不至於有人跑來告狀或者追責。不過，嚴何這名字，的確好像在哪裡聽過，一時還真想不起來了。

約莫半個小時後，那位嚴何來到焦家，鄭歎才知道這人到底是誰。

難怪覺得耳熟，這個嚴何不就是住在湖邊的那位老太太的兒子嗎？不過，他之前經常聽老太太提「小何」，其他人說「嚴總」，所以才沒將「嚴何」這個名字對上號。

至於袁之儀，這傢伙反應更激烈，原本還一副「老子很不好說話」的樣子坐在沙發上準備給對方來個下馬威的，在見到嚴何之後，他立刻從沙發上彈起來，臉上瞬間綻放笑意，「嚴總，原來是您啊！」

鄭歎：「……」在見面的第一秒袁之儀這傢伙就倒戈了？

袁之儀和嚴何在一次宴會上見過面，商業化的聊過幾句，當時嚴何手下一個子公司的貨需要加做一次檢驗，公司質檢部門的人出了些問題，購買的檢測試劑和藥物也出了岔子，所以嚴何想找其他公司幫忙檢測一下，袁之儀特意找機會推銷了自己的公司，雙方換過名片，然後嚴何就沒再聯繫袁之儀了，顯然並不看好袁之儀的公司。

而現在，袁之儀沒想到又碰到這個失之交臂、以為很長一段時間不會再接觸的潛在大客戶。

只是，鄭歎看嚴何的反應，應該完全沒想起來袁之儀是誰。

袁之儀介紹了一下自己，嚴何也不知道是真想起來了還是只是臉上應付，笑著說了兩句，然後就直奔主題。

原來，老太太答應跟著那個找過來的老頭子去南方了，以後大概也很難會再回來，嚴何也不想老太太住這邊，離得太遠，就算老太太回楚華市他也照顧不過來。嚴何在楚華市另有房產，到時候老太太回來就直接住他那邊，湖邊的房子也沒人住，留著浪費，打算賣掉。但是老太太這人嘛，房子住久了之後有感情，對買家要求很多，有好幾個找過來要買房子的都被老太太拒絕了，一個都看不上眼。直到前幾天老太太在看報紙的時候發現報紙上那張合照圖，看到了鄭歎。

「當時我們都沒看出來報紙上那隻貓是你家這隻，可我母親一眼就瞅出來了。母親說了，這是緣分，就讓我有時間過來問問你們家有沒有買房子的意向。」嚴何將事情簡單說了一下。

焦爸和袁之儀都是人精，嚴何的話半真半假，房子賣不出去誰信？誰沒幾個看得上的朋友或者親戚？不過，嚴何能找過來肯定是老太太的原因，不然這位老總是絕對不會在百忙之中屈尊上門來的。

確實，嚴何本來打算將房子賣給自己一位朋友的親戚，對方也不錯，老太太原本還在做最後的考慮，正準備同意的時候，看到了報紙上的消息，認出了那隻貓，就讓人打聽了一下，一看焦家四人加一隻貓住在那麼小一間屋子裡，遲早得買大房子吧？

而老太太覺得自己能有今天，也託了鄭歎的福。她不缺錢，看的就是個眼緣，甭管你是人還是貓。人到了這個年紀，有時候看重的一些事情總讓其他人費解。而嚴何這個大孝子就算不理解母親的做法，也會點頭同意，一棟房子罷了，相比起母親來說不算什麼，他丟得起。

嚴何也沒久坐，說了事情之後讓焦爸考慮一下，儘快答覆，畢竟老太太很快就要去南方了，就等著結果。

等嚴何離開，袁之儀誇張的叫了一聲：「老焦啊，你家這種偶然事件是不是經常發生？」打死袁之儀也不信嚴何沒看出房地產的飆升勢頭，這時候還打算低價賣出去，這簡直能算天上掉餡餅了！這種好事怎麼不發生在他身上？！

焦爸沒出聲，做沉思狀。

「老焦，同意吧，過了這村就沒這店了！」袁之儀在旁邊催促。

焦爸沉默了一會兒，看向沙發上亦做沉思狀的鄭歎，「明天去拜訪一下老人家吧。」

◆◇◆◇◆◇◆◇◆

焦爸做下決定之後，第二天吃過晚飯就帶著鄭歎奔湖邊別墅去了。

去之前打過電話，老太太早就在家等著，見到鄭歎的時候眼睛都笑得瞇起來，看得焦爸眼皮直跳。

到底發生過什麼事情，才讓這位老太太對自家貓兒子如此親切？

這股親切可不像是對待一隻普通寵物的樣子，就算是再特別的貓，在絕大多數人眼裡都只是動物而已，老太太明顯親切過頭了，這越發讓焦爸心裡懷疑，這傢伙在家裡人不知道的時候又幹什麼了？

昨天嚴何來家裡的時候，很多事情都只是隨口提了一、兩句，並沒有細說，焦爸到現在也還抱著懷疑，畢竟這年頭能撈到這種便宜，實在是有點讓人難以置信，可偏偏還真實發生了。這兩年焦爸攢了點錢，買個差不多的三房一廳的新房子可以，但未必能買得起這邊的別墅，而對方將價錢壓這麼低，正常人都得懷疑。

今天焦爸過來就是為了將事情弄清楚一點，不然他也不放心，就算是有再大的便宜，在沒瞭解清楚明白之前他都不會下手。而來到這棟別墅之後，焦爸越發不淡定了，停在外面的車價值不菲，還是南城的車牌，屋裡還有傭人、有保鏢，就算是穿著便服那也是一身明顯的保鏢氣質，焦爸可不認那是兩位老人家的親戚。

「黑碳吶，來來，我給你準備了吃的！」老太太招呼鄭歎過去。

老太太其實平時在禮儀上做得都很好，但今天看到鄭歎太高興，再加上這段時間老太太的生活確實不錯，這一高興起來，就直接把焦爸排後面去了。還是老太太身後那個老頭招呼焦爸過去坐的。

鄭歎看著老頭那一連串動作，儼然一副主人家的姿態，看來這兩位老人的溝通很順利，感情進展迅速。

老太太這時候意識到自己的做法有些不妥，道了聲抱歉，焦爸一句「沒關係」還沒出口，旁邊的老頭手一揮，說：「沒關係，他不會在意的。」

焦爸：「……」

老太太責備的看了一眼老頭，這樣太無禮了。

他們談房子的事情，沒鄭歎什麼事，他就在旁邊安分待著，吃的喝的老太太特意準備了，不是貓糧，看樣子對鄭歎做過調查。

焦爸主要想瞭解的就是鄭歎跟老太太認識的過程，知道過程就能推測出其他事。

老太太將事情慢慢道來，說的時候還感慨不已。老頭似乎不太願意老太太提起這個，想想也是，那時候老太太的身體狀況也不怎麼樂觀，而且還處在一個十字路口等待做決定。如果當時手術沒能成功，老太太沒能挺過來的話……老頭一想到這事臉色就不怎麼好，在老太太輕拍了他的手之後才放緩。

將事情說了一下之後，老頭就不讓老太太再細說了，直接就要談房子的問題。這個話題老頭接了過去，直接跟焦爸談了起來。

焦爸以前確實有買房的意向，現在房價呈現上漲趨勢，打算早點下手，就算現在不住，買了備著也好，沒想到能碰到這種好事。搞清楚來龍去脈，雖然覺得老太太這決定有些不太能理解，但也沒有其他關於房子的疑惑了，焦爸便跟老頭說了起來。

老太太在旁邊靜靜坐著聽兩人談話，臉上一直帶著笑意，往鄭歎那邊看了一眼，老太太又回想起了第一次見到這隻黑貓的時候。

那天她心裡很矛盾，手術與否並沒有做下決定，這隻黑貓讓她回想起了一些藏在深處的記憶，而且當那隻黑貓抬手掌與她手心碰了一下的時候，老太太心裡突然一顫，很莫名的感覺，她感覺似乎收到了來自於這隻黑貓的祝願，那時候她就想，說不定還真能挺過去。

在別人看來，這只是老太太的心理作用，但很多時候，病人的心理變化對其病情的影響也是不容忽視的。不管是不是鄭歎那一掌影響了老太太，總之老太太覺得她能做出正確的選擇，能夠挺過來，並且現在還遇到了曾經錯過的人，生活也變得美好了，都多虧了這隻黑貓。

此貓大善！

房子的價錢，老太太確實壓得很低，而且這房子各種裝飾都很適合居家生活，當初裝修的時候也都是極好的材料，留下的還有一架鋼琴，桌椅、板凳、床鋪、衣櫃等也都是高檔價位，留下的這些器具都是完好的，總的計算下來，焦家確實是占了個極大的便宜，稱得上是天上掉餡餅。

在談房子的時候，老頭也在試探焦爸，他要看看這位買主的人品到底怎樣。不過，當話題談及焦爸當年的導師——袁之儀他爹袁老教授的時候，老頭唏噓不已。他跟那位逝去的袁老教授也有交情，袁老教授逝世的時候，老頭事務纏身，並不知曉，後來才聽人說起的，只是那時候袁老教授已經長眠於故鄉了，之後袁之儀的事業主要在中部，除了出差談業務之外也很少去南邊，老頭也沒碰上袁之儀，一直就沒聯繫，現在跟焦爸說起來才知道大家其實也不算完全的沒關係。

因為這層關係，老頭對焦爸和藹了不少，臉上的笑意也真誠了很多，跟焦爸聊得越來越投機，尤其是最近的紅毛鼠事件。結束的時候，老頭原本有點小不爽的情緒也完全消了。

「既然選擇賣給你們了，到時候是住還是租都隨你們。」老太太說道。

老頭在旁邊沒插話，但是笑意微斂。

「放心吧，我們住的話，肯定也會好好對待房子的，就算是出租，也會選擇那種愛護房子的人。」焦爸認真的說道。

這話是真心的，焦家的人都很愛護房子，社區那個家裡雖然小，但井井有條，也不亂，有種小家的溫馨感，住著也習慣了。而如果將別墅出租出去，焦爸也不願意讓那種私生活亂七八糟的人來禍害自己的房子。

焦爸這話說過之後，鄭歎發現那老頭收斂的笑意又回到臉上了，可見老頭對焦爸這話很滿意，心裡嗤道：這破老頭管得真寬，不知道的還以為這老頭對這片土地愛得深沉呢！

老頭給了焦爸一張名片，讓他和袁之儀到時候去南城可以過去玩玩。這是老頭的私人名片，不是商務性質的。

「好的，到時候過去南城那邊一定去拜訪韓叔。」

鄭歎看了看，老頭姓韓，叫韓飛，鄭歎聽著怎麼都像是「悍匪」。

韓老頭急著離開楚華市回南城去，事情一旦決定就立刻辦手續了，都不需要焦爸再去操心什麼。事情辦好後，焦媽和焦爸來別墅這邊看過，暫時沒跟兩個孩子說，這種事還是別張揚的好，畢竟這個夏天焦爸的風頭夠盛的了，一旦說出去，那些酸葡萄心理的人肯定又得鬧。

雖然沒說，但焦爸旁敲側擊問了兩個孩子這方面的問題。焦遠說他雖然喜歡大房子，但還是更喜歡在社區這邊，畢竟其他幾個小夥伴都在社區，怎麼樣都方便；小柚子是認為只要大家一起，在哪裡都無所謂。

鄭歎從心底更偏向於社區這邊，閒晃方便，而且校園區域雖然算不上絕對安全，但也比外面要好多了。

既然都想留在社區，那別墅就租出去吧，不過這租客得嚴格把關。

新學期即將開始，這時候租房的人也很多，焦爸不急著租出去，重要的是看人。

《回到過去變成貓07家貓荒野求生記！》完

敬請期待更精采的《回到過去變成貓08》

戰鬥吧
校園戰爭本部
萊茵@千人
歐歐MIN
輕小說史上最不可思議的男主角——
極惡變態鬼畜捆綁PLAY
蘿莉控淫棍破壞魔王，參上!!
給我
等一下！
我只是一個
普通的
男高中生啊啊啊…！
Σ(ﾟДﾟ；
全套三集。全國各大書店、租書店、網路書店持續熱賣中！
典藏閣
華文聯合出版平台
www.book4u.com.tw
采舍國際
www.silkbook.com
不思議工作室_
立即搜尋
版權所有© Copyright 2016

我是征服世界的好苗子？
什麼！？
Novel
矛盾
Illust
薩那SANA.C
Am I a World Conqueror?
這麼輕易的就說要擊破我們，也太有自信了！
艾莉恩陷入曝光危機！
為了湮滅「證據」，
葛東變身雙面間諜？
典藏閣
華文聯合出版平台
www.book4u.com.tw
采舍國際
www.silkbook.com
不思議工作室_
立即搜尋
版權所有© Copyright 2016

現代魔法師
典藏閣
超萌え萌え的魔法美少女戰鬥物語!!
現代魔法師與封印的神劍 01
現代魔法師與祖靈的怒吼 02
03
現代魔法師的修羅地獄 04
現代魔法師之全球通緝令 05
06
現代魔法師與龍的千年輪迴 07
現代魔法師的終點與未來 08
★全套八冊、全國各大書店、網路書店、租書店，持續熱賣中！
美少女魔法師從天而降，其實是：
(a) 中樂透頭彩 (b) 天將降大任於斯人也
(c) 膝蓋中了一箭 (d) 媽我出運啦！ (e) 以上皆是
吐槽系作者 佐維＋知名插畫家 Riv
正港A臺灣民間魔法師故事
《現代魔法師》驚爆登場！
華文聯合出版平台
www.book4u.com.tw
采舍國際
www.silkbook.com
不思議工作室
立即搜尋
版權所有© Copyright 2014

羊角系列026

回到過去變成貓07

家貓荒野求生記！

出版者■典藏閣
作　者■陳詞懶調　繪　者■PieroRabu　拉頁畫者■MAE
授權方■上海玄霆娛樂信息科技有限公司（起點中文網 www.qidian.com）
總編輯■歐綾纖
製作團隊■不思議工作室

郵撥帳號■50017206 采舍國際有限公司（郵撥購買，請另付一成郵資）
台灣出版中心■新北市中和區中山路2段366巷10號10樓
電　話■(02)2248-7896　傳　真■(02)2248-7758
物流中心■新北市中和區中山路2段366巷10號3樓
電　話■(02)8245-8786　傳　真■(02)8245-8718
ISBN■978-986-271-709-7
出版日期■2016年8月

全球華文國際市場總代理／采舍國際
地　址■新北市中和區中山路2段366巷10號3樓
電　話■(02)8245-8786　傳　真■(02)8245-8718

新絲路網路書店
地　址■新北市中和區中山路2段366巷10號10樓
網　址■www.silkbook.com
電　話■(02)8245-9896
傳　真■(02)8245-8819

☞您在什麼地方購買本書？☜

1. 便利商店（______市／縣）：□7-11　□全家　□萊爾富　□其他______

2. 網路書店：□新絲路　□博客來　□金石堂　□其他______

3. 書店（______市／縣）：□金石堂　□蛙蛙書店　□安利美特animate　□其他____

姓名：______地址：______

聯絡電話：______　電子郵箱：______

您的性別：□男　□女　　您的生日：西元______年______月______日

（請務必填妥基本資料，以利贈品寄送）

您的職業：□上班族　□學生　□服務業　□軍警公教　□資訊業　□娛樂相關產業

□自由業　□其他______

您的學歷：□高中（含高中以下）　□專科、大學　□研究所以上

☞購買前☜

您從何處得知本書：□逛書店　□網路廣告（網站：______）　□親友介紹

（可複選）　□出版書訊　□銷售人員推薦　□其他______

本書吸引您的原因：□書名很好　□封面精美　□書腰文字　□封底文字　□欣賞作家

（可複選）　□喜歡畫家　□價格合理　□題材有趣　□廣告印象深刻

□其他______

☞購買後☜

您滿意的部份：□書名　□封面　□故事內容　□版面編排　□價格　□贈品

（可複選）　□其他

不滿意的部份：□書名　□封面　□故事內容　□版面編排　□價格　□贈品

（可複選）　□其他

您對本書以及典藏閣的建議______

______

______

✌未來您是否願意收到相關書訊？□是　□否

✍感謝您寶貴的意見✍

印刷品

$3.5

請貼
3.5元
郵票

不思議信箱
FUSIGI POST

235 新北市中和區中山路二段366巷10號10樓

華文網出版集團 收

（典藏閣－不思議工作室）

陳詞懶調 × PieroRabu

回到過去

BACK TO THE PAST
TO BECOME A CAT NO.7

變成貓